illustration : Nishi(E)

파커

바이트의 사형인 해골 마술사.
용병에게 쫓기다가 행방불명됨.

파잠 2세

크월의 국왕.
자카르에게 속아 넘어가서 살해됨.

크메르크

밧자 용병대장
자카르의 부관.

자카르

연안 제후에게 고용된
밧자 용병대의 대장.
자신의 욕망을 위해 국왕을 살해.

등장인물
Character

바이트
이세계에서 인랑으로
환생한 일본인. 마왕군에
소속된 마왕의 부관이자
미랄디아 연방의 평의원.

아일리아
최초의 인간 마왕.
바이트와 결혼해서 첫아이를
임신 중.

미랄디아 방향

밧자 ◎

폐허 ▲

카르팔 ◎

왕도 엔칼라가 ⬡

별궁 ▲

와자르 ◎

〈남정해〉

□ … 그 외 도시

◎ 페슈메트

〈카얀카카 산맥〉

지난 줄거리

The story so far

새 마왕 아일리아의 부관으로서
그리고 한 인간 여성인 아일리아의 남편으로서
미랄디아에서 새로운 생활을 시작한 바이트.

그런데 어느 날, 바다 건너 나라인 크월에서 국왕의 친서가 날아왔다.
무역의 권익을 둘러싸고 국왕과 연안 제후가 대립하고 있어서
언제 내란이 발발할지 모른다는 것이었다.
마왕군은 정보를 수집하기 위해서 조사관을 현지에 파견해 상황을 살펴보기로 했다.
그러나 이윽고 연안 제후가 반란을 일으켰고.
조사 도중에 그 일에 휘말려버린 사형이 행방불명되고 말았다.

회임한 아일리아가 걱정돼서
미랄디아에 남아 있었던 바이트.
그러나 이번에는 마왕인 아일리아도 명령했으므로
그는 크월로 건너가기로 했다.

사형의 의미심장한 보고 내용처럼, 습격한 도시에서 약탈도 안 하고
이상하리만치 품행 방정하게 구는 용병대. 이를 수상하게 여긴 바이트는
비밀리에 용병대장 자카르를 감시하기로 하는데,
놀랍게도 자카르는 '바이트'의 이름을 이용해 국왕을 불러내서 살해했다.
더구나 불경하게도 증거를 인멸하기 위해 그 시체를 우물 속에 내다 버렸다.

자카르가 이 나라를 손에 넣을 작정인 것을 눈치챈 바이트는
온 힘을 다해 자카르의 계획을 저지하기로 마음먹고, 은밀하게 행동을 개시한다.

Contents

제11장

미랄디아 연방 남쪽, 남정해 건너편에 있는 작열의 왕국 크월.

나는 이곳의 국왕과 연안 제후의 분쟁을 중재하기 위해 찾아왔는데, 어느새 국왕 암살 사건에 말려들어 골머리를 썩이게 되었다.

국왕을 암살한 범인은 무역항 밧자의 용병대장 자카르였다. 이 사실이 공표된다면 밧자 공 비라코야의 입장이 몹시 난처해질 것이다.

비라코야 할머니는 미랄디아의 중요한 협력자이고, 그 사람 본인은 암살 명령 따위는 내리지도 않았다. 하지만 사건의 흐름으로는 그녀가 책임을 추궁당할 수밖에 없을 것이다.

그리고 책임을 추궁당하는 것은 나도 마찬가지였다.

"크월 왕은 나와 밀회하려고 이곳으로 왔어. 내가 카르팔에 와 있다는 사실은 알고 있었을 거야."

"응, 그래서 가짜 사자한테 속아 넘어가서 살해된 거지?"

몬더와 나는 나란히 달리면서 시선을 교환했다.

아직 확정된 것은 아니지만. 그게 사실이라면 진짜 큰일이다.

"왕은 아마도 측근 중 누군가에게는 그 비공식 회담을 이야기 했을 거야. 정식으로 호위병도 데리고 왔으니까."

"그럼 대장이 의심받겠네? 아하하."

지금 웃을 때가 아니거든?

혹시 무슨 일이 생긴다면 그때는 나의 결백을 증명해야 할 텐데, 이 시대에 결백을 증명할 방법은 있지도 않다. 애초에 알리바이를 만들고 싶어도 '표준시'조차 존재하지 않으니까. 어쩔 수 없다.

일단 관계자에게 상황 보고 및 연락을 하고, 상담을 해보자.

나는 돌아오자마자 즉시 밧자로 급사를 파견했다. 며칠 내로 비라코야도 행동을 개시할 것이다.

편지에는 내가 목격한 장면과 그 사건에 대한 분석을 적었다.

국왕이 죽었으니 이제는 항구의 과세 문제도 백지화되었다. 연안 제후들은 처음부터 정권을 전복시키겠다는 생각은 전혀 안 했으므로 더 이상 싸울 이유도 없었다.

살해된 사람이 진짜로 국왕 본인이라면, 내전을 얼른 종결시키고 자카르를 어떻게든 해야 할 것이다.

내전이 끝나면 그 녀석을 계속 고용할 필요도 없어지리라.

실은 자카르를 해고하거나 포박하라고 요청할 수도 있었지만, 그렇게 하면 자카르는 틀림없이 반란을 일으킬 것이다.

용병대 병력은 4,000명이 안 되지만, 자카르가 지휘한다면 카르팔의 교외에 있는 연안 제후의 군대 정도는 격파할 수 있을 것이다.

또 만약에 무사히 그를 체포하더라도, 나머지 용병들이 얌전히 투항하리란 보장은 없었다. 그 녀석들은 용병대이지만 실제로는 혁명군이었다.

물론 카르팔을 전쟁터로 삼아서 인랑 부대가 용병들을 사냥할 수도 있다. 하지만 그 규모는 천하의 인랑 부대도 감당하기 버거웠다. 이쪽에서도 적잖은 전사자가 발생할 것이다.

이런 곳에서 인랑들을 죽게 만들기는 싫었다. 그래서 나는 신중하게 움직이기로 했다.

다음 날 아침, 나는 동료들을 불러 모아 회의했다.

"자카르는 아직 자기들의 음모가 탄로 나지 않았다고 생각하고 있어. 그 녀석이 지금 우리를 적대하면 곤란해. 한동안 이대로 사태를 지켜보자."

"뭐야, 대장. 괜찮아? 그렇게 느긋하게 있어도 돼?"

제릭이 의문을 표시하자, 나는 고개를 끄덕이며 대꾸했다.

"이 틈에 아군을 늘리는 거야. 여기서 자카르 대장의 '선물'이 도움이 될 거다."

"선물?"

"응. 단, 국왕 사건은 아직은 비밀이야. 판, 그 세 사람을 불러줘."

내가 그렇게 부탁하자, 카르팔 공의 시녀들 세 명이 판과 함께 방으로 들어왔다.

"이 사람들은 카르팔 공의 시녀들이다. 슈라 님은 시녀장이자, 카르팔 공의 정실부인의 심복이기도 해."

용병들은 시녀와 정부(情婦)를 구별하지도 못하는 모양이지만, 대귀족의 시녀장이라는 직책은 상당히 능력 있는 여자가 아니면 맡을 수 없었다. 커리어우먼인 것이다.

우리 아인도르프 가문에서도 시녀장과 부시녀장은 유능한 인재이고.

나는 문득 륜하이트에 대한 향수를 느끼면서 모두에게 설명했다.

"나는 자카르 포위망을 형성하기 위해서라도 카르팔 공을 우리의 아군으로 삼고 싶어. 당장은 내가 카르팔 시민을 지켜줄 거야. 그리고 카르팔 공의 귀환을 도와줘서, 최종적으로는 그를 우리의 맹우로 만들 거야."

"네, 저희 주인님에게는 이미 편지를 보냈습니다. 기뻐하실 겁니다."

생긋 웃는 슈라. 크메르크를 속였을 때와는 달리, 이번에는 거짓말하는 기색은 없었다.

신뢰해도 될 것 같았다.

카르팔 공은 '여자 밝히는 칠칠치 못한 아저씨'이지만, '통치자로서는 그럭저럭 괜찮은 인물'이라고 한다. ……일단 슈라의 말로는.

『그런 식으로 평가해도 돼?』

『됩니다. 그것 때문에 마님도 화를 내셨거든요.』

하지만 정부는 두 명까지는 합법이라고 했잖아. 용서해 줘도 될 텐데.

나는 어젯밤 슈라와 나눴던 대화를 떠올리면서 머리를 가볍게 흔들었다.

이 상황에서 여자를 밝히느냐 마느냐 하는 문제는 제쳐두자.

"카르팔 공은 왕가의 먼 친척이야. 그러니까 왕가와도 이야기할 수 있을 거야."

국왕 본인은 죽었지만, 그 사실은 슈라나 시녀들에게는 아직 가르쳐주지 않았다. 이 문제는 카르팔 공에게 직접 이야기할 필요가 있었다.

나는 동료들에게 은근슬쩍 눈짓하면서 말을 이었다.

"이미 연안 제후와 화목하게 지내고 있는 하류 유역의 제후들도 다시 한번 아군으로 삼아야 해. 그 일은 밧자 공에게 부탁할 예정이다."

이 틈에 자카르 포위망을 형성하는 것. 그리고 나와 비라코야가 혐의를 받지 않게 하는 것. 그것이 금후의 과제이다.

이런 과제들을 전부 처리한 다음에는 자카르와 용병들을 일망타진할 것이다. 가능한 한 빠르게 해치우고 싶었다.

그러나 타이밍을 잘못 잡으면, '자카르 왕과 기사들'이 새로운 왕국을 세울 것이다.

솔직히 말해서 그 녀석이 통치하는 나라와 국교를 맺고 싶지는 않았다. 고로 나는 온 힘을 다해 크월의 현상을 유지할 것이다. 미랄디아의 국익을 위해서, 또 크월 민중의 안전을 위해서.

나는 신중하게 일을 진행하기로 했는데, 아직 아무런 성과도 얻지 못했건만 벌써 심상치 않은 분위기가 감돌기 시작했다.

국왕이 암살된 지 이틀 후부터 카르팔 각지에서 "국왕이 도망갔다"는 소문이 퍼지기 시작한 것이다.

"이봐요, 대장님. 임금님이 도망갔다던데. 그게 사실일까요?"

하숙집 주인인 파가 부인도 이런 말을 할 정도였다.

"그런 이야기는 어디서 들었어요?"

"아휴, 그게. 이웃 사람이 시장에서 들었대요. 그래서 우리 남편한테 물어봤더니, 남편도 아들한테 들었다는 거예요. 아들은 손님한테서 들었다고 하고."

이런 식으로 거짓 정보가 퍼져 나가는 과정은 전생에 들은 적이 있었다.

국왕이 도망갔다는 소문을 퍼뜨린 사람은 아마 자카르의 부하들일 것이다.

술집이나 유곽에 드나드는 용병들은 거기서 돈을 내면서 "저기, 실은 이거 비밀인데……" 하고 소문을 흘린다.

그렇게 흘러나온 소문이 여기저기 퍼져서, 시민은 똑같은 소문을 다른 경로로 여러 번 듣게 된다.

그러면 "아, 그 소문은 역시 사실이었구나. 다들 그렇게 말하니까"라고 생각하게 된다.

예전에 미국의 스리마일섬 원자력 발전소에서 사고가 발생했을 때도 이와 같은 현상이 일어났었다. ……고 한다. 잘못된 수치가 저절로 퍼져 나갔다는 것이다.

수단만 있으면 가짜 정보를 퍼뜨리는 것은 의외로 간단한 일일 것이다.

자카르는 전쟁이 특기일 뿐만 아니라 소문을 조종하는 것도 특기인 듯했다. 정보전에 능하다는 것은 골치 아픈 요소였다.

실제로는 국왕은 도망간 것이 아니라 암살되었지만. 일단 여기

없는 것은 사실이었다.

국왕 본인이 모습을 드러내서 그 소문을 부정하지 못하는 이상, 국왕이 도망갔다는 소문은 무한히 계속 퍼져나갈 것이다.

언젠가는 카르팔에서 벗어나 왕도 엔칼라가나 주변 도시에도 소문이 퍼질 것이다.

죽은 국왕이 건강하게 국내를 마구 돌아다니면서 사람들을 현혹한다.

한편 살아 있는 우리들은 가만히 숨죽이고 있을 수밖에 없었다.

그리고 모든 음모의 주모자인 자카르는 태연하게 병사들을 훈련시키고 있었다. 가끔은 나에게도 인사하러 와서 뻔뻔하게 대화를 나누다가 돌아갔다. 그게 기분 나빴다.

몬더 부대의 보고에 의하면 그는 수상한 행동은 전혀 안 하고 있다고 한다.

그가 시치미를 뚝 떼고 있는 동안에도, 그가 만들어 낸 소문은 계속 퍼져 나갔다.

본디 파잠 2세는 처음부터 '예술과 미녀를 사랑하고, 정치와 경제와 군사에는 전혀 관심이 없는 어리석은 왕'이라고 평가받고 있었다.

"연안 제후의 군대가 왕도 코앞까지 쳐들어왔기 때문에 파잠 2세가 달아났다"고 말하면 나조차도 납득해버릴 것 같았다.

뭐, 그래도 그가 도망간 것으로 해준다면, 내가 국왕 암살범으로 의심받을 일도 없을 테니까. 솔직히 말해서 좀 다행이기도 했다.

……내가 왜 범인이 된 기분을 느끼고 있는 거지?

나는 베르자 해병대의 그리즈 대장과 따로 회의를 했다.

전략에 관해 상담할 수 있는 상대가 이 덩치 큰 모히칸 사나이밖에 없다는 시점에서 이미 충분히 어려운 상황이었다.

"자, 문제는 지금부터 여러 세력이 어떻게 움직이느냐 하는 거야."

"그 빌어먹을 자카르가 공격성을 드러내는 것은 좀 더 나중 일일 테지요. 연안 제후에게 대들려면 국왕 측에 붙어야 하는데, 그건 이제 불가능하니까. 그렇다고 자력으로 일국을 지배하기에는 병력이 너무 부족하고."

"맞아. 카르팔 공에게서 빼앗은 자금과, 오합지졸인 4,000명의 병사만 가지고는 크월을 지배하는 것은 불가능해."

카르팔 정도는 어떻게든 지배할 수 있을 테지만, 언젠가는 파국을 맞이할 게 뻔했다.

그러자 그리즈가 고개를 갸웃거렸다.

"어, 그러면…… 아, 맞다. 왕도 사람들은 어때요? 나리, 뭐 좀 알아낸 거 없어요?"

"하나도 없어. 다만 상류의 도시 와자르로 피난을 간 카르팔 공에게서 편지가 왔어. 감사장 같은 내용이었어."

카르팔의 치안을 지켜줘서 고맙다는 이야기, 시녀들의 안전과 명예를 지켜준 것에 대한 감사, 그 외에도 여러 가지 내용들이 적혀 있었다.

그 내용을 보면 비교적 괜찮은 인물인 듯했다. 손을 잡아도 될 것 같았다.

"카르팔 공에게는 앞으로 상류의 제후들과 우리를 연결하는 징검다리 역할을 맡길 거야. 그리고 왕도의 정세도 전달해 달라고 할 거고. 카르팔 공은 왕가의 먼 친척이라서, 고관을 왕도에 주재시키고 있거든."

"아~ 그래요, 그거 좋네."

흉악하게 생긴 모히칸이 히죽 웃었다. 뭐야, 나 진짜로 국왕 암살범은 아니지? 점점 불안해졌다.

이때 판이 찾아왔다.

"나 왔어, 바이트 구…… 바이트 대장님. 베르자 해병대 사람들과 함께 시장에서 이런저런 이야기를 듣고 왔어."

인랑들은 크월어를 잘 못하기 때문에 통역이 곁에 있어야 활동하기 편했다. 실은 몬더를 비롯한 감시원들도 이따금 자카르 일당의 대화를 못 알아듣기도 했다.

판은 그리즈 옆에 앉아서 피곤한 표정으로 말했다.

"자카르가 군대를 출동시키지 않고 소문을 퍼뜨린 것은 좀 의외였어."

"응. 게다가 국왕을 행방불명으로 만들어 버린 것도 좋은 방법이었지."

내가 예전에 륜하이트 휘양교의 지도자 유히트 사제를 추방시켰던 것과 같은 수법이었다.

지도자가 죽으면 금방 후계자가 그 지위를 계승한다. 마족에게는 없는 인간 특유의 강점이다.

그러나 지도자가 산 채로 자리를 비우면 즉시 교체하는 것은 불가능하다. 지도자가 돌아올 가능성이 있기 때문이다.

그러니까 왕도에서도 차기 국왕을 정하자는 이야기가 나오진 않았을 것이다. 한동안은 행방불명된 국왕을 찾으러 다닐 것이다.

나는 그 점을 설명하고 팔짱을 꼈다.

"국왕이 도망쳤다는 의혹 때문에 왕가 전체의 위신이 떨어졌어. 국왕이 이미 죽었다는 사실을 왕가에 알려준다면 차기 국왕이 즉위할 테지만, 그러면 나와 밧자 공이 혐의를 받게 될 테지."

관계자들이 가짜 사자에게 속아 넘어간 것이 참으로 개탄스러웠다. 진짜 사자도 설마 아군에게 살해될 줄은 몰랐을 것이다.

밧자 공은 반(反)국왕파의 수장이고, 나는 그런 밧자 공을 도와주기 위해 파견된 타국의 사령관이다. 의심하려고 한다면 얼마든지 동기를 찾아낼 수 있을 것이다.

그렇게 되면 나도, 또 미랄디아도 무척 곤란해지므로 여기서는 신중하게 행동할 수밖에 없었다.

"자카르에게 모든 걸 책임지게 하고 이 나라를 원래대로 돌려놓을 거야. 그놈이 본색을 드러내기 전에, 그놈을 우리 속에 집어넣는 거야. 보이지 않는 우리에."

"그래, 대장님은 그런 게 특기잖아?"

판이 히죽 웃자, 그리즈도 히죽 웃었다.

"맞아, 나리는 완벽한 대악당이니까."

나를 사악한 배후자처럼 취급하는 것은 그만두지 않을래……?

*   *

〈꿈틀거리는 야심 3〉

자카르는 불안한 나날을 보내고 있었다.

"소문은 잘 퍼지고 있어?"

보고하러 온 부하에게 물어보자, 그는 고개를 끄덕였다.

"네, 완벽합니다. 대장님. 카르팔 사람들은 국왕이 도망갔다고 믿고 있어요. 뭐, 평소 행실이 워낙 그랬었잖아요? 그 임금님은."

자카르는 다소 안도했다.

"그러냐. 그럼 다행이다. 이제는 소문이 알아서 퍼지기를 기다려라. 조만간 소문에 살이 붙을 거다."

그러나 안심할 수는 없었다.

"그 사람이 진짜 왕, 이겠지?"

"라프하드가 실수할 리 없어요. 대장님."

"하긴 그래. 라프하드는 밧자 공의 사자로서 왕을 알현했을 때 그 얼굴을 봤으니까. 잘못 볼 리가 없지."

라프하드는 충성스러운 부하였고 일도 견실하게 잘했다.

입막음하느라 죽이기에는 좀 아까운 부하였지만, 안전을 위해서는 그것도 필요한 지출이었다. 이런 지출은 아까워하면 안 된다. 자카르는 자신을 그렇게 타일렀다.

그때 부하가 갑자기 고개를 갸웃거렸다.

"그러고 보니 최근에는 라프하드가 안 보이네요?"

자카르는 미소 지으면서 이렇게 대답했다.

"다른 일을 맡겼다. 그 녀석은 우수하니까."

다들 참 일을 잘한다. 자카르는 진지하게 고개를 끄덕거렸다. 자신은 부하 복이 많다고 진심으로 생각했다.

하지만 그래도 아직은 안심할 수 없었다.

현재 가장 큰 걱정거리는 저 북쪽 대륙에서 온 부관이었다. 그 뛰어난 책략가인 북부의 늑대는 이 음모를 눈치챘을 가능성도 있었다.

"바이트 경의 움직임은 감시하고 있지?"

"네. 특별히 이상한 점은…… 아, 맞다. 얼마 전에는 생선 가게 노인네랑 같이 '생선을 썩지 않게 하는 주술'을 연습하던데요?"

"뭐야, 그게?"

"글쎄요. 살균? 멸균? 뭔가 그런 말을 하던데……."

자카르로서는 잘 이해할 수 없었다.

측근은 킥킥 웃었다.

"진짜 엄청난 얼간이예요. 소문만 요란하지, 전쟁터에 나가면 하루 만에 죽어버리는 무능한 놈입니다."

자카르는 그렇게 생각하지 않았다. 틀림없이 그 남자는 일부러 전쟁에도, 모략에도 관심 없는 척하고 있는 것이다.

그래서 그는 벌떡 일어나 측근의 어깨를 꽉 붙잡았다.

"억?!"

"내가 그렇게 무능한 놈을 일부러 감시하게 시켰다는 것이냐? 나 같은 사람이?"

"아, 아닙니다! 으으으윽!"

부하는 몸부림을 쳤다. 그러나 자카르의 손가락이 강철처럼 강하게 파고들어서 아무리 몸부림쳐도 전혀 떨쳐낼 수 없었다.

부하의 표정이 공포로 뒤덮이면서 복종의 기색이 농후해졌다. 그제야 자카르는 그를 놓아줬다.

"흐, 흐이잇……"

가쁜 숨을 몰아쉬는 부하. 자카르는 친근하게 말을 걸었다.

"생각하는 것은 내 일이다. 너희들은 얌전히 내 명령을 따르면 돼. 그러면 만사형통이다. 내 책략에는 우수한 너희들이 꼭 필요해. 알았지?"

끄덕끄덕 고개를 끄덕이는 부하. 자카르는 활짝 웃으면서 그를 보았다.

"옳지, 그래. 그러면 돼. 감시를 계속해라. 그 녀석이 무능한 척하는 것은 주위를 속이기 위해서이다. 방심하지 마."

부하가 허둥지둥 밖으로 나간 뒤, 자카르는 사색에 잠겼다.

바이트 경의 움직임을 예측할 수 없었다.

'그 녀석이 무능하다는 게 말이 되냐. 그놈은 북부 대륙의 패자인데.'

바이트 폰 아인도르프에 관한 정보를 모으면 모을수록, 그자가 얼마나 엄청난 괴물인지 잘 알게 되었다.

그리고 결정적으로 자카르 본인의 후각이 확실하게 경고하고 있었다. '저 남자는 만만찮다'라고.

하지만 그와 동시에 자카르는 곤혹을 느끼기도 했다.

'뭔가 앞뒤가 안 맞아. 그토록 대단한 권력과 지모, 훈공. 또 인맥까지 갖췄으면서. 평민 출신인데도 그 정도로 출세한 야심가인 주제에, 강렬한 독기 같은 것이 전혀 느껴지지 않는 이유가 뭐지?'

검술 수행을 하면 손바닥 가죽이 두꺼워지듯이, 힘을 손에 넣은 자는 그것의 보상 심리가 손에 새겨지게 된다. 그것은 아무리 열심히 숨기려고 해도 불시에 겉으로 드러나는 것이다.

하지만 바이트 경한테서는 그런 힘의 보상 심리가 전혀 느껴지지 않았다.

무슨 일이 일어나도 그저 담담하기만 했다. 마치 남의 일 대하는 것처럼. 그런데 또 빈틈은 없었다.

'그놈은 정체가 뭘까? 어떤 인생을 살면 그렇게 되는 거야? 그놈을 움직이게 만드는 충동은, 그놈을 통제하는 철학은 도대체 뭐지?'

전혀 알 수 없었다. 그것이 자카르를 두렵게 했다.

그러나 지금은 두려워할 때가 아니었다.

국왕 살해라는 왕국 최대의 악행을 저지른 이상, 이제는 돌이킬 수 없었다. 혹시 그 녀석이 국왕의 대역이라서 실제로는 국왕 살해가 미수에 그쳤더라도, 그것은 결코 용서받지 못할 것이다.

그러니까 앞으로 나아갈 수밖에 없다.

다행히 모든 계획은 순조롭게 진행되고 있었다. 이대로 국왕 도피설을 유포하면서 왕가의 구심력을 저하시키자. 그리고 충분히 저하됐을 때 왕도 엔칼라가를 점령해서 밧자 공을 이 내전의 승리자로 삼자.

그러면 당연히 왕도 주변의 제후들은 가만있지 않을 것이다. 왕가와의 특별한 관계는 그들의 특권이므로.

그래서 또 전쟁이 벌어질 것이다.

전쟁이 벌어지면 무력이든 지위든 전부 다 마음대로 차지할 수 있다.

그리고 마지막에는 자신이 왕이 되면 된다. 이전 왕조의 왕이 어떤 식으로 죽었는지는 더 이상 아무도 신경 쓰지 않을 것이다.

'그러면 역시 경계해야 할 대상은 바이트 경인가……'

또다시 생각이 원점으로 돌아왔다.

그런데 이 음모를 진행하는 과정에서 가장 예측하기 어려운 불확정 요소가 그자였다.

'바이트 경이 내 계략을 눈치챘느냐 마느냐가 문제인데. 만약에 눈치챘다면 나를 그냥 놔두지는 않을 것이다. 협박, 밀약, 포박 등, 어떤 형태로든 접촉을 시도할 테지.'

그렇다면 그는 눈치채지 못한 걸까.

하지만 내가 들은 바이트 경의 소문을 떠올려 보면, 아마도 그는 국왕이 도망갔다는 소문을 들으면 즉시 행동을 개시할 것 같았다.

신출귀몰, 질풍신뢰(疾風迅雷)라고 소문이 난 남자였다. 역시 자신의 음모를 눈치챈 것이 아닐까. 눈치챘으면서 일부러 자기를 그냥 내버려 두고 있는 것이 아닐까.

자카르는 불안에 휩싸였다.

증거는 하나도 남기지 않았고, 누구에게 미행당하지도 않았을 것이다. 하지만 만약에 발각됐다면 계획을 변경해야 한다.

그렇게 되면 바이트 경은 노골적으로 나를 적대하게 될 것이다.

하지만 그것은 곤란하다. 바이트 경은 싸움이든 책략이든 간에 단한 번도 패배한 적이 없다고 하기 때문이다.

연전연승의 장군이자 무적의 기사. 그리고 무시무시한 책략가. 그를 적대한 자는 하나같이 파멸했다고 한다.

그러니까 마왕의 부관이라는 것이다.

현재 그는 병사들을 많이 거느리고 있진 않았지만, 그건 아마도 다른 술수를 써놓았기 때문일 것이다. 자신의 수하들만 데리고 최전선에 와서 느긋하게 쉬고 있는 것을 보면 아무래도 뭔가 있는 게 확실했다.

자카르가 모르는 곳에서 무서운 사태가 진행되고 있는 게 아닐까.

그러나 감시자한테서는 아무런 보고도 들어오지 않았다.

불길했다.

'제기랄, 그 괴물 녀석……'

언제 만나도 늘 여유로워 보이는 바이트 경에 대해서, 자카르는 공포를 느끼지 않을 수 없었다.

'특히 그놈의 눈이 괴물 같아. 너 같은 놈은 전혀 두렵지 않다, 네 속셈은 전부 다 꿰뚫어 봤다……고 이야기하는 듯한 눈이야.'

그렇게 생각했을 때 자카르는 문득 떠올렸다.

국왕 파잠 2세를 베었을 때, 그자의 눈빛도 바이트 경과 같았다.

자신의 적인 용병에게 생살여탈권을 빼앗긴 상황임에도 불구하고 왕은 목숨을 구걸하지 않았다. 아니, 오히려 마지막에는 동정하는 듯한 눈빛으로 쳐다봤다. 자카르는 결국 끝까지 왕을 복종시키지 못했던 것이다.

왕도, 바이트 경도 자카르를 두려워하지 않았다.

'나는 왕조차도 살해한 대악당이자 희대의 간웅이야. 그리고 앞으로는 영웅이 될 남자이고. 그런데 왜 그놈들은 나를 경외하지 않는

29

거야?!'

말로 잘 표현하기는 어려웠지만, 무력이나 지모만 가지고는 도저히 어떻게 할 수 없는 '인간으로서의 격차' 같은 것이 느껴졌다.

'나와 그놈들이 도대체 뭐가 다른데? 내 실력은 파잠 2세 같은 놈보다 훨씬 낮고, 바이트 경에게도 충분히 대항할 수 있을 정도인데…….'

그들에게는 있으나 자신에게는 없는 것. 그 결정적인 차이가 뭔지 알 수 없었다.

자카르는 자신의 후각은 절대적으로 믿고 있었다. 위험을 감지하는 후각이었다.

그 후각이 지금, 숨 막힐 정도로 지독한 피 냄새를 감지하고 있었다. 무슨 일이 있어도 그 바이트 경은 적으로 삼으면 안 된다.

그를 항상 음모의 바깥쪽에 놔두기 위해 세심한 주의를 기울여야겠다.

문득 정신을 차려 보니 당밀주 술독이 모조리 비어 있었다.

자카르는 스스로 엄청난 술고래라고 자부했지만, 그래도 이렇게 술을 퍼마셨는데도 전혀 취하지 않는 것은 처음이었다.

"나 같은 남자가, 이게 무슨 꼴이냐."

자카르는 텅 빈 술독을 발로 굴리면서 한숨을 푹 내쉬었다.

왕은 이제 없다. 파잠 2세에게는 자식이 없었고, 후계자가 될 만한 왕족은 이미 거의 다 배제됐다.

선왕이 자기 자식을 왕위에 앉히려고 온갖 수단을 다 썼기 때문이다. '다음 왕을 누구로 하느냐' 하는 문제로 치열하게 싸우게 될 것이다. 하지만 다음 왕은 영원히 즉위하지 못한다.

왜냐하면 왕가는 멸망할 테니까.

이제부터 시작되는 것은 크월 전토를 초토화시키는 대란(大亂), 쇠와 피가 난무하는 광란이다.

자카르 같은 전쟁의 개들에게는 이보다 더 성대한 축제는 없을 것이다. 폭력의 폭풍우 속에서 비로소 용병은 빛나니까.

지금부터 우리가 크게 활약할 것이다.

'더 이상 누구에게도 고용되지 않을 테다. 나의 고용주는 나다.'

굴욕과 인내의 나날을 회상하면서 자카르는 술독을 콱 밟아 부숴 버렸다.

*　　　*

국왕이 도망갔다는 의혹은 사람들의 입소문을 통해 퍼져 나가면서 서서히 확신으로 변해갔다.

"역시 국왕 폐하는 도망간 거 아냐?"

"응, 아마도. 제대로 정치를 할 것 같은 성격도 아니라고 하니까……."

"임금님이 달아났다는 것은 거의 확실한 것 같군."

"나 참, 어쩔 수 없네. 어, 그래서 다음 임금님은 누가 될까?"

왕실이 아무것도 발표하지 않았는데 벌써 민중의 관심은 다음 왕한테 옮겨가고 있었다.

살해된 파잠 2세가 조금 불쌍하게 여겨졌다. 평소의 행실이 이렇게 중요하구나…….

그러던 어느 날 밤, 카르팔 부근의 강변에 조각배가 도착했다.

"바이트 폰 아인도르프 님이십니까?"

조각배에서 내린 남자는 싱긋 웃더니, 불룩 튀어나온 배를 열심히 집어넣으면서 말했다.

"저는 에니케의 자식인 포와니입니다. 카르팔의 태수로 임명된 사람이지요. 이렇게 자기 도시를 방문하니까 기분이 이상하군요."

카르팔 공은 유쾌하게 웃으면서 배를 흔들었다.

그리고 또 한 사람.

"처음 뵙겠습니다. 바이트 님. 포와니의 아내인 라케샤입니다. 슈라와 다른 시녀들은 무사한가요?"

이쪽은 기가 세 보이는 부인이었다.

슈라의 편지를 받은 카르팔 공은 호위병도 거의 대동하지 않고, 부부끼리 단둘이 몰래 귀환한 것이었다.

나도 깜짝 놀랐다.

카르팔 공은 웃으면서 이렇게 이야기했다.

"바다 건너에서 온 영웅을 만나고 싶어서 돌아왔습니다. 처음에는 역시 직접 만나는 것이 제일 좋으니까요. 다른 사람을 통한다면 인품이 어떤지도 알 수 없고, 내 생각도 잘 전달할 수 없잖아요?"

이것이 크월인의 사고방식인가 보다.

아니, 그래도 너무 위험하지 않나?

나는 이것저것 걱정이 되었지만, 겉으로는 아무렇지 않은 표정을 짓고 싱글싱글 웃었다.

"네, 잘 돌아오셨습니다. 포와니 님, 라케샤 님. 두 분이 자리를 비우신 동안에 저, 바이트가 이곳을 지키고 있었습니다."

"오, 정말 감사합니다."

"슈라와 시녀들의 명예를 지켜주셔서 고맙습니다."

포와니 부처는 그렇게 몇 번이나 감사 인사를 하면서 내 하숙집인 파가 부처의 집으로 은밀하게 이동했다.

저번에 파가 부처 덕분에 시장까지 들키지 않고 이동할 수 있는 루트를 확보했으므로, 그것을 이용해 시장에서 빙 돌아서 그 집으로 데려갔다.

"태, 태수님……."

"아니, 마님까지……."

한밤중에 찾아온 방문자를 본 파가 부처는 입을 떡 벌리면서 놀랐는데, 나는 두 사람에게 비밀을 지켜 달라고 부탁했다.

"태수님의 안전을 지킴으로써 다시 이분이 이 도시를 통치하실 수 있도록, 이번 일은 아무에게도 말씀하지 말아주세요."

"그, 그래. 태수님을 위해서라면, 난 죽어도 아무 말도 안 해."

파가 영감님은 양손으로 자기 입을 단단히 막았다.

태수 부처가 파가 부처에게 정중하게 고맙다고 인사했다. 그후 나는 포와니와 밀담을 하기 시작했다.

"바이트 경, 우리 수니와 비비라는 지금 어디 있습니까?"

그 순간 시녀장 슈라가 헛기침을 했다.

"저, 주인어른."

"아, 아니, 잠깐만! 그들은 첩이긴 해도 분명히 내 아내들이야. 그러니 신경 쓰는 것도 당연하잖아?"

아, 정부들 말인가. 그런데 일개 시녀를 상대로 왜 저렇게 당황하는 거지?

문득 옆을 봤더니 아내인 라케샤도 남편을 쏘아보고 있었다.

라케샤는 살짝 한숨을 쉬었다.

"하는 수 없죠. 크월의 법으로는 인정되고 있으니, 측실의 존재는 너그럽게 이해할게요. 하지만 그것은 '크월의 남자는 기본적으로 다 바람을 피우니까, 무질서하게 바람피우게 놔두느니 차라리 법으로 규정하자'는 거잖아요. 아시죠?"

"으, 음. 그래, 나도 알아."

그랬구나. 이 동네 사람들은 개방적이란 말이지…….

라케샤는 이야기를 계속했다.

"태수는 자기 영지에서 정실과 측실을 한 명씩 두고, 또 원정을 나가거나 다른 지역으로 부임하는 경우를 위해서 측실을 한 명 더 둘 수 있습니다. 그런데 원정을 나가지도 않는 당신에게 측실이 두 명이나 필요한가요?"

그러자 포와니는 쩔쩔맸다.

"아니 그런데, 그렇잖아? 법으로는 인정되니까…… 안 그래?"

차가운 눈빛으로 카르팔 공을 쳐다보는 슈라와 시녀들.

이게 바로 사면초가인가.

"아 참, 그리고 보니 바이트 님. 당신은 부인 외에도……."

포와니가 도움을 청하는 것처럼 나를 바라봤다. 나는 고개를 좌우로 흔들었다.

"아뇨, 저는 아내밖에 없습니다. 미랄디아 귀족은 일부일처제입니다."

"그, 그래요……?"

모처럼 아일리아 이야기를 할 기회가 왔다. 그러니까 내 아내 자랑을 좀 해도 되겠지?

"제 아내인 아일리아는 총명하고 인내심이 강하고, 배려하는 마음이 넘치는 존경스러운 반려자입니다. 저에게는 이상적인 아내이자 이상적인 파트너이지요. 멀리 떨어진 곳에서도 아내의 사랑이 제 영혼을 가득 채우고 있으므로 다른 여자는 필요 없습니다."

너무 심하게 떠들어대는 것도 바람직하지 않으니까. 나는 최대한 자제하면서 내 아내를 자랑했다.

그런데 왜 일동이 침묵하는 걸까?

아, 더 듣고 싶은 건가?

그때 라케샤가 즉시 입을 열었다.

"저거 봐요. 바이트 님은 저렇게 고결하고 일편단심이잖아요? 당신도 좀 보고 배워서 영웅이 되어보라고요."

"어휴, 말도 안 되는 소리 하지 마. 바이트 님 같은 성인을 어떻게 흉내 내라는 거야?"

내가 성인이라고? 그럼 이전 세계의 일본은 성인들이 넘쳐나는 성지였던 건가.

카르팔 공은 고개를 약간 숙인 채 투덜투덜 혼잣말을 중얼거렸다.

"국왕 폐하는 재색을 겸비한 왕비들을 수십 명이나 후궁에다 모아놨는데. 그에 비하면 나는……."

그 순간, 라케샤가 단호하게 한마디 했다.

"왕가에서는 남계 남자만 왕위 계승권을 가질 수 있으니까 그거야 당연한 거 아니에요? 여자나 양자에게도 상속권이 있는 우리와는 다릅니다."

그러자 포와니는 이마의 진땀을 흘리면서 말했다.

"아니 그런데, 알잖아? 무베니 공은 '법전에 적혀 있지 않다'는 핑계로 미소년을 몇 명이나 거느리고 있고, 다들 자기 마음대로 하고 있는걸. 그에 비하면 나는 법을 잘 지키고 있으니까 꽤 훌륭하다고 생각하는데."

"여보, 법은 지키는 것이 당연해요."

"아, 알아! 그래도 조금은 칭찬해줘!"

수렁에 빠졌구나. 저기요, 그런 싸움은 딴 데 가서 해주세요.

그때 불쑥 나타난 몬더가 보고서를 나에게 건네주면서 쓸데없는 이야기를 했다.

"카르팔 공의 정부들은 자카르가 매일 밤 영차영차 하면서 데리고 놀고 있어. 아하하, 그럼 이만~."

재빨리 방에서 나가버리는 몬더. 그 뒷모습을 보더니 카르팔 공이 나에게 질문했다.

"여…… 영차영차가 뭡니까?"

어쩔 수 없군.

"자카르는 매일 밤 그 정부들과 잠자리를 같이하는 모양입니다.

저, 어, 매우 격렬하게."

그 순간, 포와니는 흠칫하며 경악한 표정을 짓더니 곧바로 주먹을 불끈 쥐었다.

"으으으윽, 용서할 수 없구나! 용서할 수 없어! 그 끔찍하고 비열한 놈, 절대로 용서 못 한다!"

아, 확실히 이 사람은 내가 보기에는 '여자나 밝히는 한심한 아저씨'구나.

하지만 아마도 이것은 크월에서는 꼴사나운 반응은 아닐 것이다. 어쩌면 더없이 남자다운 반응일 수도 있다.

가치관이란 것은 시대와 장소에 따라 얼마든지 달라지니까.

나는 그런 생각을 하다가 문득 내 할 일을 떠올렸다.

"포와니 님, 좋습니다. 훌륭한 기개입니다. 우리 미랄디아는 크월의 오랜 벗으로서 이 나라가 안정되기를 바라고 있습니다. 그런 놈이 함부로 날뛰게 내버려 두면 안 돼요."

"네, 당신 말씀이 맞습니다. 바이트 님. 내 반드시 그놈의 계획을 깨부술 겁니다."

아무래도 동기가 불순한 느낌이 드는데, 어쨌든 의욕이 생겼다면 마음 든든한 일이었다.

나는 그에게 가장 중대한 비밀을 털어놓기로 했다.

"용병들을 지휘하는 자카르 대장은 좋지 않은 야심을 품고 있는 듯합니다. 이미 사태는 항구에 대한 과세라는 영역을 벗어났습니다."

그러자 포와니는 다시 침착해진 태도로 미간을 찌푸렸다.

"그놈은 태수를 상대로 몸값을 뜯어내는 남자입니다. 그 남자의 '좋지 않은 야심'이라고 하면, 분명히 예사로운 것이 아닐 테지요. ……설마 왕가에 대한 반역입니까?"

태평해 보여도 역시 태수는 태수였다. 내 말의 의미를 금방 눈치챘다.

나는 다소 긴장하면서도 그에게 고했다.

"네. 그런데 그 반역도 예사로운 것이 아닙니다. 국왕 폐하, 또는 그분의 대역으로 추정되는 사람이 자카르에게 살해당했습니다."

"뭐…… 뭐라고요?!"

믿을 수 없다는 표정을 짓는 카르팔 공. 나는 그에게 간단히 사정을 설명했다.

"제 부하가 급히 달려갔을 때는 그분은 이미 숨을 거두었습니다. 너무 위험해서 시신을 수습하지도 못하고 그대로……."

약간의 거짓말은 용서하기를 바란다.

카르팔 공은 새파랗게 질렸지만, 그래도 나를 가만히 쳐다봤다.

"당신은…… 당신은, 그 일에는 관여하지 않았지요? 바이트 님."

"물론입니다. 성스러운 메지레와 우리 마왕님을 걸고 맹세합니다."

카르팔 공은 잠시 후 살짝 고개를 끄덕였다.

"저는 당신을 믿습니다. 만약에 당신이 주모자라면, 애초에 이 비밀을 나에게 가르쳐줄 필요는 없을 테니까요. 게다가 당신은 신용할 수 있는 분처럼 보입니다."

"네, 감사합니다."

말이 잘 통하는 사람이라 다행이다. 시녀장 슈라의 인물평은 정확한 것 같았다.

카르팔 공의 할머니는 왕족이었으므로, 세상을 떠난 파잠 2세와도 먼 친척 관계였다. 막부와 신판* 같은 관계라고나 할까.

단, 사적인 친분이 그리 깊지는 않았나 보다. 카르팔 공은 왕의 죽음을 그다지 슬퍼하지는 않았다.

"부왕께서는 정말 위대한 분이셨습니다만, 폐하는…… 아니, 그만합시다. 실무 능력은 그렇다 쳐도 파잠 님은 유구한 메지레의 지배자이자 정통한 임금님이십니다. 그분이 흉한의 칼을 맞고 쓰러졌다는 것은 원통한 일이지요."

카르팔 공은 그렇게 말했다. 그리고 돌아가면 즉시 왕궁의 상황을 살펴보겠다고 약속해줬다.

실은 그에게 시체를 보여주는 것이 가장 좋을 테지만, 여기서 거기까지는 거리가 너무 멀었다. 게다가 지독한 크월의 더위 때문에 시체는 금방 부패한다. 이제는 눈 뜨고 보기 힘든 꼴이 되어 있을 것이다.

"바이트 님. 이런 질문은 지겨우실 수도 있지만, 정말로 밧자 공과 연안 제후들이 우리 왕가 및 왕가에 충성하는 제후들을 멸망시키지는 않을 테지요?"

카르팔 공은 불안한 것처럼 물어봤다. 나는 신중하게 대답했다.

"적어도 제가 겪어본 바로는 그런 움직임은 전혀 찾아볼 수 없었습니다. 이번 사건은 자카르의 모반, 용병들의 폭주가 원인입

---

*에도 시대 정부인 막부의 우두머리가 쇼군이고, 그 쇼군 가문의 직계인 지방 제후가 신판.

니다."

그리고 이렇게 말을 이었다.

"우리 미랄디아도 크월의 안정을 간절히 바라고 있습니다. 크월 사람들을 동정하는 마음도 있습니다만, 설탕 수입이 중단되면 저희도 큰 손해를 보니까요. 이런 무익한 싸움은 빨리 끝내고 싶습니다."

심정적인 이유와 합리적인 이유를 전부 다 설명했다. 둘 다 진심이긴 했는데, 이것은 설득력을 높이기 위한 것이었다.

미랄디아가 학교를 세우거나 과학 및 마술 연구를 진행하기 위해서는 든든한 재원이 필요하다. 그것도 건전하고 지속적인 재원이.

이런 데서 전쟁 비용을 낭비해도 될 상황이 아닌 것이다.

카르팔 공은 내 말을 믿어준 것 같았다.

"당신이 무슨 꿍꿍이가 있었다면, 여기 온 시점에서 저희는 살해당했을 겁니다. 물론 그렇게 되지 않는다는 확신이 있어서 여기 온 거지만요."

"네. 감사합니다."

나는 고개를 숙였다. 상대가 비교적 쉽게 나를 신용한 것이 신기했는데, 어쨌든 이 신뢰를 저버리지 않도록 노력해야겠다.

그러자 그가 미소를 지으면서 갑자기 화제를 바꿨다.

"저는 지금 오랜 친구인 와자르 공에게 신세를 지고 있습니다. 그런데 그 여자는 인맥이 굉장하거든요. 게다가 빼어난 미인이라……."

헉 하고 카르팔 공이 뒤를 돌아봤다. 부인과 시녀들이 가만히 그를 쳐다보고 있었다.

"……아무튼, 그 여자의 힘을 빌려봅시다. 특히 최근에는 그 친구의 집에 대마법사가 드나들고 있거든요."

흐음? 프로 마술사가 있는 건가. 마술 연구는 그다지 활발하지 않은 나라라고 알고 있는데, 역시 아무리 애써도 조사가 완벽할 수는 없구나.

그런데 실력이 어느 정도일까. 크월의 수준이라면 별로 대단하진 않을 것 같지만.

나는 실례가 되지 않도록 은근슬쩍 이야기를 유도해봤다.

"크월에도 위대한 마술사가 있나 보군요."

그러자 카르팔 공은 빙그레 웃었다.

어라? 그에게서 남을 속이려는 사람 특유의 냄새가 났다.

"아니, 그게 말이죠. 이국에서 오신 분입니다. 굉장히 총명하고 덕이 많은 인물이신데, 그 이름은…… 아, 네. 파커 님이라고 하셨어요."

"파커?!"

"역시 아시는군요."

"네, 잘 알죠. ……불행하게도."

압니다. 확실히 그는 대마법사입니다.

그 녀석, 도대체 뭐 하는 거야?

카르팔 공은 진심으로 기뻐하면서 이렇게 말했다.

"바이트 님의 이야기도 파커 님을 통해 이것저것 많이 들었습니다. 그래서 신뢰할 만한 분이라고 느꼈어요. 너무나 만나고 싶어서 못 견딜 지경이었습니다. 그렇지? 라케샤."

"네. 정말로 파커 님이 말씀하셨듯이, 아니, 그 이상으로 훌륭한 분이세요."

그 녀석이 또 나에 관해서 이상한 소문을 퍼뜨리고 있는 건가. 됐으니까 빨리 돌아오기나 해.

카르팔 공은 안전을 위해서 그날 밤에 다시 상류의 도시 와자르로 돌아갔다. 돌아갈 때는 배를 이용할 수 없으므로 인랑 부대가 그들을 호위했다.

호위 임무를 마치고 귀환한 판이 나를 보고 웃었다.

"재미있는 아저씨였어. 어때, 저 사람은 믿어도 될 것 같아?"

"응. 그 사람이 겉보기와 똑같은 인물이란 보장은 없지만, 적어도 인간미는 있으니까, 협상은 잘될 거라고 생각해. 실제로 만나본 덕분에 그를 신용해도 되겠다는 생각이 들었어."

직접 만난다는 것은 협상에서는 확실히 중요한 요소였다.

어쩌면 살해된 국왕도 그런 감각으로 나를 만나러 왔을지도 모른다. 그렇다면 더더욱 그가 불쌍해지는군.

한편 자카르는 용병들을 점점 더 많이 모아서 용병대 규모를 키우고 있는 듯했다.

이미 카르팔을 공략하기 전 규모였던 4,000명을 훌쩍 뛰어넘었고, 지금 신병들을 훈련시키고 있다고 한다. 자카르는 카르팔 공에게서 빼앗은 자산으로 신병들에게 장비를 지급한 것 같았다.

앞으로 진지하게 한판 싸우려나 보다.

나는 그런 생각을 하면서 파가 영감님의 안내를 받아 강가에서 민물고기를 낚고 있었다.

아니, 좀 더 정확히 말하자면 파가 영감님이 낚은 물고기에 살균의 주술을 걸고 있었다.

"봐요, 대장님. 이 도마에도 성스러운 징표가 새겨져 있지?"

"『카피 나이메』…… 아마도 『희미한 의지를 가지고 명령한다, 모든 것이 멸망할지어다』라는 뜻일 거야."

거기 새겨진 것은 마술 문양. 주문을 회로처럼 구성한 것인데, 이것은 기막히게 간략화되어 있었다. 겨우 두 단어밖에 없었다.

치사(致死)마법을 광범위하고 미약하게 발산하게끔 만들어져 있었는데. 이 정도로는 벌레 한 마리 죽이지 못할 것이다.

단, 균이나 바이러스라면 죽일 수 있을 것이다. 그래서 납득이 갔다.

"파가 씨. 이것은 죽음의 주문을 약하게 만든 거야."

"그런 전문적인 이야기를 해도 난 몰라. 아무튼 그러니까, 정화의 소금을 손가락으로 적당히 집어서. 그다음에는 이렇게, 파앙, 페퐁, 풋포!"

파가 영감님은 괴상한 몸짓을 선보이면서 괴상한 주문을 외웠다. 저것은 마술적으로 무의미한 짓이므로 굳이 기억할 필요는 없을 것이다.

보아하니 소금이 촉매가 되어 마술 문양을 기동시키는 것 같았다.

마술사인 나로서도 왜 그런 반응이 일어나는지는 알 수 없었다.

알 수는 없어도, 이것은 가져가서 연구할 만한 가치가 있어 보였다.

"파가 씨. 이건 누가 생각해 낸 거야?"

"아, 그건 나도 몰라. 하여간 물고기란 놈은 쉽게 썩어버리잖아? 그래서 고조할아버지 대에는 벌써 모두 이런 주술을 사용하고 있었대."

크월은 날씨가 워낙 더운 데다가 강물이 결코 깨끗하다고는 할 수 없었다. 이 고장에서 살균 주술은 대활약을 해왔을 것이다.

누구인지는 몰라도, 모든 걸 극도로 간략하게 만들어놔서 무척 효율이 좋았다.

이 살균 도마 같은 것은 갓 입문한 마술사 연습생이라도 만들 수 있을 것이다. 촉매도 평범한 소금이고, 진짜로 순수한 촉매이므로 사용해도 줄어들지 않는다.

"훌륭해……. 아주 훌륭해."

"그렇지?"

아마도 각자 이유는 전혀 다를 테지만, 나와 파가 영감님은 동시에 도마를 보면서 빙그레 웃었다.

그러다 문득 나는 강 상류를 쳐다봤다.

강을 오가는 조각배 중에서 이쪽으로 다가오는 것은 하나도 없었다. 파커는 저 배에는 타지 않은 것 같았다.

"그나저나 파커는 왜 이렇게 늦는 거야?"

오늘 이쪽으로 온다고 해서 일부러 기다리고 있는데.

아니 뭐, 실은 사형도 위험을 감지하고 오랫동안 잠복한 것이었다.

자카르를 비롯한 용병대가 버티고 있는 카르팔로 오는 것이니까. 상당히 경계하면서 신중하게 오고 있는 것이리라. 아무리 봐도 바보처럼 보이지만, 파커는 나 같은 놈보다 훨씬 머리가 좋았다.

그래, 일단 낚시를 즐기는 척하면서 초조해하지 말고 기다려 보자.

그렇게 생각하고 있는데 저쪽에서 호화로운 배가 흔들흔들하면서 흘러왔다.

부유층이 뱃놀이할 때 타는 배였다. 지붕이 있는 놀잇배 같은 구조인데, 건물 부분은 벽이 없는 정자 스타일이었다. 뱃사공과 호위 전사뿐만 아니라 악사도 배에 타고 있었다.

벽 대신 얇은 천으로 주위를 둘러싸서 천막을 만들어 놓았는데, 그 안에서는 누군가가 즐겁게 노는 것 같았다.

젊은 여성의 목소리가 들려왔다.

"어머, 싫어요. 그런 농담은. 안 돼요. 그만 하세요."

누구인지는 몰라도 참 즐거운 것 같군.

"하하하! 괜찮아요, 내 아우도 틀림없이 마음에 들어 할 겁니다! 왜냐하면 그 친구는 미인은 맹목적으로 좋아하거든요! 그의 아내는 미랄디아 최고의 미인이니까!"

이봐, 잠깐만.

"물론 나도 미인은 맹목적으로 좋아해요! 자, 이거 봐요. 내 텅 빈 눈구멍. 맹목 맞죠?!"

"어머나, 진짜네요."

아니, 저기요. 잠깐만 기다려 보라니까.

나는 좀 떨어진 곳에서 낚시하던 제릭과 친구들을 힐끔 보면서 눈짓했다.

"저 선박을 나포해라. 여차하면 격침시켜도 돼."

"오케이, 알았어. 대장."

제릭과 친구들이 낚싯대를 휙 던지고 일어난 순간.

작은 배가 부드럽게 방향을 바꿔 이쪽으로 다가왔다.

"이거 빌린 거야. 적어도 격침은 시키지 말아줄래?"

"글쎄, 당신이 하는 거 봐서."

나 참, 실컷 고생시키기나 하고.

강가에서 멈춘 배를 봤더니, 그 배의 탑승자들은 전원 해골이었다.

화려한 의상을 입고 현악기를 연주하고 있는 악사도, 활과 곡도(曲刀)를 든 전사도, 삿갓을 깊이 눌러쓰고 있는 뱃사공도. 모두 다 해골이었다. 마치 할로윈 수상 퍼레이드 같았다. 의상으로 교묘하게 맨살을 가리고 있어서 그 정체를 눈치채기는 어려워 보였다.

배의 흘수선을 봤더니 그 사람 수만큼 깊이 물에 잠겨 있었다. 해골은 가벼우니까 그 대신 뭔가를 실어서 무게를 조절했을 것이다.

언제 봐도 일처리가 세심하구나.

해골 뱃사공이 배를 솜씨 좋게 계류시키자, 천막 안에서 크월 민족의상을 입은 잘생긴 남자가 고개를 내밀었다. 환술(幻術)로 생전의 얼굴을 꾸며낸 파커였다.

"안녕? 바이트. 건강하게 잘 지냈어?"

"응, 당신이 없었으니까."

어휴, 진짜. 이 녀석의 무사한 얼굴을 보니 안심이 되는구나.

안색이나 말투로는 이 사형의 건강 상태는 알 수가 없는데, 그래도 대충 분위기를 보니 짐작이 갔다. 위험에 처하거나 악의에 의해 고통받지는 않은 것 같았다.

"여전히 너는 솔직하지 않구나."

파커는 배에서 내려오더니 뒤를 돌아봤다.

"아마니 님, 도착했습니다. 이 친구가 바이트입니다."

천막에서 해골이 아닌 누군가가 나타났다.

한 서른 살쯤 되어 보이는 여성이었다. 엄청난 미인인데, 손에는 붉은 발진이 많이 돋아 있었다.

내가 그쪽에 신경 쓰기도 전에 그 여자가 먼저 이름을 밝혔다.

"키슈운의 자식, 아마니입니다. 와자르의 태수로 일하고 있습니다."

"와자르 공?! 이거 참 실례가 많았습니다. 저는 바이트 폰 아인도르프입니다."

다들 왜 이렇게 다짜고짜 쳐들어오는 거지?

아, 그렇구나. 국민성인가 보다. 심장에 해로운 국민성이다.

그러고 보니 카르팔 공이 이야기했었다. 크월 사람들은 별로 근면하지 않기 때문에, 중요한 일을 남에게 맡겼다가는 큰일 난다고. 이를테면 사자가 전언을 까먹거나 편지를 분실하는 경우도 드물지 않다고 한다.

그래서 가능하다면 이렇게 본인이 직접 오는 것이다.

나는 근처에 자카르의 부하들이 없다는 사실은 이미 확인했으므로, 강가의 나무 그늘로 아마니 일행을 안내했다. 크월에서는 나무 그늘은 소소하게 즐기는 사치였다.

파커에게 와자르 공에 관해 물어보려고 했는데, 본인이 불쑥 찾아오는 바람에 예정이 어그러졌다.

그러나 다행히 강가에는 점심 식사가 준비되어 있었다.

나무 그늘에서는 파가 부처가 방금 잡은 물고기를 소금 뿌려 구워놓았다.

맛도 식감도 상당히 좋지만, 문제는 저게 흙내가 난단 말이지…….

나는 우선 파커를 추궁할 생각이었는데 눈앞에 와자르 공이 있으니, 그쪽을 우선시하지 않을 수도 없었다.

파커는 태연한 얼굴로 메지레 강의 수면을 바라보고 있었다.

이 녀석. 혼나는 게 무서워서 일부러 와자르 공까지 데려온 거구나.

나는 속으로 한숨을 쉬면서 와자르 공에게 인사했다.

"아마니 님, 일부러 여기까지 와주셔서 감사합니다. 안 그래도 꼭 한번 뵙고 싶다고 생각했습니다."

"미랄디아 마왕의 반려자이신 바이트 님이 여기까지 친히 와주셨으니, 일개 태수인 제가 나오는 것은 당연한 일이지요."

생긋 웃는 아마니.

별로 실감이 나지는 않지만, 나도 어지간히 높으신 분이 되어버렸구나…… 하고 새삼스레 생각했다. 태수가 직접 만나러 찾아오는 신분이 된 것이다.

아마니는 등 뒤에 해골 호위병들을 거느린 채 휴 하고 한숨을 쉬었다.

"밧자 공과 연안 제후들이 모반할 마음이 없다는 것은 저도 믿습니다. 카르팔 공 포와니 님을 통해서 사정도 들었습니다."

"이해해 주셔서 감사합니다. 용병대의 자카르 대장의 야심이 초래한 이 비극은 어떻게 해서든 끝내야 합니다."

나는 카르팔의 성벽을 돌아보면서 이야기했다.

그러자 아마니가 동조했다.

"그의 힘의 기반은 용병들이에요. 자카르와 용병대를 떼어놓읍시다."

아마니는 얼마 전에 아버지에게서 가독(家督)의 자리를 물려받은 젊은 태수였는데, 사실 와자르는 왕도 엔칼라가의 안쪽에 위치한 도시였다.

그런 도시의 태수 가문이라면 당연히 명문 중의 명문일 터. 역시 이 사람은 총명한 인물인 것 같았다.

나도 동감이었다. 그래서 아마니의 의견에 이런 말을 덧붙였다.

"네, 그러기 위해서라도 우선 자카르 일당을 카르팔에서 쫓아낼 필요가 있습니다. 여기 계속 눌러앉아 있으면 병사도 물자도 마음껏 모을 수 있을 테니까요."

전생에 가지고 놀았던 시뮬레이션 게임의 한 장면이 떠올랐다. 적이 도시 위에 진을 치고 앉아서 매 턴마다 회복했던 것을.

자카르는 용병이나 일부 시민에게 인기가 있었다. 부하들을 모으는 능력이 뛰어났다.

실제로 그는 차근차근 용병대의 크기를 키워 나가고 있었다. 그 녀석들이 시내에서 날뛰기 시작하면 큰일 날 것이다.

아마니도 고개를 끄덕였다.

"당신 말씀이 맞습니다. 그러면……."

그 순간, 아마니가 힘없이 앞으로 휘청거렸다.

쓰러질 것 같은 아마니를 허둥지둥 받쳐줬다.

적의 습격을 경계했지만 피 냄새는 나지 않았고, 적의 기척도 느껴지지 않았다. 애초에 이 주변은 인랑들이 경비하고 있었다.

"왜 그러십니까?"

내가 물어보자, 아마니는 기운 없는 미소를 지었다.

"괜찮아요. 잠깐 헛구역질이 나서……. 이건 제 지병인 성하병(聖河病)입니다……."

니아신 결핍증, 펠라그라인가.

"파커 님 덕분에 많이 좋아졌습니다만, 그래도 완치가 되지는 않네요……."

힐끔 파커를 돌아봤더니 그는 머리를 긁적거렸다.

"아니, 난 의사도 치유술사도 아니잖아? 일단 열심히 해보긴 했거든? 어, 저기, 출발하기 전에 네가 이것저것 가르쳐줬잖아? 식사로 병을 치료할 수 있다고."

"응, 내가 가르쳐주긴 했지만. 설마, 파커……."

손짓 발짓으로 끊임없이 호소하면서 최선을 다해 나에게 변명을 하는 파커.

"그런데 이 사람은 생선이나 고기 냄새를 싫어하더라고. 그래서 민물고기조차도 거의 못 먹는데. 나는 냄새나 맛은 느끼지 못하니까. 정말로 어쩌면 좋을지…….."

설마 파커는 병에 걸려 괴로워하는 이 여자를 내버려 둘 수 없어서 그동안 쭉 행방불명 상태로 지냈던 건가.

그것은 나중에 추궁해봐야겠다. 약 한 시간에 걸쳐서.

지금은 아마니를 치료하는 것이 더 급했다.

"뭐든지 최고 전문가에게 맡기는 것이 상책이야. 이봐, 그리즈 대장을 불러와!"

그리고 나는 파커를 보면서 웃었다.

"남을 돕는 것은 중요한 일이지. 역시 파커, 당신은 자랑스러운 내 사형이야. 잘 돌아왔어, 형."

"으, 응…… 그래…… 응…….."

갑자기 파커는 멋쩍은지 우물쭈물하더니, 머리에 두르고 있던 천을 자기 얼굴에 둘둘 감기 시작했다.

"파커. 행방불명되었던 동안에 있었던 일을 보고해 줘."

"아, 그래. 내가 조사차 출발한 직후에 연안 제후의 군대가 진군을 개시했잖아?"

파커는 전투에 휘말릴까 봐 걱정하는 동시에 용병대를 경계했다고 한다.

"용병대가 오면 한가하게 조사나 할 수는 없을 테니까, 도망치는 김에 조사를 해치우기로 마음먹은 거지."

그는 조사를 계속하기로 했다. 그래서 왕도 엔칼라가의 상류에 있는 와자르까지 갔다.

당분간은 왕도보다 더 먼 상류로는 용병대가 쳐들어오지는 않을 것이라고 판단했나 보다.

"거기서 그 도시의 소문이나 오래된 유적, 민간전승 같은 것을 조사했어. 그러다가 와자르 공의 건강이 안 좋다는 이야기를 들었지. 이건 기회일지도 모른다고 생각했어."

아마도 처음에는 상대를 도와줌으로써 인맥을 만들려고 했나 보다.

"들자니 성하병에 걸린 것 같았으니까. 나도 어떻게든 도와줄 수 있지 않을까? 하고 생각했던 거야. 그런데……."

"그런데?"

"아마니 님은 아버님에게서 태수의 지위를 물려받은 직후였던 것 같아. 그래서 고생하는 모습이, 네 부인을 연상시켜서. 그냥 내버려 둘 수 없었어."

"……그랬구나."

그런 이유였다니. 그럼 화내고 싶어도 화낼 수가 없잖아.

와자르 공 아마니가 조용히 미소를 지었다.

"파커 님이 오셨을 때 저는 상당히 건강이 나빠져서 몸져누워 있었습니다. 그런데 파커 님이 가축의 간을 삶아주거나 구워주신 덕분에 많이 좋아졌습니다."

부드러운 미소였다. 얼굴 생김새는 전혀 다르지만, 확실히 어딘지 모르게 아일리아와 비슷했다.

"하지만, 저는 원래 고기를 잘 못 먹어서, 간을…… 충분히 먹을 수가 없었어요. 억지로 먹으면 토하기 때문에…….'"

그러자 파커가 한숨을 쉬었다.

"맛도 냄새도 느끼지 못한다는 것을 지금처럼 원망해 본 적이 없어. 나는 이제 누군가를 구해줄 수 없는 거야."

"그건 아니야. 적어도 위독해지는 것은 막는 데 성공했잖아."

미각을 잃어버린 파커가 처음 보는 외국인을 위해 음식을 만드느라 고생한 것이다.

따뜻한 마음이 없다면 그런 짓을 하지는 못할 것이다. 나는 또다시 사형을 조금 존경하게 되었다.

그때 흉악하고 덩치 큰 모히칸 사나이가 쿵쿵 이쪽으로 다가왔다.

"오~ 뭐야, 뭡니까?! 내 능력이 필요하다는 것은, 싸움이 시작된다는 건가요?!"

"아니, 자네의 싸움이 시작되는 곳은 아궁이 앞이야."

나는 베르자 해병대의 그리즈 대장에게 아마니를 소개해 주고 사정을 설명했다.

"귀한 손님을 대접하게 되었으니까. 몸에 좋으면서도 아마니님이 맛있게 드실 수 있는 음식을 만들어줘."

"아하. 그렇단 말이죠."

거한은 빙그레 웃더니 우악스러운 팔로 팔짱을 끼고서 여러 번 고개를 끄덕거렸다.

"좋아! 나한테 맡겨요."

"단, 조건이 있어. 사용하는 재료는 닭가슴살이다."

"잠깐만요, 나리. 아마니 님은 고기를 잘 못 드신다고 했잖아요?"

"그러니까 그걸 먹이려는 거야. 아 참, 삶는 것은 금지야. 삶으면 자양분이 물에 다 녹아버리니까."

"나 참, 뭡니까. 주문이 까다롭기도 하지……."

그리즈 대장은 팔짱을 낀 채 고개를 갸웃거렸다.

"고기 싫어하는 사람한테 고기를 먹인다는 것은 힘든 일인데요. 애초에 나는 고기를 좋아하니까, 고기 싫어하는 사람의 취향은 알 수가 없지만."

"걱정하지 마. 나도 몰라."

아마니의 이야기에 의하면, 고기의 냄새와 맛과 식감이 전부 다 마음에 안 든다고 한다.

"이거 참, 진짜로 힘들겠네."

"그래서 전문가를 부른 거야. 내 능력으로는 감당이 안 되거든."

"나는 해병대 대장인데요?"

"베르자 식당의 점장이잖아?"

그 말을 들은 거한은 히죽히죽 웃었다. 싫지는 않은가 보다.

"아, 네. 그러면 한번 해볼게요."

모히칸 전사는 앞치마를 꺼냈다.

두꺼운 가슴팍 위에 앞치마를 걸친 그리즈. 그는 능숙한 손놀림으로 닭가슴살의 힘줄을 식칼로 제거했다.

"륜하이트에서 베르자 음식점을 운영하면서 의외였던 것이, '비린내가 난다'는 손님들의 반응이었어요."

베르자는 항구도시이지만 륜하이트는 내륙의 도시이다.

냉장고도 없고, 물건도 도보나 말을 통해서만 유통되므로 모두 해산물 요리가 익숙하지 않았다.

"바닷물고기나 말린 조개조차도 잘 못 먹더라고요. 어쩔 수가 없었지. 그래서 처음에는 힘들었어요."

그리즈는 힘줄을 떼어낸 닭가슴살을 도마 위에 놓고 다지기 시작했다. 순식간에 닭고기가 마치 네기토로(다진 참치 살)처럼 자잘하게 다져진 고기가 되었다.

"조미료나 재료, 그리고 조리법도 바꿔봤고. 덕분에 수련을 할 수 있었지요."

"그랬구나."

베르자 해병대가 륜하이트에서 제멋대로 경영하고 있는 음식점은 어느새 신시가의 명소가 되었다.

"이번에는 맛과 냄새와 식감, 또 뒷맛. 이것저것 많은 것들을 제거해야 합니다. 그러려면 원형이 남지 않을 정도로 파괴하는 것이 최고죠. 자, 다진 고기로 만들어 주마."

은근히 모히칸 사나이다운 대사였다.

닭가슴살을 다룰 때와는 대조적으로 이번에는 양파와 뿌리채소를 대충대충 썰었다.

"양파와 뿌리채소는 적당히 큼직하게 다지는 것이 좋아요. 그 사각사각한 식감을 미끼로 삼아서 닭가슴살 특유의 식감을 위장하는 거죠."

아무래도 이 녀석이 말하니까 뭔가 나쁜 짓처럼 들리는데. 이

거 요리 맞지?

그리즈는 계란을 한 손으로 깨더니 그 껍데기를 이용해 능숙하게 흰자와 노른자를 분리했다. 흰자로 끈기를 더하려나 보다.

그는 계란 흰자에 거품을 내기 시작했다. 나는 그걸 보면서 질문했다.

"식감은 그렇게 해결한다 치고, 맛과 냄새는 어쩌려고?"

"냄새 문제는 간단하죠. 민물고기의 흙내를 제거하기 위해 향초와 향신료를 다양하게 구해 왔거든요. 크월 귤의 잎사귀로 합시다. 그러면 귤 향기가 나니까."

귤 향기가 나는 다진 고기라니……. 그때 그리즈가 불쑥 중얼거렸다.

"솔직히 말해서 나는 이런 거 안 집어넣는 것을 좋아하지만, 요리란 먹는 사람을 위해 만드는 것이니까 어쩔 수 없죠……."

정론이었다.

"채소 냄새와 귤 잎사귀의 향기로, 닭가슴살의 담백한 고기 냄새조차 무자비하게 말살하는 겁니다."

"그래."

"여기서 과실주로 결정타. 완벽하게 숨통을 끊어놓는 거죠."

아무리 들어봐도 악행에 관한 밀담을 듣는 기분이었다. 저기, 그 표현 좀 어떻게 할 수 없어?

그러나 그리즈 대장의 표정은 더없이 진지했다. 미간을 찌푸리면서 자신의 지식과 경험을 총동원하고 있는 듯했다.

"자, 이제는 맛만 남았는데. 설탕을 듬뿍 넣은 달콤한 소스를 곁들입시다. 여유가 있으면 튀김옷을 입혀서 튀길 테지만, 이런 데서 튀김을 만들 수는 없잖아요?"

"미안. 야외에서 요리하게 시켜서."

"아~ 괜찮아요, 베르자 해병대는 어디서나 맛있는 음식을 먹는 것이 신조라서! 세상에서 제일 맛있는 밥을 먹으니까, 세상에서 제일 강한 거죠!"

흉악한 모히칸 대장은 다진 고기를 반죽하면서 싱긋 웃었다.

세상에서 제일 맛있는 밥.

응, 그래. 건강에는 좋아도 맛이 없으면 점점 안 먹게 되겠지.

조리법이 한정되어 있다는 것이 이번 상황의 난점이었다. 내 기억으로는 니아신은 수용성이었을 테니까, 삶으면 물에 다 녹아 버리는 것이다.

아니, 잠깐만. 그렇다면 차라리 그 국물까지 전부 다 마시게 하면 되잖아? 그러니까 국을 만들자는 거다.

그리고 고기와 생선 이외의 재료 중에서는 버섯이 의외로 니아신이 풍부했던 것 같다.

이 세계의 버섯이 어떤지는 잘 몰라도, 어쨌든 국물을 내는 데에는 쓸 수 있으니까 한번 해보자.

나도 좀 관심이 생겨서 완성된 고기 완자 반죽을 조금 나눠 달라고 했다. 이 고기를 뭉쳐서 넣어야지.

일단 물을 끓여서 국물을 내는 것부터 시작해야겠다.

"아마니 님, 버섯은 좋아하십니까?"

"네. 자주 먹지는 않아도 싫어하진 않아요."

"그거 다행이군요."

크월 사람들이 좋아하는 말린 버섯을 몇 종류 집어넣어서 깊은 국물 맛을 내기로 했다.

그리고 고기 반죽을 한입 크기로 작게 뭉쳐 넣어서 니아신이 물에 녹아 나오기를 기대했다. 사실 고기 건더기는 안 먹어도 된다. 마지막으로 몰래 가지고 있던 간장으로 향을 내서 요리를 완성했다.

맛을 봤다. 애매하게 뭔가 부족한 맛……. 가다랑어포 육수가 없어서 그런가? 아냐, 그래도 괜찮아. 아마니는 생선을 안 좋아 하니까.

이제는 최대한 냄새가 안 나도록 이것을 식힌 다음에 마시라고 해보자.

나는 시원한 나무 그늘에서 테이블 위에 천을 펼쳐놓고 와자르공 아마니를 불렀다.

"자, 기다리시게 해서 죄송합니다만. 그럭저럭 완성을 했습니다."

"아, 네……."

예상외의 사태라 얼떨떨해진 아마니. 나는 그녀를 보면서 미소 지었다.

"이것이 성하병 치료에 도움이 되는 약선 요리입니다. 약간 드 시기 어려울 수도 있지만, 건강을 위해서라도 꼭 드셔주시길 바 랍니다."

밀담하러 왔는데 식이요법을 권유받다니. 아마니도 이건 예상 하지 못했을 것이다.

그러나 아마니는 역시 태수였다. 태연하게 생긋 웃었다.

"갑작스러운 방문에도 쾌히 응해주시고, 또 이렇게 잘 대접해 주신다니. 그저 감사할 따름입니다."

나는 최고로 상냥한 영업용 미소를 지으며 대답했다.

"저는 단지 사형의 노력을 물거품으로 만들고 싶지 않아서 그러는 겁니다. 부디 입에 맞으셨으면 좋겠네요."

아마니는 조심스럽게 버섯국을 한 입 먹어봤다. 그리고 깜짝 놀란 표정을 지었다.

"고기 냄새가 거의 안 나요. 버섯 냄새가 나고, 어, 이건 뭘까요? 어장(魚醬)과 약간 비슷하지만, 훨씬 더 부드러운 냄새가……."

"콩을 발효시킨 조미료입니다. 고기 냄새를 제거해 주고, 어장과는 달리 비린내도 안 납니다."

"그렇군요……. 크월에는 존재하지 않는 맛인데, 정말로 향기가 좋아요."

이세계에서 전래된 국을 마시는 와자르 공.

그리고 고기 완자 요리도 마음에 들었는지 달콤한 양념을 묻혀 오물오물 먹고 있었다.

"채소 덕분일까요? 다진 고기 맛이나 식감은 그다지 신경 쓰이지 않아요. 귤 냄새가 상큼하고, 또 양념이 달고 맛있어요. 이건 먹을 수 있겠네요."

"아~ 다행입니다. 만드는 방법은 나중에 종이에 적어드릴게요. 태수님 전속 요리사에게 전해주십쇼."

냄비를 씻고 있는 앞치마 차림의 모히칸 사나이가 히죽 웃었다.

군인으로 놔두기에는 아까운 남자였다.

아마니는 테이블에 나온 음식을 전부 다 먹었다. 그리고 휴 하고 숨을 내쉬었다.

"정말 맛있는 식사였어요. 이런 음식은 매일 나와도 편하게 먹을 수 있을 것 같아요."

"그것참 다행이군요. 식사에만 주의하시면 성하병을 두려워하실 필요는 없을 겁니다."

나는 상대를 보고 웃었다.

"아마니 님, 성하병이 나으면 당신이 좋아하는 음식을 같이 드십시다. 그때까지는 부디 건강을 잘 돌보시기를 바랍니다."

그러자 아마니도 웃었다.

"사치스러운 향연에는 그다지 감동하지 않는데, 이 대접에는 진심으로 감동하였습니다. 제 건강을 걱정해 주시는 그 따뜻한 마음이 잘 전해져 오네요."

아마니는 텅 빈 그릇을 내려다봤다.

"바이트 님은 미랄디아 여왕님의 배우자. 귀인 중의 귀인이십니다. 그런데 저 같은 외국인을 위해 손수 요리를 만들어 대접해 주신다니……. 이것은 제 삶에서 평생 사라지지 않는 영예가 될 것입니다."

이렇게 칭찬을 받으니 기쁘긴 한데, 아무래도 좀 불편하기도 했다.

"과찬이십니다. 저는 평민 출신이고, 심지어 인간과 대립했던 마족인걸요."

나는 민망함을 숨기려고 웃을 수밖에 없었는데, 그래도 외교관으로서 이렇게 말을 이어 나갔다.

"저와 파커를 비롯한 미랄디아인들은 모두 다 크월을 친구처럼 여기고 있습니다. 이 나라를 평화롭게 만드는 일을 돕게 해주신다면, 저희도 여기까지 온 보람이 있을 겁니다."

이렇게만 말하면 가식적인 느낌이 드니까. 한마디 더 덧붙이기로 했다.

나는 과장된 몸짓 및 말투와 더불어 의미심장한 미소를 지으면서 아마니를 바라봤다.

"덤으로 설탕 등의 교역으로 우리가 돈을 좀 벌 수 있게 해주세요. 우리나라는 그것으로 충분히 만족합니다."

영토 확장의 야심 따위는 전혀 없다는 점을 믿어줬으면 좋겠다. 그걸 위한 한마디였다.

아마니는 잠시 멍하니 있더니, 이윽고 우습다는 듯이 쿡쿡 웃음을 터뜨렸다.

"신기한 분이시네요. 바이트 님은."

"크월 사람들은 다들 그렇게 말씀하시더군요."

이유가 뭘까.

*　　　*

〈아마니의 안목〉

미랄디아 마왕의 부관, 바이트.

수많은 무용담을 가지고 있는 맹장이자 노련한 대마술사. 인랑으로 변신하면 아예 인간의 상상을 초월하는 존재가 되어서 아무도 막아내지 못한다고 한다.

그런 인물이 일개 용병대장을 그냥 내버려 두고 있다는 것이 다소 기묘하게 느껴졌다.

그토록 강하다면, 자카르라는 남자를 암살하고 용병대도 모조리 죽여 버리면 될 텐데. 왜 그렇게 하지 않는 걸까.

물론 그로 인해 발생하게 될 대혼란은 쉽게 상상할 수 있었지만, 그 이익과 불이익을 비교한다면 그것도 충분히 선택할 만했다.

그래서 나는 이 바이트라는 인물에 대해 약간의 의혹을 품고 있었다.

그런 의혹을 느끼면서도 나는 그를 만나고 싶다고 생각했다. 커다란 이유는 아무래도 파커 님의 조력이었을 것이다.

바이트 경의 이야기가 나오면 얼마든지 하루 종일 떠들어대는 파커 님. 그는 나의 진정한 은인이었다. 이렇게 사심 없는 선의를 아낌없이 베풀어 주는 사람은 크월의 백성 중에서도 찾아보기 어려울 정도였다.

그런 파커 님이 추천하는 인물이니까. 역시 한번 만나보자는 생각이 들었다.

결론부터 말하자면 파커 님은 사람 보는 눈이 없었다.

아니, 기대에 어긋났다는 것은 아니다. 오히려 반대였다. 이야기로 들은 것보다 더 대단한 걸물이었다.

겉모습은 산뜻하고 착한 청년. 상쾌한 미소가 인상적이었고, 남을 대하는 태도가 놀랄 만큼 부드러웠다. 기혼인 것이 아까울 정도였다. 내가 괜찮다고 생각하는 남자들은 왜 꼭…… 아니, 지금은 그런 것은 상관없다.

게다가 그는 내 건강을 걱정해서 병 치료에 도움이 되는 음식까지 직접 만들어주셨다. 정치적인 밀담을 하러 왔는데 사적으로 대접을 받은 기분이었다.

이렇게 온화하고 가정적인 청년이 정말로 미랄디아 연방 최강의 장군이란 말인가?

처음에는 신기하게 여겼는데, 차분하게 생각해보니 그것도 납득이 갔다.

수많은 무용담이 사실이라면 아마도 그는 지나치게 강한 것이리라. 신화의 존재에 필적하는 강력한 힘을 가진 데다가 책략도 뛰어났다. 암살이나 실각 공작도 바이트 경에게는 거의 안 통할 것이다.

그에게는 무서울 것이 하나도 없었다. 간사한 꾀를 써서 왕국을 어지럽히는 자카르 일당조차도, 바이트 경 앞에서는 하찮은 존재에 불과한 것이다.

그러나 또 한편으로 그는 자카르 일행이 미치는 악영향을 절대 과소평가하지도 않았다. 이 건은 잘못 대처하면 크뮐에 깊은 상처를 남기게 될 것이다. 그러니까 신중해지는 것도 당연했다.

압도적 강자인데도 약자의 관점까지 아울러 가지고 있는 걸물.

풋내기인 자신이 마음대로 단정 지어도 될지 좀 불안하기도 했지만, 아무래도 그런 생각이 들었다.

그렇게 생각이 달라지자, 바이트 경의 언동 하나하나가 자연스럽게 여겨졌다.

단순히 우리의 협상을 원활하게 하는 것이 목적이라면, 이렇게까지 고생해서 직접 음식을 만들어 대접할 필요는 없을 것이다. 애초에 성하병이 내 목숨을 빼앗으려면 아직 몇 년은 더 있어야 하니까. 이번에만 일시적으로 협력하는 관계라면 굳이 나를 치료해 줄 필요는 없을 것이다.

하지만 그렇게 사소한 이해득실 문제는 바이트 경의 머릿속에는 없었다.

구할 수 있는 사람은 최선을 다해 구한다. 그 대가 따위는 처음부터 바라지도 않는다. 마치 성자 같았다.

좋은 환경에서 잘 자란 귀족 중에는 이렇게 선의가 넘쳐흐르는 호인도 적잖이 있었다. 카르팔 공 포와니 님도 그렇고.

하지만 바이트 경은 가난한 평민 출신이고, 덤으로 인간과 계속 싸워온 마족이라고 한다. 적의와 투쟁으로 가득 찬 삶을 살아왔을 것이다. 좋은 환경에서 잘 자랐을 리는 없다. 그의 반생은 자카르와 별 차이가 없을 것이다.

그런데 이 산뜻한 귀공자 같은 태도는 도대체 뭘까. 처음 만난 사이인데도 저절로 마음이 편안해졌다. 그가 왕족 출신이라고 말하면 나는 의심 없이 믿을 테고, 오히려 그게 아니라는 것이 이상했다.

신기했다. 너무나 신기했다.

이분은 정말로…… 정체가 뭘까?

*   *

와자르 공 아마니와의 회담은 그 후 매우 원활하게 진행됐다.

"카르팔 공과도 상담을 해봤는데요. 포와니 님은 미랄디아는 신뢰할 수 있을 것 같다고 말씀하셨습니다. 특히 바이트 님은 이익을 잘 따지면서 정이 많으신 분이라고 했어요."

"과찬이시네요."

나는 식후 허브티를 마시면서 왠지 쑥스러워서 웃었다.

아마니는 이야기를 계속했다.

"이익을 따질 줄 모르는 분과는 장기적인 거래를 할 수 없는데, 또 정이 없는 분은 신뢰할 수 없습니다. 용병대장 자카르는 이익은 잘 따지는 모양이지만, 정이 전혀 느껴지지 않는 사람이에요."

"그는 적을 만들고, 적과 아군을 확실하게 구별함으로써 아군을 완전히 제 손아귀에 넣는 방식을 선호하는 것 같습니다. 그에게 귀족이란 것은, 아주 적당한 적이지요."

자카르의 신병 모집 방식 등을 살펴보면 그런 경향이 눈에 띄었다.

아무리 그래도 고용주인 밧자 공을 헐뜯지는 않았지만, 그 외의 귀족들은 닥치는 대로 비난하고 있었다. "귀족 놈들은 쓰레기이지만 나는 달라. 네가 원하는 것을 줄 수 있어"라는 식으로 주장하는 것이다.

설탕 과자를 집어 먹으면서 아마니는 쓴웃음을 지었다.

"그 적당한 적이 되어버린 사람의 입장에서는, 그대로 계속 적이 되는 게 낫겠네요. 아군이 되고 싶은 마음은 없으니."

"그의 아군이라는 것은 다시 말해 '그에게 이용당하는 장기말'이니까요. 용병들을 동정합니다."

내 머릿속에 문득 크메르크 부관의 웃는 얼굴이 떠올랐다.

그는 자카르의 장기말로서 열심히 일하고 있었는데, 국왕 암살 사건에 관해서는 아무것도 모르는 것 같았다.

아마니는 진지한 표정으로 이렇게 말했다.

"성스러운 메지레 연안에 도시들이 쭉 늘어서 있는 이 크월에서는, 카르팔과 와자르는 위아래로 왕도를 지켜주고 있는 요충지입니다."

메지레 강은 교통의 대동맥이기도 하다. 왕도 바로 근처에 있는 두 개의 도시는 왕도를 지원하는 중요한 역할을 담당하고 있었다. 신칸센으로 치면, 도쿄역의 위아래에 있는 우에노역과 시나가와역 같은 것이리라.

좀 다를지도 모르지만, 나는 대충 내 마음대로 납득했다.

아마니는 이야기를 계속했다.

"그러므로 카르팔 공도 저도 왕가를 지키기 위해 최선을 다할 것입니다. 그러나 폐하가 안 계신 상황에서 군대를 움직이면, 제후들이 괜히 의심하게 될 테니까……."

그것은 나도 고민하는 점이었다.

카르팔 공은 밧자 용병대의 공격을 받기 전에, 위병들 대부분을 순회라는 명목으로 주변 농촌으로 분산시켜 놓았었다.

처음부터 진지하게 싸울 생각은 없었으므로, 항복할 때 "병사가 다 나가고 없어서 농성은 불가능했다"라는 핑계를 대고 싶어서 그랬던 모양이다.

그런데 자카르가 눈치 없이 전력을 다해 도시를 공격했다. 그래서 카르팔은 눈 깜짝할 사이에 함락되고 말았다.

카르팔 위병대 대부분은 그대로 주변의 농촌에 주둔하고 있고, 와자르에는 와자르 위병대가 있다. 여기에 농촌 자경단 등도 합하면 총 병력은 3,000명 정도가 되므로 자카르와 한판 붙어볼 만한 규모가 된다고 한다.

그러나 지금은 국왕이 행방불명 중. 크월 역사상 전례가 없는 비상사태였다.

왕도 주변에서 군대가 움직인다면 민중도 제후도 쿠데타인가? 하고 오해할 수밖에 없으리라. 신문도 TV도 없으므로 정보는 입소문을 통해 전파돼서 와전될 가능성이 높다. 자카르가 유언비어를 퍼뜨려서 멋지게 성공한 것만 봐도 그것은 자명한 사실이었다.

거칠 것이 없는 자카르와는 달리, 이쪽은 마음대로 움직일 수 없다는 것이 약점이었다.

하지만 일단 파커가 돌아왔으니까. 나는 당장 그를 부려 먹기로 했다.

"파커, 살해된 인물이 국왕 본인인지 확인하고 싶어. 국왕의 생사는 향후 계획을 세우는 데 필요한 중요 요소야."

왕가는 침묵을 지키고 있었다. 고로 살해된 사람은 틀림없이 국왕 본인일 것이다.

그러나 확인은 해야 한다. 게다가 왕가 측의 사정도 알아두고 싶었다.

밤이 되기를 기다렸다가 나는 파커와 함께 그 참극이 일어났던 폐허로 향했다.

아마니도 동행하겠다고 말했으므로, 확인차 동행을 부탁하기로 했다.

용병대의 감시망을 피하느라 고생하면서도 우리는 무사히 폐허에 도착했다.

"시체 냄새가 지독하군."

"옷에 밸 것 같아."

호위병인 인랑들이 그렇게 중얼거렸다. 나는 아마니가 냄새를 느끼기 전에 마법으로 그녀의 후각을 둔화시키기로 했다.

구운 고기 냄새조차도 견디지 못하는 사람이니까. 시체 냄새는 절대로 못 맡을 것이다.

"실례합니다."

아마니의 코를 톡톡 두드리면서 후각 약체화의 마법을 걸었다. 약체화란 것은 강화의 반대. 표리일체였다.

"자, 이러면 괜찮을 겁니다."

"네? 아, 네……."

사정을 모르는 아마니는 자기 코를 누르면서 어리둥절한 표정을 짓고 있었다. 그런 동작이 아일리아를 연상시켰다. 아, 그렇구나. 파커가 친근감을 느낀 것도 이해가 갔다.

참극이 일어났던 우물에 도착하자 파커가 고개를 끄덕거렸다.

"원한이 진하게 남아 있어. 이건 설득하기 어려울 것 같네."

"가능해?"

"물론이지."

파커는 싱긋 웃었다.

"내 화술은 사령(死靈)도 폭소하게 만들 수 있거든?"

"이봐, 안 돼, 그만해."

"아, 농담이었는데?"

진짜?

파커는 들고 온 향을 피우고, 우물에 벌꿀술을 바쳤다. 왠지 진짜 사령술사 같은걸.

"내 음성을 듣고 놀라지 마라. 나는 파커. 머나먼 미랄디아 땅에서 온 사령술사이다."

이전과는 달리 다정하게 말을 거는 듯한 음성이었다.

향의 연기가 퍼져 나가자, 시체 냄새도 많이 약해졌다. 이어서 파커가 술병 뚜껑을 뜯고 벌꿀술을 우물에 쏟아부었다.

"예상외의 죽음도, 남아 있는 미련도 이제는 저 멀리 사라져가는구나. 그러나 나는 그 미련을 긁고, 그대의 목소리에 귀를 기울일 것이다. 자, 말해봐라. 내가 바로 파커. 죽은 자의 목소리를 듣는 자이니라."

뭔가 분위기가 달라졌네. 이 다정한 느낌은 스승님의 방식과 비슷했다.

사형도 어느새 성장했구나.

내가 그런 생각을 하고 있는데, 오래된 우물에서 빛나는 안개 같은 것이 일렁거리면서 나타났다.

그 안개 속에서 이따금 그때 그 청년의 모습이 명멸하고 있었다.

"폐하?!"

아마니가 갑자기 소리를 지르자, 안개는 스르르 사라지려고 했다.

나는 당황하여 아마니에게 고했다.

"죄송합니다. 중요한 것을 미리 말씀드리는 것을 잊었네요. 죽은 자는 육체를 안 가지고 있기 때문에, 산 자가 발하는 강력한 목소리는 폭풍이나 마찬가지입니다."

"그, 그런가요······? 실례했습니다. 그런데 저 모습은 아무리 봐도 파잠 2세 폐하이십니다."

저 모습은 망자 본인의 기억이다. 그러니까 다소 미화될 가능성은 있지만 그 영혼의 생전의 모습이라고 해도 된다.

고로 죽은 사람은 파잠 2세 본인일 것이다.

파커는 진지한 얼굴로 말을 걸었다. 유창한 크월어였다.

"미랄디아를 통치하는 대마왕의 제자, 사령술사 파커라고 합니다. 돌연 이렇게 오시라고 해서 정말로 죄송합니다."

하얀 안개는 일렁일렁 흔들리면서도 희미한 목소리를 냈다.

"괜찮다······. 괴롭지 않으니······. 여기는 어디인가······. 짐은, 어찌 된 것인가······."

죽은 자가 보고 있는 세계는, 우리들 산 자의 세계와는 전혀 다르다.

그의 의식은 지금 암흑 속을 헤매고 있을 것이다.

"폐하는 밧자 용병대장 자카르에게 살해되셨다고 들었습니다. 그게 사실입니까?"

파커의 음성은 한없이 친절했다.

하얀 안개는 답답할 정도로 오랫동안 침묵을 지키더니 이윽고 소리를 냈다.

"그래…… 기억…… 났어……. 짐은 자카르라고 하는 불한당에게 살해되었다……. 바이트 경과 만나려고 했는데…… 속았어……."

하얀 안개가 거무칙칙하게 흐려졌다.

안 돼, 악령이 될 것 같아.

나는 반사적으로 아마니를 감쌌는데, 파커는 침착한 태도로 왕의 영혼을 달랬다.

"그 바이트 경을 이곳으로 데려왔습니다. 폐하, 바이트 경에게 사정을 설명해 주십시오."

나에게?

파커는 내 동요 따위는 전혀 모르는 것처럼 노래하듯이 고했다.

"이자는 북쪽의 대륙에서 무적을 자랑하던 영웅 중의 영웅입니다. 지혜와 인자함과 용기, 모든 면에서 천하무쌍인 맹장. 그가 반드시 폐하의 한을 풀어드릴 겁니다."

아니, 이봐요.

그런데 왕의 영혼이 거무스름하게 흐려지던 변화가 멈췄다. 그는 회색 안개가 되어 흔들거렸다.

"안 보여…… 어디냐……. 바이트 경은, 어디 계시는 거지……?"

이렇게 된 이상, 나도 모르는 척할 수는 없었다.

나는 망령 앞에서 오른쪽 무릎을 꿇고 고개를 숙였다.

"파잠 2세 폐하. 미랄디아 마왕의 부관, 바이트 폰 아인도르프, 여기 있습니다."

영혼과 대화하는 방법은 스승님 밑에서 다소 배웠다. 상대가 사령술사의 제어를 받는 영혼이라면 나도 문제없이 의사소통할 수 있었다.

왕의 망령은 하얀 안개 속에 생전의 모습을 투영하면서 나에게 질문했다.

"만나고 싶었다. 마왕의 부관이여……. 그대가 짐을 모살한 것은 아니지?"

"저는 절대로 그런 짓은 하지 않았습니다. 제가 카르팔까지 달려온 것도 이 싸움을 중재하기 위해서입니다. 폐하를 뵙고 간언을 하기 위해서였어요."

그러자 왕은 안개 속에서 고개를 갸웃거렸다.

"간언이라니……?"

이미 죽은 사람에게 냉정한 말을 하고 싶지는 않았지만, 죽은 자에게 쓸데없는 거짓말이나 변명은 안 하는 편이 좋다는 사실을 나는 경험상 알고 있었다.

죽은 자 앞에서는 무조건 솔직하게 구는 것이 제일 좋다. 그들은 이제 잃어버릴 것이 하나도 없기 때문이다.

그래서 나는 이렇게 말했다.

"항구에 억지로 세금을 부과하는 것은 제후와 민중을 괴롭히는 일입니다. 은화는 허공에서 뚝 떨어지는 것이 아닙니다. 제후와 민중이 땀 흘려 일해서 모은 재산을, 그리 쉽게 손에 넣을 수 있다고 생각하시면 안 됩니다."

내 등 뒤에서 아마니의 냄새가 풍겨왔다. 인간이 긴장했을 때 나는 냄새였다.

왕에게 자기 의견을 말하다니, 그런 짓은 무서워서 감히 못 하는 것이리라.

그러나 나는 미랄디아인이고, 더 나아가 마왕군의 장군이다. 이국의 인간 왕 따위는 살아 있든 죽어 있든 두려워할 이유는 없었다.

인랑 장군답게 나는 히죽 하고 악당처럼 웃었다.

"저는 폐하 같은 분을 몇 번이나 해치워 왔습니다. 폐하를 일깨우기 위해서라면 수단 방법을 가리지 않을 생각이었습니다. 그러나……."

그것은 이제 불가능하다는 사실을 떠올리고 한숨을 쉬었다.

"그것은 순수하게 크월의 정세를 안정시키고 미랄디아와의 무역을 유지하기 위함이었습니다. 폐하의 목숨을 빼앗는다면, 절대로 정세가 안정될 리 없죠."

왕의 영혼은 내 말을 가만히 듣고 있었다. 그러다가 이렇게 대꾸했다.

"그런가⋯⋯. 그래, 그렇다면 짐의 경솔함이 이런 결말을 초래한 것이구나⋯⋯."

정답이었다. 그래서 나는 말없이 고개만 숙였다.

파잠 2세의 영혼은 띄엄띄엄 말을 이었다.

"짐은 그대와 회담을 하면, 이 사태를 해결할 수 있을 거라고 생각했다⋯⋯."

죽은 왕은 자신에 관하여 천천히 이야기하기 시작했다.

파잠 2세는 선왕 파잠 1세의 외아들로 태어났다.

그는 그다지 우수하다고는 할 수 없었다. 그래서 부왕은 그를 위해 라이벌을 배제하느라 몹시 애썼다고 한다.

왕위는 오직 남계 남자만 계승할 수 있으므로, 적당한 나이의 남계 남자는 대부분 신전으로 쫓아내버렸다.

암살이나 실각이라는 수단을 쓰지 않은 것이 그나마 다행이었다고나 할까.

출가하면 왕위 계승권을 잃어버리는 대신에 왕족 출신 신관으로서 후대를 받는다.

그런데 파잠 2세는 정치나 경제에는 전혀 관심이 없었다. 그 방면의 실무 능력도 발전할 기미가 안 보였다.

시 짓기나 회화 등 예술 방면에서는 비교적 다양한 재능을 발휘한 모양이지만, 아버지가 왕위 계승 라이벌을 모조리 제거했으니 결국 그가 왕위를 계승하지 않을 수도 없었다.

그래서 그가 마지못해 즉위하자 부왕이 정무를 보좌해 줬는데,

그 아버지가 돌아가신 다음부터는 그의 폭주가 시작됐다.

"짐은…… 남길 만한 가치가 있는 것을 후세에 남기고 싶었어……. 그런데 짐은 치세로는 아무것도 남기지 못하니까, 그것은 예술 분야에서만 가능한 일이었어……."

왜 그렇게 다들 뭔가를 후세에 남기고 싶어 하는 걸까.

아니, 그러고 보니 나도 "학자나 마술사로서 후세에 이름을 남기고 싶다"는 야심이 있었다. 남에게 뭐라고 할 처지가 아니었다.

나는 잠자코 경청하기로 했다.

파잠 2세는 훌륭한 디자이너였으므로 꾸준히 건축물을 디자인했다. 그것도 돈이 참 많이 드는 건축물들만.

"짐이 남긴 정원이나 궁전을 보고…… 후세 사람들이 감동하는 광경을…… 상상하는 것이…… 즐거웠어……."

쓸데없는 참견일 테지만 일단 한마디 해두자.

"폐하. 하다못해 좀 더 돈이 적게 드는 방법으로 하셨으면 좋았을 거라고 생각합니다."

이를테면 작곡, 시 짓기, 무용 같은 거.

수입보다 더 큰 지출을 계속하다 보면 반드시 파멸하게 된다. 그것은 국가도 개인도 마찬가지이다.

왕의 망령은 반성하는 것 같았다. 하얀 안개 속에서 눈을 내리깔았다.

"후회해도 소용없는 일이지……. 하지만 그대의 말이 맞아……. 돌이켜보니 짐은 왜 그렇게 조급해했던 걸까……."

파잠 2세는 아련한 눈빛으로 먼 곳을 보았다.

"어차피 왕이란 것은 누가 되어도 상관없고…… 그저 공허한 그릇에 불과하다고 생각했었다……. 크월이라는 꽃을 꽂아서 키우기 위한, 텅 빈 그릇이라고……."

파커는 고개를 갸우뚱하더니 나에게 질문했다.

"있잖아, 바이트. 왕이 하는 말, 무슨 뜻인지 넌 알아?"

"나도 잘은 모르지만, 아마 왕가의 구조가 너무나 완벽한 거겠지. 누가 즉위하더라도 허튼짓만 안 하면 충분히 국가가 운영되게끔 되어 있다는 거야."

크월의 왕가는 제후의 조정자 같은 입장이므로, 최대한 아무것도 안 하는 것이 좋다.

하지만 그렇게 되면 "나는 뭐 하는 존재일까?"라는 의문을 품는 왕이 생기는 것도 이해가 갔다.

파잠 2세는 세상 사람들이 생각하는 것만큼 어리석지는 않았다. 그래서 그런 의문을 품었나 보다. 좀 더 어리석은 인간이었다면 마음 편하게 임금님 생활을 만끽할 수 있었을 텐데.

단, 그는 어리석지는 않았지만, 특별히 유능한 것도 아니었으므로, 그의 특기인 예술 분야에서만 실력을 발휘할 수 있었다.

그리고 그것이 크월의 재정을 압박하고 말았다.

아마도 그런 것이리라.

롤문드 황제 바하조프 4세도 비슷했다. 그래서 그는 죽음이 다가왔음을 알았을 때 허둥지둥 미랄디아 정복에 착수했다.

다들 뭔가를 남기고 싶어 하는 것이다.

왕의 영혼은 내 말이 들리는지 안 들리는지, 그저 담담하게 이야기를 계속했다.

"연안 제후들이 거병까지 했기 때문에 짐은 몹시 겁이 났었다. 하지만 왕의 말은 취소할 수가 없어……. 아버지가 그렇게 가르치셨으니까……."

임금님에게는 또 임금님 나름의 입장이 있다는 건가.

그럼 좀 더 신중하게 과세했으면 좋았을 텐데…….

너무 강하게 비판하는 것도 불쌍하니까. 나는 그 한마디를 조용히 가슴속에 묻어놓았다.

"그런데 그때 바이트 경, 그대가 여기까지 와줬다는 소식을 들었어……. 그대는 미랄디아 여왕의 남편……. 미랄디아 여왕이라면 짐과 동격이므로 대화도 가능하다……고, 생각했다……."

나로선 잘 이해할 수 없지만, 그에게는 그 나름의 철칙이 있는 듯했다.

제후의 요구를 들어주면 왕으로서 패배하는 것이다……라는 감각인 걸까.

그것이 크월의 가치관으로서 옳은지 그른지는 몰라도, 그의 철칙이 결과적으로는 그의 목숨을 빼앗고 말았다.

예전부터 생각했는데 말이지. "죄송해요"와 "고마워요"란 말을 금방금방 할 수 있는 사람이 오래 살 것 같은 느낌이 든다.

자식이 태어나면 이 부분은 철저히 가르쳐야지. 그리고 나 자신도 주의해야겠다.

그런 생각을 하면서 나는 그에게 조의를 표했다.

"최후의 순간까지 대화를 원하면서 유혈을 피하려고 했던 폐하

께서는 진정한 왕이십니다. 폐하의 의지와 명예는 저, 바이트가
이어받아 지키겠습니다."

그러자 왕의 망령은 안개 속에서 미소를 지었다.

"오…… 그 한마디는, 그 무엇보다도 기쁘구나……. 바이트
경…… 그대에게 메지레의 은총이 내리기를……."

안개 속에서 왕이 어떤 동작을 했다. 아마도 나를 축복하는 것
이리라.

생전의 파잠 2세와 회담을 할 수 있었더라면 자카르의 음모를
저지하는 것이 가능했을지도 모른다.

그러나 이미 늦었다. 지금부터는 우리들끼리 어떻게든 해야 한
다. 일단 이 임금님은 성불시키는 것이 좋을 것이다.

그렇게 생각했을 때. 왕의 영혼이 또다시 무슨 말을 꺼냈다.

"바이트 경. 그대를 짐의 벗이라고 믿고, 짐의 비밀을 두 개 맡
기고 싶다……."

왕의 비밀?

엄청난 비밀일 것 같기도 한데, 상대가 이 임금님이니까 왠지
좀…….

그런 생각을 하면서 나는 진지하게 귀를 기울였다.

그러자 왕은 이런 사실을 고백했다.

"짐에게는 후계자인 아들이 있다……. 아직 태어나지는 않았지
만, 내 아내 중 한 명이 회임했어……."

"뭐라고요……?!"

그렇게 중얼거린 사람은 아마니였다.

현재 왕가에는 정식 후계자 후보가 없었다. '속세에 있는 남계 남자'로 한정한다면 0명이었다.

그런데 마법이 발달하지 않은 이 크월에서, 출산 전에 성별을 알아낼 방법이 있나?

"폐하. 아들인 것은 확실합니까?"

"어의들이 왕가에 전해 내려오는 점술로 확인했으니까⋯⋯ 확실하다⋯⋯."

그 점술은 크월에 보급된 주술, 즉 간략해진 초보적 마법일 것이다.

사소한 효과밖에 없지만 신뢰성은 높았다.

왕은 이야기를 계속했다.

"내 아내 파스린은 전쟁이 터지기 전에, 지금 건축 중인 파스린 별궁으로 대피시켰다⋯⋯. 회임을 축하하면서 내 아내의 이름을 따서 지은 궁전이야⋯⋯."

설마 폐하, 자식이 생기자 너무 기뻐서 궁전을 건설하라고 명령한 겁니까?

그렇게 생각하니 왠지 인간미가 느껴졌다.

왕의 망령은 안개 속에서 근심 가득한 눈빛으로 이쪽을 보았다.

"오직 아내와 아기가 마음에 걸리는구나⋯⋯. 왕을 살해한 악당들은, 그다음에는 내 아내와 아기를 노릴지도 몰라⋯⋯. 제발 잘 부탁한다, 바이트 경⋯⋯."

나는 왕의 망령을 향해 이야기했다.

"알겠습니다. 저도 지금 아내가 임신해서 첫아이 출산을 앞두고 있습니다. 폐하와 같은 처지이지요. 제 처자식을 지키는 것과 같은 마음으로, 반드시 폐하의 부인과 아드님을 지켜드리겠습니다."

"오, 정말 믿음직하구나……. 진심 어린 말은 이토록 강하고 따뜻한 것인가……. 고맙다……."

하얀 안개가 희미하게 빛나면서 깜빡거렸다. 산 자의 경우에는 이것은 "우와~ 진짜? 살았다~! 아싸~!" 같은 감정 표현일 것이다.

"비밀 암호가 있어……. 파스린에게 '젖은 달에 붉은 꽃이 피어'라고 말하면 돼……. 그러면 내 아내의 가장 아름다운 얼굴을 볼 수 있을 것이다……."

미소를 지은 파잠 2세의 영혼이 불현듯 생각난 것처럼 말했다.

"아, 그리고 바이트 경. 또 한 가지…… 메지레의 근원으로 잘 알려진 카얀카카 산에…… 바르칸의 보주(寶珠)가 있다……. 인간을 바르칸으로 변신시키는 신비로운 보물이야……. 왕도의 대서고(大書庫)에…… 왕가의 비밀을 기록해놓은 책이……."

바르칸. 그 단어는 들어본 적이 있었다. 군신(軍神), 즉 미랄디아의 마왕과 용사 같은 존재였다.

그렇다면 그것은 미랄디아를 발칵 뒤집어 놓았던 용사 제조기일 것이다.

크월에도 틀림없이 굴러다니고 있을 거라고 생각했는데 실제로 있었나 보다. 이것도 방치할 수는 없다.

문득 정신을 차려 보니 하얀 안개가 조금씩 연해지고 있었다. 현세와의 접속이 끊기려는 것 같았다.

"파커, 폐하의 영혼이…….."

"응, 알아. 그런데 폐하 본인이 돌아가고 싶어 하고 있어."

파커가 끊임없이 수인을 다시 맺고 있었지만, 저것은 휴대폰이 터지는 장소를 찾느라 이리저리 돌아다니는 것과 같은 상태였다. 더 이상은 안 되는 것이리라.

왕의 망령은 점점 작아지는 목소리로 이렇게 말했다.

"진실한 자여, 바이트 경이여……. 이기적인 소원이지만…… 뒷일을…… 부탁한다……. 짐은 지쳤어…… 애초에…… 왕 따위 는 되지 말았어야 했어…….."

당신을 위해 부왕이 상당히 무리하면서 노력했는데, 그렇게 말 하면 민중도 곤란해지지 않을까.

하지만 사령술사의 지배를 받는 영혼은 거짓말을 못 한다.

역시 그것이 솔직한 진심일 것이다. 그 심정은 이해한다.

하얀 안개가 엷어지더니 이윽고 어둠 속으로 사라졌다.

파커가 잠시 상황을 살펴보고 나서 일동에게 고했다.

"갔어. 그것도 꽤 만족한 상태로."

"그래? 다행이네."

나는 안도의 한숨을 내쉬고 이마의 땀을 닦았다.

사령은 감정 폭발 스위치가 이상한 곳에 있기 때문에 전문가가 아니면 다루기 어렵다. 내 전문 영역이 아니라서 긴장했었다.

부디 성불했으면 좋겠는데.

파커는 살해된 근위병들의 영혼도 위로하면서 나를 돌아보더 니 히죽히죽 웃었다.

"아~ 역시 굉장해! 인간이든 마족이든, 산 자든 죽은 자든 가리지 않고! 모든 걸 네 손아귀에 넣고 주무르는구나!"

"그게 무슨 실례되는 말이야? 난 그저……."

나는 잠깐 생각하고 나서 이렇게 말을 이었다.

"내가 같은 입장이었을 때 상대에게서 듣고 싶은 말을 그대로 하는 것뿐이야."

그러자 파커는 갑자기 정색하더니, 다시 싱긋 웃으며 말했다.

"아무나 할 수 있는 일이 아니야. 그것은."

"그런가?"

파커는 말없이 죽은 자들이 잠들어 있는 우물을 향해 기도했다.

"자, 이제 됐다. 왕의 영혼은 네가 위로해 줬으니까 이제 괜찮을 거야. 남은 것은……."

그는 폐허 한구석을 힐끔 봤다.

"저쪽에서 뭔가 지독한 원념이 느껴지는데? 저거 뭐야?"

"글쎄, 자카르에게 살해된 부하인가."

밧자 공의 사자로 변장해서 크월 왕을 여기까지 데려온 장본인이었다. 그리고 그는 입막음이란 이유로 자카르에게 살해되었다.

나는 벌떡 일어나 오른쪽 무릎의 모래를 떨어내고 일동에게 말했다.

"한번 가보자. 저 남자와도 이야기해 보고 싶어."

그는 뭔가 알고 있을 것이다.

파커가 다 쓰러진 폐가에 들어가서 영혼의 기척을 찾아다녔다.

"아, 여기 있네. 악령이 되기 직전인 것 같은데, 정말로 부를 거야?"

크월 왕과의 대화는 무사히 끝났으니까 이대로 돌아가도 되지만. 여기까지 왔으니 그 녀석과도 이야기해 보고 싶었다.

그는 자카르의 부하이자, 자카르에게 살해된 과거가 있는 인물이므로.

"무슨 비밀을 알고 있을지도 모르잖아. 일단 이야기는 들어보고 싶어. 안전은 확보할 수 있지?"

"응, 뭐, 그렇지."

파커가 다루지 못하는 영혼은 없다.

왜냐하면 그는 삶과 죽음의 모든 것을 다 알고 있는 달인이니까.

별로 그렇게 보이지 않는다는 것이 단점이지만.

"자, 그럼 부를게……. 아, 이거 안 되겠네. 정상적인 설득이 안 통해. 처음에는 강제적으로 불러야겠다."

파커는 들으란 듯이 헛기침하더니, 일부러 꾸며낸 목소리로 무섭게 고했다.

"나는 파커. 삶과 죽음 사이에서 떠도는 자이자, 산 자의 벗, 죽은 자의 왕이니라. 꿈틀거리는 원념이여, 내 목소리를 들어라."

사령술사가 아닌 나로서는 알 수 없지만, 파커가 마력을 조종해서 보이지 않는 누군가와 대결하고 있다는 것은 알았다.

다만 그 대결 방식에서는 최근의 파커다운 분위기가 살짝 느껴졌다.

"앗, 야, 그런 곳에 숨으려고 해도 소용없거든?! 이쪽에서, 이렇게…… 끄집어내면…….”

소파 뒤에 기어든 고양이도 아니고, 도대체 뭐 하는 거야?

세계 최고 수준의 사령술사의 강령술이라는 게 믿어지지 않았는데, 전문가가 하는 일이니까 가만히 지켜보기로 했다.

이윽고 어렴풋이 검은 안개가 생겨났다. 그리고 그 안에서 우울해 보이는 중년 남자의 모습이 떠올랐다.

“왜…… 왜, 내가 이런 꼴을 당한 거야? 젠장…… 제기랄…….”

“응, 응. 알았어. 무슨 원한이 있는지 들어줄 테니까. 좀 더 긍정적인 태도를 가져보자. 너 지금 눈빛이 다 죽었거든?”

원령을 적극적으로 도발하는 파커.

그런데도 영혼의 반응이 미적지근하다고 판단했는지, 그는 태도를 확 바꿔서 무섭게 위협했다.

“네 절망 따위는 나의 깊은 어둠에 비하면 얄팍하기 짝이 없어. 그게 아니라고 주장하고 싶다면, 어디 한번 이야기해 봐라.”

역시 도발하는 스타일이구나.

시커먼 안개 속에서 남자의 얼굴이 분노와 굴욕으로 일그러졌다.

“난 그저 사자로 변장해서 국왕을 데리고 오라는 말만 들었을 뿐이야! 그래서 명령대로 했다고! 아군은커녕 적조차 살해하지 않았어! 그런데, 도대체 왜 내가 살해되어야 하는데?!”

“아, 그거. 흔한 입막음이지.”

또 도발하는 파커.

이래도 되나?

그런데 망령은 파커의 도발에 쉽게 넘어가서 나불나불 떠들어 댔다.

"왕을 죽일 계획은 없었어! 대장님이 미랄디아 진영의 관계자를 사칭해서 왕과 협상하려고 했던 거야! 그런데 갑자기 죽여 버렸어!"

국왕 암살은 자카르의 충동적인 행동이었던 건가.

아니, 그는 부하를 믿지 않는다. 진짜 목적은 숨긴 채 이 남자를 이용했던 걸지도 모른다.

용병의 망령은 계속해서 소리를 질렀다.

"나는 대장님에게 충성을 맹세했어! 임무는 제대로 해냈어! 그런데 도대체 내가 왜! 어째서 나는! 지금쯤 동료들은 모두 자카르 왕이 탄생한다고 신이 났을 텐데! 왜 나 혼자만 살해돼서, 이런 곳에 있는 거야?!"

자카르 왕……. 그다지 듣기 좋은 말은 아니다.

그나저나 이 망령. 점점 불쌍하게 여겨지는군.

"파커, 이 녀석과 직접 대화해도 괜찮을까?"

"응, 괜찮아. 혹시 날뛰면 내가 진정시킬게."

파커가 펫 숍 직원처럼 가벼운 태도로 보증했으므로, 나는 안심하고 그 영혼에게 말을 걸었다.

"들리나? 나는 바이트라고 한다. 내 영체(靈體)를 자세히 봐라."

영혼은 육체적 시각을 잃어버렸으므로, 영체를 보고 산 자를 인식한다.

그제야 겨우 그는 나의 존재를 눈치챈 듯했다.

"뭐, 뭐야, 당신이 그……?!"

"그렇다. 내가 바로 바이트이다. 마왕의 부관, 바이트 폰 아인도르프야."

우선 실컷 위엄을 보여준 다음에 나는 확 달라진 부드러운 어조로 말했다.

자카르처럼 소탈한 느낌으로 대해볼까. 아니, 좀 더 품위 있는…… 아, 그래. 워로이처럼 행동해 보자.

"이봐, 자네도 이름을 말해봐. 나와 자네가 싸울 이유는 없잖아? 나는 자네의 이야기를 들어보고 싶어."

그러자 영혼은 한동안 침묵을 지키다가 이윽고 불쑥 대답했다.

"라프하드. ……샬리가의 자식, 라프하드다."

"그 이름. 잊지 않겠다. 라프하드. 자카르에 대한 원한은 있나?"

"있다."

라프하드의 영혼은 즉답했지만, 다소 약해진 말투로 말을 이었다.

"하지만…… 대장님은 나에게 은혜도 베풀어줬어. 도와주기도 했고, 중요한 일도 맡겨줬어. 그러니까 나는……."

자카르의 인심 장악 능력은 제법 훌륭했다.

말살된 후에도 이 남자의 마음은 여전히 자카르에게 사로잡혀 있었다.

그러나 나는 그의 심정을 짐작할 수 있었으므로, 공격적으로 파고들기로 했다.

"정신 차려, 라프하드. 자네는 일회용 장기말로 이용당한 거야.

자카르는 자네의 목숨도, 꿈도 소중히 여기지 않았어. 자네는 위험을 무릅쓰고 일했는데, 자카르는 자네를 방해물이라고 여긴 거야. 그런 남자에게 고마워하면서 의리를 지킬 필요는 없어."

그 자식. 블랙기업의 경영자 같은 짓이나 하고.

나는 내심 자카르에게 분노했다. 네가 나의 적이 되든 말든 상관없지만, 적어도 너 자신의 부하는 소중히 여겨야지, 응?

이제는 나도 슬슬 화가 났다.

파커가 조용히 중얼거렸다.

"이봐, 네가 악령을 부추기면 어떡해?"

뭐 어때. 이건 중요한 일이라고.

"자네는 내 적이었고, 자네가 한 짓은 크월 전체를 불행하게 만드는 어리석은 행위였어. 상사에 대한 충성이었다! 하고 가볍게 넘길 만한 문제는 아니야. 하지만 그건 그렇다 치고."

나는 주먹을 불끈 쥐었다.

"한 인간으로서 존중받지 못했다는 원통함, 그건 나도 잘 알아. 그러니까 내가 자네의 한을 풀어줄게. 그 남자에게 대가를 치르게 해주마."

"으, 응……."

검은 안개 속에서 라프하드의 망령이 쭈뼛거리면서 고개를 끄덕이고 있었다.

좀 더 기운을 내봐. 복수는 끈기와 기합이 중요한 거니까.

"이용당하고 버려진 자의 억울함이 얼마나 큰지, 자카르에게 확실하게 가르쳐줄 거야. 자네는 원령이 될 만한 정당한 이유가 있어. 나는 자네의 편을 들 거야."

"바이트, 이봐, 바이트! 너 또 나쁜 버릇이 튀어나왔거든?! 죽은 자를 지나치게 편드는 거 아냐?!"

시끄러워. 파커.

난 지금 이 불행한 남자한테 엄청나게 공감하고 있단 말이야.

"내가 자네의 복수를 대행해 줄게. 그러기 위해서는 우선은 자네가 아는 것을 더 자세히 이야기해 줘야 해. 자네의 비밀이 자카르를 파멸시킬 거야."

내가 슬금슬금 다가가자, 망령은 다소 창백해진 얼굴로 고개를 끄덕거렸다.

"아…… 알았어…… 가, 가능한 한, 이야기해 볼게."

"그래, 좋은 기개야."

내가 원수를 갚아줄게.

라프하드의 망령에게서 들은 이야기는 다음과 같았다.

자카르는 맨 처음에는 권력의 중추로 다가갈 방법을 모색했던 모양이다.

용병대장이라고 한들 결국 계약기간이 끝나면 다시 백수가 되는 거고, 밧자 공이 계약을 연장한다는 보장은 없었다.

그래서 자카르는 이번 반란을 이용하여, 고용되는 입장에서 벗어나는 것을 목표로 한 듯했다.

구체적인 계획은 라프하드에게는 가르쳐주지 않았지만, 그중 하나가 고용주를 배신하고 왕가 측에 붙는 것이었다.

하지만 이것은 국왕이 관심도 주지 않아서 실패했다고 한다.

그래서 그는 왕을 암살하고 쿠데타를 일으키는 쪽으로 방침을 바꾼 것 같았다.

자카르는 직전까지 그 사실을 부하에게 가르쳐주지 않았나 보다. 라프하드 본인도 놀랐다고 한다. 예전부터 국왕 암살을 계획하고 있었는지, 아니면 갑자기 마음이 변했는지. 그건 나도 모르겠다.

그리고 라프하드는 '얼굴이 많이 알려졌다'는 이유로 은밀하게 제거되었다.

정말 너무했다.

나는 주먹을 꽉 쥐었다. 너무 화가 나서 서서히 인랑으로 변신하기 시작했다.

"자카르가 한 짓은, 자기 자신이 당한 짓과 똑같은 거잖아. 고용돼서 실컷 이용당하다가 버려지는 것이 싫어서, 용병 이상의 신분을 목표로 하고 있다면서? 그런데 본인이 스스로 부하를 이용하다가 버리고 제거하다니. 이건 말이 안 돼."

내가 벽을 때리자, 낡은 벽돌이 산산이 부서져 날아갔다. 강풍이 확 불어 들어왔다.

"인간을 함부로 다루는 자가 인간들의 왕이 된다는 것은 어불성설이다. 그렇지?"

"으, 응⋯⋯."

망령이 어쩔 줄 모르는 태도로 어색하게 고개를 끄덕였다.

이봐, 복수심과 증오를 좀 더 불태워 봐.

그때 라프하드의 망령이 이런 말을 꺼냈다.

"당신은 참 이상한 녀석이군……. 왜 나한테 친절하게 대해주는 거지?"

왜냐고? 대답하기 곤란한 질문이군.

"나는 이미 죽었어. 아무 쓸모도 없거든? 내가 아는 비밀도 전부 다 털어놨어. 당신이 나한테 잘해 줄 이유는 없잖아?"

듣고 보니 그건 그랬다. 나는 잠시 생각을 해봤다. 그러나 내 생각은 달라지지 않았다.

그래서 이렇게 대답했다.

"나도 몰라. 하지만 자네의 인생에도 이렇게 이상한 놈이 한 명쯤은 있어도 되잖아?"

그러자 망령은 놀랍게도 킥킥거리면서 웃음을 터뜨렸다.

"진짜 이상한 녀석이네……. 아, 그래. 당신 같은 귀족도 있구나……."

하얀 안개가 서서히 사라져갔다.

"고마워, 바이트 씨……. 아아, 내가 만약 당신의 부하였다면 내 인생도 좀 달라졌을까……?"

망령은 그 말을 마지막으로 남기고 사라졌다.

파커가 한동안 상황을 살펴보더니 이윽고 이렇게 말했다.

"갔어. 원념은 느껴지지 않아. 그는 더 이상 돌아오지 않을 거야."

이어서 파커는 나를 향해 돌아서더니 웬일로 타이르는 듯한 말투로 말했다.

"너 하는 짓이 엉망진창이야. 죽은 자는 산 자와는 다른 논리,

다른 법칙에 얽매여 있어. 영혼과 대화할 때는 좀 더 신중하게 해야 해. 선생님도 늘 그렇게 말씀하셨잖아?"

"어, 그래. 그런 말을 들었던 것 같네."

그러자 파커는 요란하게 한숨을 푹 내쉬는 시늉을 했다.

"넌 영혼을 너무 가깝게 대해. 그러다가 큰일 난 적도 있으면서, 아직도 혼쭐이 덜 난 거야?"

"뭐야, 그 이야기는 더 이상 하지 말랬잖아."

아직도 문하생들이 모이면 그 이야기를 꺼내기 때문에 나는 좀 질려버렸다. 물론 그것은 내가 잘못한 거였지만.

사령술사는 대부분 영혼과 접할 때는 의사나 변호사 같은 태도로 임한다. 서로의 입장을 정확히 구별하고 전문가로서 냉정함을 잃지 않기 위해서이다.

그런 의미에서는 확실히 좀 전에 내가 한 짓은 위험한 행위였다.

자칫하면 영혼에게 빙의당할 가능성도 있었다. 아니, 실은 학생 시절에 이미 한번 당했었다.

파커는 수인을 맺고 영혼의 명복을 빌어주면서 기막히다는 듯이 이야기했다.

"너를 사령술사로 키우지 않은 것은 선생님의 영단이었어. 방금 그 대화, 사령술사로서는 실격이었어. 다만……."

"다만, 뭐?"

파커는 싱긋 웃었다.

"네 덕분에 구원받은 영혼이 또 하나 늘어난 것은 확실해. 너 같은 아우가 있어서 나는 자랑스러워."

"아우 아니거든? 난 사제야."

나는 그렇게 정정하고, 반대쪽으로 고개를 홱 돌려버렸다.

나는 와자르 공 아마니와 함께 돌아가면서 앞일에 관해 의논하기로 했다.

"자카르의 목적이 왕위 찬탈이었다니. 저는 미처 예상하지 못했습니다. 그런 어리석은 계획 때문에 폐하가 목숨을 빼앗기실 줄이야……."

아마니는 침통한 얼굴로 중얼거렸다.

나는 크월의 법률이나 관습은 잘 모르기 때문에 아마니에게 물어봤다.

"자카르를 국왕 살해로 고발할 수 있을까요? 사령술로는 증거를 제출할 수 있는데요."

그러자 아마니는 고개를 옆으로 흔들었다.

"크월은 마술이 발달하지 않았습니다. 그래서 마술의 결과를 증거로 삼는 법이나 관례는 없어요. 파커 님이 사령술로 증거를 보여줘도, 그 진위를 검증할 수 있는 사람이 없기 때문입니다."

아, 하긴 그런가.

자카르는 입막음을 위해 부하까지 없애버리는 남자였다. 그가 국왕 암살범이란 것을 증명해주는 증거는 남아 있지 않다고 봐야 할 것이다.

"그럼 적당한 이유를 붙여서 그를 용병대와 떨어뜨려 놓을 수밖에 없겠네요."

나는 그렇게 말했지만, 좋은 방법이 떠오르지 않았다.

그 녀석한테서 병권을 **빼앗으려고** 한다면, 그는 즉시 공격을 개시할 것이다. 노골적인 방법은 위험하다. 카르팔이 불바다가 될 테니까.

그렇다면 이제는 간접적인 방법으로 병사들을 떼어놓아야겠군.

차라리 암살하는 것도 하나의 방법일 것이다.

자카르를 암살한 뒤, 우왕좌왕하는 용병들을 처리한다. 시가전을 통해.

시민과 아군을 희생시키면서.

……관두자. 상대는 4,000명이 넘는 데다가 일단은 전원이 프로 전사였다.

시민이 피해를 보는 것은 어떻게든 막고 싶었다. 카르팔 공에게 원망받기 싫었고, 그게 외교 문제가 되는 것도 곤란했다. 특히 파가 노부부처럼 선량한 사람들을 더 이상 불행하게 만들고 싶지 않았다.

나는 고민한 끝에 이런 결론을 내릴 수밖에 없었다.

"용병들을 카르팔에서 쫓아내서 왕도로 가게 합시다. 밧자 공의 편지에 의하면, 자카르와의 계약기간은 이제 곧 끝난다고 합니다. 그는 그 전에 행동을 개시할 겁니다."

자카르는 용병대장이긴 하지만, 본인을 비롯하여 그의 부하까지 전부 다 밧자 공에게 고용된 신세였다.

임기가 끝나면 틀림없이 자카르는 밧자 공의 귀환 명령을 받고 사문위원회에 회부될 것이다. 그대로 자연스럽게 감옥에 갇

힐 테고.

나는 이야기를 계속했다.

"본디 이번 거병은, 국왕 폐하에게 연안 제후의 강한 결의를 보여주기 위한 것이었습니다. 폐하가 안 계시는 지금은 더 이상 싸울 이유가 없습니다."

결말이 어떻게 나든지 간에 연안 제후가 왕도를 점령할 수는 없었다. 그랬다가는 유역 제후와 진짜로 내전을 벌이게 될 테니까.

일단 군대를 철수시키고, 다음 국왕이 즉위한 다음에 다시 협상을 재개하게 될 것이다.

그리고 다음 국왕이 정상적인 인간이라면 항구에 대한 과세는 철회할 것이다.

아마니는 뺨에 손가락을 대면서 골똘히 생각에 잠겼다.

"그렇군요. 확실히 공식적으로는 이제 전쟁은 끝입니다. 하지만 그렇게 되면 자카르는 파멸할 테고. 그에게도 중요한 고비이겠네요."

밧자 공에게서 위임받은 병사와, 카르팔 공에게서 빼앗은 돈. 그 두 가지를 가지고 있는 지금이 바로 자카르에게는 가장 활동하기 쉬운 상태였다.

밧자 공과의 계약이 끝나면 그가 병사를 움직일 권한은 소멸한다.

그는 그 전에 행동할 것이다.

"왕도에 들어간 자카르가 무슨 짓을 할지는 모르지만, 권력을 원한다면 정당성이 중요할 겁니다. 한낱 무장 집단이라면 제후에게 토벌당할 테니까요. 순 억지여도 상관없으니까 일단 대의명분이 필요할 겁니다."

내가 그렇게 말하자 아마니도 동의했다.

"그가 대의명분을 원한다면, 제후 측이 그에게 대의명분을 제공하면 안 될 겁니다. 괜히 자카르에게 휘말려서 군대를 움직이지는 말라고 상류 제후에게 전해두겠습니다."

"네, 확실히 그럴 필요가 있겠네요."

나는 자카르가 생각할 만한 것을 상상하면서 자신이 깨달은 점을 말해봤다.

"제후가 왕도를 탈환하기 위해 군대를 움직인다면, 자카르는 오히려 그것을 빌미 삼을 겁니다. '제후 아무개가 현재 국왕이 없다고 판단하여 모반을 일으켜 왕도를 침공했다. 그러나 우리가 왕도를 지킬 것이다'라는 식으로요."

"네, 그럴 수도 있겠죠."

자카르는 전쟁의 명수이다. 그를 전쟁터에 서게 하는 것은 위험하다.

일회용 장기말들을 이용해서 싸움을 유리하게 진행하는 것이 자카르의 수법이다.

그리고 지금 그에게는 장기말로 쓸 만한 신병들이 잔뜩 있었다.

아마니는 문득 걱정스럽게 나에게 질문했다.

"저, 그럼 제후가 군대를 움직이지 않을 경우에는 자카르가 어떻게 행동할 거라고 예상하시나요? 친위대는 왕의 칙명이 없으면 공격하지 못하니까, 자카르 측이 먼저 공격하지 않는 한 그를 막을 무력은 존재하지 않을 텐데요."

"친위대가 움직이지 않는다면 자카르도 쓸데없이 손을 대지는 않을 겁니다. 그는 계산이 빠른 남자이니까."

자, 그러면 그때는 어떻게 행동할까.

아마도 교활한 수단으로 권력을 차지하려고 하리란 것은 짐작이 갔다. 하지만 구체적인 방법까지는 알 수 없었다.

"자카르가 파잠 폐하의 후계자의 존재를 알게 된다면, 파스린 왕비님의 신병을 확보하려고 할 겁니다. 바르칸의 보주를 알게 된다면 그것도 또 손에 넣으려고 할 테죠. 둘 다 눈치채지 못한다면, 그가 어떻게 행동할지는 저도 모르겠습니다."

그러자 아마니는 갑자기 싱긋 웃었다.

"그럼 둘 중 하나의 비밀을 일부러 자카르에게 가르쳐주는 것은 어떨까요? 그러면 그는 정신없이 그것을 찾아다닐 겁니다."

그런 식으로 생각할 수도 있구나.

무섭다. 이 사람.

내 머릿속에는 '남이 가르쳐준 비밀을 누설한다'는 발상이 거의 없었으므로, 그런 방법에는 다소 저항감을 느꼈다.

물론 자카르를 유도하는 미끼로서는 발군의 효과를 자랑할 테지만.

그런데 나도 차마 임신부를 음모의 미끼로 삼을 수는 없었다.

그렇다면 여기서 사용할 것은 용사 제조기 정보인가. 이쪽은 내가 나서면 어떻게든 할 수 있을 것이다.

"좋아요. 파스린 왕비님을 위험에 빠뜨리고 싶진 않으니까, 그때는 바르칸의 보주로 자카르를 낚아봅시다. 구체적인 방법에 관해서는 뭔가 좋은 생각 있으십니까?"

"네, 저만 믿으세요. 메지레 상류 지역에 관한 일은 저희 와자르에 맡기시면 됩니다. 저희도 당신과 함께 늑대가 되어 그 미친 개를 궁지에 몰아넣을 겁니다."

즐겁게 웃는 아마니. 아, 역시 무섭다. 이 사람.

적이 되지 않아서 다행이다.

카르팔로 돌아온 나는 이제 와자르로 귀환하는 아마니를 배웅했다.

아마니는 자신이 타고 온 배에 무장한 종자들을 태우고 있었다. 해골들만 타고 있어서 가벼워야 할 배가 의외로 물속으로 쑥 들어가 있었던 이유가 이거였구나. 용의주도하군.

막강한 종자들의 호위를 받는 아마니. 게다가 인랑 부대 1개 분대도 그녀를 호위하고 있었다.

여차할 때는 아마니를 끌어안고 군마보다 더 빠르게 도주할 수 있으니까. 인랑 호위병은 믿음직스러웠다.

"자, 그럼 바이트 님. 저는 상류 제후들을 다잡고, 자카르에게 비밀 정보를 알려줄 준비를 하겠습니다."

"네, 잘 부탁드립니다. 아마니 님. 저는 파스린 왕비님을 뵙고 그분을 우리 편으로 끌어들이겠습니다. 그리고 가능하다면 신변 보호를 하겠습니다."

"네, 부디 잘 부탁드릴게요. 경우에 따라서는 와자르까지 모셔

와도 됩니다. 제가 지켜드릴 테니까요."

아마니는 깊이 고개를 숙여 나에게 인사한 뒤, 밤의 어둠 속에 숨어서 카르팔을 떠났다.

자, 이제 나는 내 할 일을 해볼까.

"잠깐 나갔다 올게. 1개 분대는 나를 따라와 줘. 아, 파커는 가벼우니까 작게 접어서 가져가면 되겠다."

"저기, 넌 나를 뭐라고 생각하는 거니? 아, 이거 봐. 이 자루에는 쏙 들어갈 것 같아!"

신난 것처럼 마대 자루를 들고 오는 파커. 나는 그를 힐끗 보고 한숨을 쉬었다.

"이 녀석을 돌봐야 하니까. 1개 분대 더 따라와."

건축물을 잘 아는 제릭 부대와, 여성 대원들로 구성된 판 부대가 따라오기로 했다.

파스린 왕비님이 있는 별궁은 아직 건축 중이라고 하니까 잠입하기는 쉬울 것이다.

왕도 엔칼라가의 남쪽, 메지레 강 근처에 있는 드넓은 정원이 그것이었다.

궁전 일부와 그것을 둘러싼 벽은 대체로 완성되어 있었지만, 대부분의 건물과 뜰 등은 공사 중이었다. 메지레 강에서 물을 끌어와서 인공 연못도 만들고 있었다.

애초에 전투를 상정하지 않은 데다가 아직 만드는 도중이고, 심지어 지형적으로 봐도 공격하기 쉬운 장소였다. 피난처로서는 그다지 적절하지 않다는 생각이 들었지만, 군사 방면에는 어두운 파잠 2세에게 그런 센스를 기대하는 것은 가혹한 짓이리라.

"친위대와 협상해서 허락을 받고 만나는 것도 가능하지만, 자카르의 내통자가 있을지도 몰라. 내가 여기 왔다는 사실은 아무에게도 들키고 싶지 않아. 그러니까 몰래 들어가자."

"뭐야, 출세했어도 대장은 여전히 대장이구나."

기쁘다는 듯이 투덜거리는 제릭.

판도 덩달아 고개를 끄덕였다.

"바이트 대장님은 계획을 세우는 단계까지는 이것저것 생각을 하는데, 일단 현장에 나서면 즉흥적으로 과감하게 행동한단 말이지."

대꾸할 말이 없어서 난감했다.

어쨌든 우리는 밤이 되기를 기다렸다가 인랑으로 변신해서 석벽을 뛰어넘었다.

완성된 건물은 하나밖에 없었다. 그곳에 파스린 왕비가 있을 것이다.

"판 부대, 잠깐 가서 상황을 보고 와줘. 상대는 여자야. 내가 불쑥 찾아가기도 좀 그렇잖아?"

그러자 암흑 속에서 히죽히죽 웃는 판.

"어라? 지금 은근히 신경 써서 조심하려는 거야? 그것도 아일리아 때문에?"

왜 여기서 내 아내가 튀어나오는 거야?

판과 동료들은 킥킥 웃으며 떠나갔다. 그리고 잠시 후 돌아왔다.

"예쁜 여자가 악기를 연주하고 있어. 호위병은 건물 밖에만 있고. 안에는 시녀처럼 보이는 사람들이 네 명 있는데, 다들 아줌마이니까 아마 아닐 거야."

판이 보고하자, 판의 파트너이자 제릭의 애인인 듯한 피아라는 인랑이 이어서 말했다.

"말을 걸어보려고 했는데, 저희는 크월어를 잘 못하니까 일단 돌아왔습니다."

아, 그렇구나. 그건 깜빡했다.

"알았어. 내가 갔다 올게. 우르르 몰려가면 상대가 무서워할 테니까 나 혼자 가면 돼. 너희들은 들키지 않게 숨어 있어."

"응."

"알았어."

여덟 명의 인랑과 한 명의 해골이 고개를 끄덕였다.

나는 인랑으로 변신해서 순찰병에게 들키지 않도록 슬금슬금 건물로 다가갔다.

아까 판이 보고했던 대로 현악기 소리가 들려왔다. 밤이라서 작게 연주하고 있었지만, 인랑의 귀에는 잘 들렸다.

그대로 나는 지면을 박차고 3층 높이의 창문을 통해 슬쩍 안으로 숨어 들어갔다.

엄밀히 말하자면 쇠창살이 박힌 창문이었지만, 그건 인랑의 괴력으로 살짝 비틀어 놓았다. 완성되기도 전에 벌써 부숴버렸는데 긴급 상황이니 이해해 주기를 바란다.

그 방은 천장이 높고 내부 구조도 넓은 원형 돔이었다. 아직 인테리어가 덜 되고 가구가 적어서 그런지, 넓은 방에 있는 파스린 왕비가 몹시 고독해 보였다.

조명은 달빛밖에 없었다. 그 달빛을 받으면서 그녀는 신기하게 생긴 현악기를 연주하고 있었다.

나는 창문에서 조용히 뛰어내려 파스린 왕비의 등 뒤에 섰다.

······거기까지는 좋았는데. 지금 여기서 말을 걸면 틀림없이 연주가 중단될 것이다. 시녀들이 수상하게 여겨 이쪽으로 올지도 모른다. 그러니까 이 연주가 끝날 때까지 기다리자.

나는 인간 모습으로 돌아와서 어둠 속에 숨어 기다리기로 했다.

연주되는 소리의 음색은 어쩐지 슬프고 불안한 것처럼 들렸다.

파스린 왕비는 겉보기에는 아직 스무 살도 안 된 걸까. 꽤 젊어 보였다. 이 나이에 미망인이 되다니······. 좀 불쌍했다.

이윽고 연주가 끝났을 때 나는 어둠 속에서 빠져나가, 달빛 아래에서 입을 열었다.

"실례합니다. 파스린 왕비님."

사색에 잠겨 있던 왕비님은 나를 보고 상당히 놀란 것 같았지만, 그래도 비명을 지르지는 않았다.

"다······ 당신은 누굽니까? 이곳은 왕비의 침실입니다."

"네, 압니다. 저는 미랄디아 마왕의 부관, 바이트 폰 아인도르프입니다."

나는 오른쪽 무릎을 꿇고 상대에게 경의를 표했다.

파스린 왕비는 나를 가만히 쳐다보더니, 마침내 마음을 굳힌 것처럼 질문을 던졌다.

"당신은 적입니까, 아군입니까?"

"아군……이라고 생각합니다."

단언하기에는 다소 떳떳하지 못한 점이 있었으므로 애매한 말투로 대답하고 말았다.

상대가 노골적으로 경계했다. 그래서 나는 왕의 망령이 가르쳐 준 암호를 말했다.

"폐하의 말씀을 전해드리러 왔습니다. '젖은 달에 붉은 꽃이 피어'라고 하셨습니다."

그 순간, 파스린은 달빛 아래에서도 알아볼 수 있을 정도로 얼굴이 빨개졌다.

남편인 파잠 2세는 "내 아내의 가장 아름다운 얼굴을 볼 수 있을 것이다"라고 말했는데. 이게 그 얼굴인가.

세상을 떠난 국왕은 아내의 부끄러워하는 표정을 제일 좋아했었나 보다. 취향이 참 특이하군.

"그…… 그건, 폐하가 저에게 선물해 주신 시의 한 구절입니다. 저, 그러니까…… 저, 정다운 한때를 노래하는 시라서, 저와 폐하밖에 모르는 비밀인데……."

정다운 한때…….

크월어의 완곡한 표현이 사용되었기 때문에 나는 순간적으로 이해하지 못했는데, 파스린의 부끄러워하는 표정을 보니 겨우 이해가 갔다.

역시 그 임금님은 취향이 참 특이하구나. 기가 막힌다.

나는 한숨을 쉬고 싶어졌지만, 어쨌든 왕비의 신뢰를 얻을 수 있다면 이 정도는 사소한 대가일 것이다. 효과는 생각보다 더 컸다.

나 같으면 이런 침입자가 비밀 암호를 이야기해봤자 신용하지는 않을 텐데, 그것은 가슴속에 묻어두기로 하자.

죽은 왕과의 약속을 지키기 위해서라도 우선은 상대의 신용을 얻어야 하니까.

그때 파스린이 조심스럽게 나에게 질문했다.

"그런데 폐하와 저밖에 모르는 그 구절을 어떻게 아시는 거죠?"

"폐하가 직접 가르쳐주셨습니다. 그리고 당신과 후계자를 지켜달라고 부탁하셨어요."

그 순간 파스린의 안색이 확 달라졌다.

"서…… 설마…… 설마, 폐하는…….."

똑똑한 사람이다. 그런데 마음이 아프구나.

나는 오른쪽 무릎을 바닥에 댄 채 고개를 숙였다.

"네. 밧자 용병대장 자카르라는 남자가 역심을 품고, 가짜 사자를 이용해서 폐하를 암살한 것 같습니다. 진심으로 조의를 표합니다."

파스린은 창백해진 얼굴로 할 말을 잃어버렸다. 공포와 절망의 냄새가 났다.

좀 전에 나에게 보여줬던 부끄러워하는 표정은 앞으로 당분간은 보기 힘들지도 모른다.

어쩌면 파잠 2세는 나한테 그 마지막 수줍어하는 모습을 보여주고 싶었던 것이 아닐까.

파스린은 비틀거리더니 침대 위로 쓰러졌다.

"그럴 수가. 폐하는 '이 전쟁은 형식적인 것이야. 왕도에 군대가 쳐들어오지는 않을 거야'라고 말씀하셨는데⋯⋯."

그렇다. 이번 반란은 실질적으로는 제후의 항의 시위 같은 것이었으니까.

그런데 그 시위대 중에 야심가가 있어서 폭탄을 던지기 시작했다. 그래서 일이 꼬여버린 것이다.

나는 그 점을 파스린에게 설명해볼까 생각했는데, 그걸 알아봤자 슬픔이 가라앉는 것도 아니니까. 그저 말없이 고개만 숙였다.

혹시 내가 지금 죽는다면, 아일리아도 이렇게 울면서 쓰러질까.

그렇게 생각하니 몹시 괴로웠다. 마음이 우울해져서 이런 생각은 봉인하기로 했다.

한동안 파스린은 소리 죽여 계속 울었지만, 이윽고 왕비로서의 역할을 다시 떠올린 것 같았다.

애써 천천히 몸을 일으키더니 나에게 사과했다.

"죄송합니다. 흐트러진 모습을 보여드려서⋯⋯."

"아뇨, 그 심정은 이해합니다. 저도 임신한 아내가 있어서요. 도저히 남의 일이라고 생각할 수 없습니다."

이건 진심이었다.

그러자 파스린은 눈물을 닦더니 침통한 표정으로 살짝 고개를 끄덕였다.

"감사합니다⋯⋯. 저, 지금 저는 의지할 만한 상대가 없습니다. 그동안 후궁 안에서만 살아왔으므로, 외부적인 일로 의지할 만한 상대가⋯⋯."

"안심하세요. 연안 제후도, 또 왕도 주변의 제후도 왕가를 존경하고 있습니다. 이번에는 단순히 용병대장 자카르가 모반을 일으켰을 뿐입니다."

스스로도 왠지 거짓말 같다고 생각했지만, 그게 사실이니 어쩔 수 없었다.

"연안 제후 실력자인 밧자 공, 그리고 왕도 근처에 있는 카르팔 공과 와자르 공도 모두 다 파스린 님의 아군입니다. 물론 저도 그렇고요."

가능한 한 친절하게 말해봤지만, 아군이 아무리 많아도 남편이 죽었으니 다 소용없을 것이다.

나는 파스린의 기운을 북돋워 주려고 약간 비겁한 수단을 썼다.

"이제는 파스린 님이 잉태하신 그 아드님이 왕가와 크월의 희망입니다. 또 그와 동시에, 파잠 폐하가 이 세상에 살아 계셨다는 증거이기도 합니다."

내가 생각해도 비겁한 대사였지만, 이 한마디로 인해 파스린의 눈에 다시 생기가 돌아왔다.

"폐하가, 살아 계셨다는…… 증거……."

"네. 후계자가 무사히 탄생해서 그분의 혈통이 이어진다면, 파잠 폐하의 인생은 결코 무의미한 것이 아닐 겁니다. 그 후계자는 반드시 지켜야 합니다."

점점 양심의 가책이 느껴졌다. 그래서 나는 숨을 크게 내쉬고 머리를 긁적거렸다.

"애초에 그분은 아직 태어나지도 않은 아기이지 않습니까. 그런데 어른들의 이기적인 사정 때문에 아버지가 죽임을 당하고, 자신과 어머니도 위험해졌습니다. 이건 정말 너무하다고 생각하시지 않습니까?"

나는 내가 죽었을 때를 상상하면서 주먹을 불끈 쥐었다.

"제가 만약 폐하와 같은 입장이었다면, 아내와 그 배 속의 아이는 어떻게든 무사히 계속 살아가기를 바랄 것입니다. 가능하다면 너무 슬퍼하지 말고 행복해지기를 바랄 거예요."

"아, 바이트 님……."

파스린은 부드러운 표정을 지으면서 꽤 커진 자신의 배를 쓰다듬었다.

그리고 조용히 고개를 끄덕거렸다.

"감사합니다……. 그분도 틀림없이 똑같은 것을 바라실 거예요. 지금은 아직 제 감정을 잘 추스를 수 없지만, 바이트 님의 말씀이 옳다고 생각해요……. 마음을 굳게 다잡아야 하는 거겠죠."

마지막 한마디는 자기 자신에게 들려주는 듯한 말투였다.

지위가 높은 사람은 그 특별한 입장 때문에 가족이 죽어도 마음껏 슬퍼하지 못한다.

나는 파스린을 진심으로 동정하면서 고개를 숙였다.

"네, 그러면 이곳의 경비에 제 부하들을 포함시키는 것을 허락해 주십시오. 고향에서 같이 자란 믿음직한 전우들입니다."

"알겠습니다. 믿을게요."

파스린도 나에게 고개를 숙였다. 왕가의 일원이 고개를 숙인다는 것은 크월에서는 매우 드문 일이라고 들었다.

그만큼 나를 신용한다는 뜻이리라.

나는 개피리를 꺼내서 판과 동료들을 불렀다.

"아참, 중요한 사실을 하나 전달하는 것을 잊었군요."

"네? 뭔가요, 바이트 님?"

파스린이 고개를 갸웃거렸을 때, 내 등 뒤에 판 부대 네 사람이 소리도 없이 착지했다. 전원 인랑이었다.

"바이트 대장님, 대화는 끝났어?"

판이 다정한 목소리로 말했다. 왕비님에게 신경을 많이 쓰는 것 같았다.

나는 쓴웃음을 지으면서 왕비에게 공손히 절을 했다.

"저희는 인랑입니다. 모두 다 인간 병사 열 명에 필적하는 용맹한 전사들이지요. 그러니 안심하시길 바랍니다."

파스린은 얼굴이 창백해지더니 힘이 쭉 빠져서 그대로 털썩 주저앉았다.

*　　　*

〈꿈틀거리는 야심 4〉

"그래, 드디어 이야기를 들어볼 마음이 생긴 건가."

자카르는 부관 크메르크의 보고를 듣고 히죽 웃었다.

"국왕이 실종된 지 열흘이 넘었으니까. 더 이상 이대로 있으면 안 되겠다고 생각한 거겠지."

"네, 시종장 같은 사람들은 아직도 난색을 보이고 있지만, 친위대 장 쪽이 강하게 의견을 내놓은 것 같습니다."

"예전에 별궁 경비 건으로 친위대에 고용된 적이 있으니까. 그때 만들어 둔 인맥이 도움이 된 건가."

자카르는 친위대 간부의 약점을 잡고 있었다. 사소한 횡령과 사생활 문제 같은 것인데, 이런 때에는 그것이 의외로 도움이 되었다.

그걸 모르는 크메르크는 감탄한 것처럼 고개를 끄덕거렸다.

"그렇군요. 역시 대장님은 훌륭하십니다. 폭넓은 인맥을 가지고 계시네요."

"당연하지."

자카르는 몸을 일으켰다. 창문을 통해 카르팔 시내를 내려다봤다.

"이 경치도 이제는 지겨워. 슬슬 수도로 진군할까."

"네!"

크메르크는 경례를 했는데, 그 직후 다소 조심스럽게 질문을 던졌다.

"그런데 대장님."

"어, 왜?"

"부하들을 시켜서 국왕이 실종됐다는 소문을 퍼뜨리고 계시는 것 같던데요. 어떻게 된 겁니까?"

총명한 크메르크가 진실을 눈치채기 시작했다. 자카르는 그 점을 좀 껄끄럽게 여겼다.

"아, 그거? 그냥 실종된 것을 실종됐다고 소문내고 다니는 거지."

그러나 크메르크는 집요하게 물고 늘어졌다.

"대장님이 소문을 퍼뜨리는 것은, 언제나 진실과는 다른 정보를 확산시키고 싶을 때입니다. 그렇다면 국왕은⋯⋯."

결국 부관의 시선을 견디지 못한 자카르는 난폭하게 창문을 닫아 버렸다.

"어, 그래. 이미 이 세상에는 없어. 그래서 뭐가 문제인데?"

"마, 맙소사⋯⋯. 그게, 그게 정말입니까?!"

"정말이냐고? 당연하지, 내가 죽였으니까."

자카르는 턱을 치켜들고 코웃음을 쳤다.

그러자 크메르크는 반 발짝 물러나며 비틀거리더니, 즉시 격렬하게 말했다.

"대장님, 대체 왜 그랬습니까?! 그것은 크월의 역사상 아직 아무도 저지르지 않았던 엄청난 범죄입니다! 도대체 왜 그런 짓을 했어요?!"

"내 판단이다. 아무도 한 적 없다고 해서, 내가 하지 말라는 법은 없잖아?"

자카르는 크메르크가 맨몸이란 사실을 확인하고, 또 자신이 단검을 몰래 가지고 있다는 사실도 확인했다.

그리고 여유 넘치는 미소를 지었다.

"크메르크. 너는 내 결정에 이의를 제기할 셈이냐?"

자카르는 그동안 자신과 의견이 다른 사람은 아무리 우수해도 제거했다.

가차 없이 해고하기도 하고, 최전선에 내보내서 전사하게 만들기도 하고, 스스로 죽여 버린 적도 여러 번 있었다.

크메르크는 그것을 몰랐지만, 자카르에게 반항하는 것이 허용되지 않는다는 것은 알고 있었다.

"그, 그건……."

머뭇거리는 부관. 자카르는 좀 더 강하게 압박했다.

"너도, 또 다른 용병들도 나에게 충성을 맹세하기로 약속했을 텐데. 그것은 나를 신뢰하고 내 판단을 따르겠다는 뜻이잖아. 안 그래?"

"그…… 그건, 대장님 말씀이 맞습니다. 저는 대장님에게 제 목숨을 맡기고 있습니다."

"그렇다면 내가 말하는 대로 해. 승산이 없는 싸움은 안 하니까. 전부 다 내 계획대로야."

실제로는 불투명한 요소가 너무 많아서 자카르 본인도 헤매고 있었지만, 지도자가 갈팡질팡하는 모습은 보여줄 수 없었다.

자카르는 당당하게 허리를 꼿꼿이 펴고 평소처럼 뻔뻔하게 웃었다.

"이 나라를 봐라. 왕이 살해됐는데도 그 누구도 아무 말도 안 해. 왕은 한낱 장식품에 불과하기 때문이다. 장식용 왕이 과연 의미가 있을까? 그렇다면 그냥 내가 하는 것이 훨씬 더 낫잖아?"

크메르크는 고개를 끄덕였지만, 그 표정은 어두웠다.

"물론 대장님의 그릇은 일국의 왕이 될 수 있을 정도입니다. 저도 그걸 믿고 있습니다만, 그래도…… 굳이 죽일 필요는…… ."

자카르는 그 반응이 마음에 안 들었다. 그래서 위협적으로 부관을 노려봤다.

"무능한 왕 때문에 나라는 어지러워지고, 우리는 쥐꼬리만 한 돈을 벌려고 목숨 걸고 전쟁터에서 뛰어다녀야 하는 거야. 그러니까 내가 왕이 되어서 좀 더 나은 나라를 만들 거야."

그러더니 갑자기 태도를 확 바꾸면서 미소 지었다.

"내가 왕이 되면 너는 부왕(副王)이 될 거다. 그러면 밧자를 왕국 제2의 도시로 만들어줘. 비라코야도 기뻐할 거다."

"그, 그럴까요?"

"당연하지. 그러려면 너의 능력, 온건하게 일을 진행시키는 협상 능력이 필요하다. 수도로 진군했을 때는 너의 대활약을 기대할게."

크메르크는 좋은 집안에서 잘 자라서 그런지 병사로서는 별로 유능하진 않았다.

그러나 글을 읽고 쓸 줄 알고, 일반 시민과 무난하게 협상할 수 있었다. 요컨대 보통 용병은 못 하는 일을 할 줄 아는 것이다.

이런 인재를 다른 용병대에서 적극적으로 데려온 덕분에 자카르는 고용주와의 계약 등을 유리하게 맺을 수 있게 되었다.

다른 용병대장들은 모르나 본데, 싸움터 밖에는 더 큰 싸움터가 존재하는 것이다.

크메르크는 그 싸움에 필요한 인재였다.

"왕도에서는 약탈이나 징발은 일절 금자한다. 정규군보다도 더 규율을 잘 지켜야 해. 술이나 여자는 군자금으로 조달해서 병사들에게 지급해라. 밧자에 있었을 때처럼. 이것을 말단까지 철저히 시킬 수 있는 사람은 너밖에 없어."

"네, 알겠습니다!"

크메르크는 긴장한 표정으로 등을 쭉 펴고 말했다.

자카르에게 그는 소심하지만 고분고분한 부하였다.

"밧자 공과의 계약이 끝나기 전에 왕도에 들어간다. 그리고 계약이 끝나면 즉시 왕가와 고용 계약을 맺는다. 이번 고용주는 국왕이야. 알았지?"

"국왕 폐하는 이미 안 계시는 게 아닌가요……?"

"공식적으로는 행방불명이다. 시종장이 대리인이 되어서 계약서를 작성할 거야."

자카르는 웃었다. 그리고 당밀주를 한 모금 마셨다.

"그다음부터는 우리가 국왕을 수색할 텐데, 어차피 찾지는 못할 거야. 그러다가 점점 분위기가 이상해지면서 이윽고 전쟁이 시작될 테지. 왕이 사라지면 야심을 품는 자가 반드시 나타날 거다."

그때 크메르크가 뭔가 어렴풋이 눈치챘는지 갑자기 입을 열었다.

"설마 그자를 토벌함으로써 공을 세우려는 겁니까?"

"그렇다. 그러면 언젠가 나는 왕가의 수호자가 되고, 군사 실권도 장악하게 될 테지."

"하지만 언젠가는 새로운 왕이 즉위하지 않을까요?"

"걱정하지 마. 새로운 왕은 아마도 환속한 신관이거나, 왕의 먼 친척인 시골 귀족일 거다. 파잠과 마찬가지로 장식용 왕일 거야."

자카르는 파잠 2세의 핏줄이 아직 끊어지지 않았다는 것을 몰랐다.

"왕도를 지키는 무패의 장군과, 허울뿐인 장식용 왕. 귀족과 민중이 과연 어느 쪽에 더 의지할지는 굳이 말하지 않아도 알잖아? 뭐, 그다음부터는 쉽지. 내가 새로운 왕조를 세우는 거야."

자카르는 술잔을 기울여서 향기가 강한 당밀주를 쭉 들이켰다.

"오래 걸려도 3년이면 끝낼 수 있어. 이르면 다음 해 여름에는 끝날 거고. 자, 어때. 슬슬 재미있어졌지?"

"아, 네……."

크메르크는 고개를 끄덕였지만, 그 안색은 몹시 안 좋았다.

자카르는 불쾌해져서 그에게 퇴실을 명령했다.

"알았으면 그만 가봐. 규율을 바로잡기 위해서 새 군규를 만들어라. 위반자에 대한 처벌은 무조건 참수면 돼. 가혹하게 해라."

"……알겠습니다."

크메르크는 꾸벅 인사한 뒤 방에서 나갔다.

그 뒷모습이 이상하리만치 작아 보였다.

"간덩이가 작은 남자야."

자카르는 한숨을 쉬더니 곧바로 다른 간부를 불렀다.

"크메르크를 감시해W라. 수상한 짓을 하면 당장 보고해."

간부는 깜짝 놀란 표정을 지었다.

"대장님, 그게 무슨 말씀이십니까? 크메르크 씨가 뭔가 잘못했나요?"

"그냥 시키는 대로 해. 그 녀석은 망설이고 있어. 제대로 감시해라. 알았지?"

"아, 알겠습니다."

겁먹은 듯한 간부가 방에서 나가자, 자카르는 혼자 남게 되었다.

그는 크게 기울어진 저녁 해를 바라보면서 당밀주를 술잔에 따랐다.

"……이제 와서 되돌아갈 수는 없으니까."

자기 자신에게 이야기하는 것처럼 그렇게 중얼거리더니, 자카르는 옥배(玉杯)를 단숨에 비워버렸다.

*　　　*

〈부관의 고뇌〉

소박한 자기 방으로 돌아온 크메르크는 의자에 앉아서 한숨을 내쉬었다.

'무서운 음모에 가담하고 말았구나…….'

밧자 용병대의 비밀공작에는 크메르크는 거의 관여하지 않았다. 그는 철저히 '공식적인' 인물이므로.

그러나 무서운 비밀을 하나씩 알게 되자 크메르크는 엄청나게 동요했다.

'대장님은 유능한 지휘관일 뿐만 아니라, 혜택을 받지 못한 사람들의 대변자라고 생각했었다. 아니, 실은 지금도 그럴 것이다.'

유복한 상인 집안에서 태어난 크메르크가 보기에는, 난폭한 용병들을 통솔하는 자카르는 신비롭고 매력적인 인물이었다. 그와 동시에 사회 밑바닥에서 허덕이는 용병들을 지켜주는 '가난한 사람의 구세주'처럼 보이기도 했다.

자카르가 악행을 저지르는 것도 어느 정도는 간과할 수 있었다. 혜택을 못 받는 자들이 살아가기 위해서는 다소 비양심적인 짓도 할 수밖에 없기 때문이다.

그러니까 싸움을 일으키고 귀족한테서 재산과 영지를 빼앗는다. 거기까지는 크메르크도 그럭저럭 납득할 수 있었다. 싸움이 사라지면 용병들은 돈을 못 벌어서 도적이 될 수밖에 없다. 4,000명 규모의 도적단이 탄생하는 것보다는 지금이 더 낫다.

그러나 왕을 살해하는 것은 아무리 생각해도 선을 넘는 짓이었다. 그런 짓을 하면 대규모 유혈 사태가 발생할 테고, 난민과 약탈자가 전국적으로 넘쳐나게 될 것이다. 본디 자카르가 구해줘야 할 대상인 '혜택받지 못하는 사람들'이 지금보다 더 늘어날 것이다.

'대장님은 변해버린 걸까? 아냐, 어쩌면 처음부터 그런 분이었을지도 몰라.'

크메르크는 과거를 돌이켜보면서 자카르에 대해 생각했다.

'물론 대장님은 왕이 될 자질이 있어. 대장님이 왕이 되면 이 나라는 좀 더 나아질까?'

생각을 해봤지만, 캄보디아 크는 정치에 관해서는 잘 몰랐다. 평민으로 태어나 상인으로서 귀족 사회도 봐왔던 크메르크는 사회가 매우 복잡하다는 사실을 잘 이해하고 있었다.

아무튼 알 수가 없으므로 크메르크는 다른 나라를 참고하기로 했다.

'그러고 보니 미랄디아는 원로원을 멸망시키고 마왕군이 평의회인지 뭔지를 만들었다고 했지.'

그 미랄디아 평의회의 최고 간부가 바로 마왕의 부관으로 이름난 바이트 경이었다.

그의 친근한 미소를 떠올린 순간, 크메르크는 저절로 안도했다.

그는 용감하고 유능할 뿐만 아니라 청렴하고 온화했다. 자카르처럼 솜씨 좋게 일을 처리해 나가는데, 자카르와는 달리 도가 지나친 짓은 절대로 안 했다.

더구나 바이트 경은 자기에게는 아마 관심도 없을 테지만, 유난히 자신을 친절하게 대해줬다. 크월 민중과도 사이좋게 지내고 있는 것 같았다. 그의 부하들도 규율을 잘 지켜서 나무랄 데가 없었다.

'그분이 왕이 된다면 안심할 수 있을 텐데. 실적도 있고, 인격도 신뢰할 만하고.'

그렇게 생각한 순간, 크메르크는 충격을 받았다.

자신이 모시는 대장님보다도 그 이국의 장군이 훨씬 더 왕위에 걸맞은 인물이다.

그 사실을 깨달은 것이다.

'역시 대장님은…… 왕이 될 만한 사람이 아닌 걸까?'

자카르는 파잠 2세보다도 자신이 더 왕으로서 적임자라고 말했다. 그래서 그를 죽였다고도 했다.

자카르보다도 바이트 경이 훨씬 더 왕이 되기에 적합한 인물이란 것은 확실했다. 그렇다면 자카르는 바이트 경에게 살해되더라도 불평은 못 할 것이다.

거기까지 생각했을 때 크메르크는 머리를 흔들었다.

'아냐, 안 돼. 무슨 생각을 하는 거냐. 나는 자카르 대장님의 부관이잖아.'

자카르에게는 신세도 졌다. 또 지금까지 그를 지지했던 자신마저 그를 저버린다면, 이토록 자신을 중용해 줬던 자카르에게 너무나 비정한 짓을 하는 것이리라. 그를 지지하기로 결심했던 것은 크메르크 자신이었다.

'나는 바이트 경의 부관이 아니야. 자카르 대장님의 부관이다. 자신의 책무를 다해야 해.'

마음속에 자리 잡은 불안감을 애써 봉인하고 크메르크는 펜을 집어 들었다.

그는 천천히 책상 위에 있는 장부를 펼쳤는데, 처음 한 글자를 쓰기 위해서는 또다시 상당한 시간을 소모해야 했다.

*　　　*

밧자 용병대장 자카르는 밧자 공과의 고용 계약이 끝나기 직전에 용병대를 이끌고 카르팔에서 떠나기로 했다.

무관의 정장을 입은 자카르는 자수가 들어간 망토를 휘날리면서 나를 보고 웃었다.

"바이트 님, 나는 연안 제후의 사자로서 왕도로 간다. 그동안 당신이 이 도시를 지켜줘."

"그건 나에게 맡겨. 자카르 님. 후속 연안 제후의 군대와 함께 당신의 뒤를 이어 일할게."

나와 자카르는 서로 마주 보고 웃으면서 꾸벅 인사했다.

웃기지도 않은 연극이었다.

몬더 부대의 보고에 의하면, 역시 자카르는 왕도에 들어가면 우리를 배신하려는 것 같았다.

그는 그 누구에게도 충성을 맹세하지 않는다. 그때그때 자기에게 가장 유리한 자를 찾아내서 한패가 된다. 그쪽 방면의 후각은 예민했다.

단, 그의 판단이 적확하기 때문에 다음에 무슨 짓을 할지는 대체로 예상할 수 있었다. 그는 주어진 정보들을 바탕으로 최적의 답안을 항상 선택하기 때문이다.

이번에 자카르는 '항구에 대한 과세를 철회하라고 국왕에게 재고를 요청하는 사자'란 입장으로 왕도로 진군하고 있었다.

겉으로는 연안 제후의 충실한 부하인 셈이다.

"사자가 4,000명이나 되는 병사들을 끌고 간다는 게 말이 돼요? 바이트 나리."

베르자 해병대의 그리즈 대장은 그렇게 투덜거리면서 용병들의 행군을 지켜봤다.

나는 씁쓸하게 웃을 수밖에 없었다.

"뭐, 그 덕분에 카르팔에는 이제 용병이 거의 없잖아? 남아 있는 용병은 연락원 정도일 거야. 쉽게 제압할 수 있지."

"아~ 그럼 확 쓸어버릴까요?"

그리즈가 흉악한 미소를 지었지만, 나는 고개를 가로저었다.

"아니, 우선 연안 제후의 군대를 철수시킬 준비부터 해야 해."

"철수? 잠깐만요, 지금부터 저 빌어먹을 놈이 본격적으로 움직일 텐데요?"

그리즈가 고개를 갸웃거렸다. 그래서 나는 간단히 설명을 해줬다.

"그렇기 때문에 철수하는 거야. 저 녀석은 공을 세우기 위해 전쟁을 하는 남자야. 그런 녀석의 근처에 군대를 놔둔다면, 대충 어떤 이유를 붙여서라도 공격할 거다. 그런데 연안 제후의 군대는 육상전에 관해서는 아마추어이니까. 좋은 먹잇감이 될 테지."

"어, 그건 그럴지도 모르지만. 카르팔 방어는 어쩌고요?"

"아직은 안 해도 돼. 저 녀석은 일단 이 도시를 점령했고, 공식적으로는 지금도 그런 상태야. 자기 도시를 공격하는 멍청이가 어디 있어?"

다만 왕도나 카르팔의 시민이 걱정되었는데, 자카르는 시민을 상대로 싸워봤자 공을 세우지는 못한다는 사실을 알고 있었다.

대규모 반란이라도 일어나지 않는 한 자카르는 무력행사는 안할 테고, 반란이 일어난다면 그 시점에서 자카르의 명성은 실추될 것이다.

"자카르는 전쟁을 좋아하는 것이 아니야. 승리를 좋아하는 거다. 더 정확히 말하자면 명예와 부를 얻게 해주는 승리를 원하는 거지."

"그것을 주지 않기 위해 철수한다는 겁니까?"

"맞아. 우리는 미랄디아의 병사이므로 자카르도 함부로 건드리지 않을 거야. 우리를 건드린다면, 즉시 인랑 부대가 자카르를 해치울 거다."

죽이려고 마음먹으면 언제든지 죽일 수 있다.

하지만 그렇게 하면, 통제력을 잃어버린 용병대가 노련한 도적

단으로 변신할 것이 뻔했다. 그래서 자카르에게 그들을 관리하게
시키고 있을 뿐이다.

"베르자 해병대는 일단 카르팔의 치안 유지를 담당해 줘. 시민
들도 호의적으로 받아들여 주고 있는 것 같으니까, 문제는 없을
테지?"

"아~ 네, 알았어요."

세기말 모히칸 사나이들의 치안 유지는 그 갭 때문인지 의외로
호평이었다. 평범하게 행동하기만 해도 '어머나, 보기보다 성격
은 좋은 사람들이네?'란 평가를 받는 것이다.

"우리 인랑 부대는 자카르를 압박하기 위해 여기저기 돌아다니
면서 활동할 예정이야. 해병대한테는 카르팔의 치안 유지 및 방
어를 부탁할게. 카르팔 위병대를 도로 불러들일 테니까 그들과
협력해 줘."

"알았어요. 여기는 우리한테 맡겨요. 나리."

그리즈가 고개를 끄덕였다.

그에게 맡기면 안심해도 될 것이다.

연안 제후의 군대는 철수할 테고, 유역 제후들은 상류도 하류
도 거병하지 않는다.

즉, 자카르에게는 싸울 상대가 없는 것이다. 더 이상 아무리 애
써도 전장에서 공을 세우지는 못할 것이다.

그의 주변에는 적당한 먹잇감이 없다. 기껏해야 왕도의 친위대
정도일 텐데, 친위대와 교전한다면 역적이 될 것이다.

전쟁터에서 지위를 높일 수 없다면, 전쟁터 바깥에서 하는 수

밖에 없다. 그런데 4,000명이나 되는 용병들도 전쟁터 밖에서는 그다지 도움이 안 될 것이다.

자, 그렇게 되면 자카르는 어떻게 행동할까.

그는 항상 '정답'을 고른다. 그렇다면 방법은 있을 것이다.

나는 인랑들을 불러 모았다.

"며칠 지나면 카르팔에 있는 용병들을 전원 구속한다. 자카르는 군자금을 대부분 들고 갔지만, 투석기처럼 왕도로 가져갈 수 없는 것들은 두고 갔어. 그것들도 전부 다 압수한다."

"알겠습니다. 대장님."

"대장은 참 투석기를 좋아하는구나."

좋아하느냐 싫어하느냐 하는 문제가 아니라, 그게 워낙 위험해서 그런 거야.

나는 일부러 언짢은 표정을 지으면서 팔짱을 꼈다.

"왜, 또 나더러 석탄(石彈)을 발로 차라는 거냐?"

내가 그렇게 말하자, 그 자리에 모인 인랑들 전원이 폭소를 터뜨렸다.

흥, 됐어. 아무튼 할 일은 많았다.

"자카르가 왕도에 도착하고 나서 시간이 좀 지나면, 카르팔 주변의 농촌에 있는 카르팔 위병대를 불러 모을 거야."

"그래도 돼? 자카르가 화내지 않을까? 카르팔을 공격할 구실이 될지도 몰라."

몬더가 고개를 갸웃거리면서 말했다. 나는 히죽 웃으며 대답했다.

"위병들은 임시 미랄디아 병사로 고용할 거다. 그 비용은 카르팔 공이 내줄 거야."

"어…… 그게 무슨 뜻이야……? 전혀 이해가 안 가."

몬더가 눈을 깜빡거리는 것이 웃겨서 나는 더 크게 웃었다.

"카르팔이 함락되고 카르팔 공은 추방됐으니까. 위병대도 해산당했어. 실태와는 상관없이 그들은 현재 무직이다. 그래서 내가 고용하는 거야."

"뭐야, 그런 황당무계한……."

몬더가 기막혀했지만, 나는 여전히 웃으면서 서류를 집어 들었다. 그것은 카르팔 공과 맺은 밀약이었다.

"카르팔 위병대한테는 이미 미랄디아 마왕군의 군기(軍旗)를 보내줬어. 그 깃발을 내건 부대가 공격당한다면, 나는 자카르를 죽일 명분을 얻는 거야."

시비를 걸어올 것 같은 상대에 대해서는, 우리도 시비를 걸 준비를 한다.

"마왕군 군기를 내건 카르팔 위병대한테는 카르팔 치안 유지를 명할 거야. 그러면 예전처럼 될 테지. 시민들도 기뻐할 거야."

그런데 몬더는 여전히 고민하고 있었다.

"글쎄, 그래도 되는 거야……?"

"미랄디아군을 공격하는 녀석은 가차 없이 죽여도 되는데? 적을 죽이는 거 싫어?"

그 순간, 몬더는 활짝 웃으며 소리쳤다.

"너무 좋아!"

그렇게 말할 줄 알았어.

시간이 흘러 용병대가 왕도 엔칼라가로 들어갔다는 소식을 들었다. 나는 그다음 날 즉시 행동을 개시했다.

"성에 있는 용병들을 전원 구속해. 저항하는 녀석은 때려눕혀."

"아하하, 좋아!"

누군가가 즐겁게 환성을 지르면서 변신하더니 훌쩍 뛰어갔다.

저 녀석, 감시 임무가 있을 텐데 이런 곳에서 뭐 하는 거야?

나도 카르팔 공의 성으로 들어가서, 술병을 끌어안고 모여 있는 용병들을 향해 양피지를 내밀었다.

"밧자 공의 명령서이다. 계약 위반 혐의로 너희를 구속한다. 저항하면 너희의 생명은 보장할 수 없다."

아마도 그 의미가 전달되지 않았나 보다. 그들 전원은 술병을 내팽개치고 전투태세를 취했다.

신입처럼 보이는 용병이 곡도를 뽑아 들고 거친 말투로 소리를 질렀다.

"야, 뭐야?! 써글 노마 이거 확, 어?! 야아!"

크월어로 비속어를 그렇게 마구 쏟아내도, 무슨 말을 하는지 전혀 모르겠다.

고맙게도 그 녀석이 먼저 우리를 베려고 덤벼들었으므로, 나는 저번에 생각해 낸 강화마법을 실험하기로 했다.

이 정도 적이라면 변신할 필요도 없으므로, 마법으로 강화된 신체능력으로 공격을 피했다. 적의 칼놀림은 둔했고 움직임도 단조로웠다. 정말 시시한 피라미였다.

그 공격을 피한 김에 그놈의 머리를 툭! 하고 때렸다.

"잠이나 자."

그 순간, 그놈은 얼굴부터 바닥에 처박으면서 쓰러졌다.

"우억?!"

아플 것 같은 소리가 났다.

용병은 버둥버둥 몸부림을 쳤지만, 바닥에 얼굴을 딱 붙인 채 꼼짝도 못 하는 것 같았다.

그것은 내가 맨 처음 배웠던 몸을 무겁게 만드는 마법이었다.

좀 더 정확히 말하자면 아래로 향하는 힘을 발동시키는 마법인데. 이것을 적에 대한 공격 수단으로 사용할 수 없을까? 하고 생각해 본 것이었다.

적에게 강화마법을 걸면 상대가 저항할 가능성이 높았다.

그러나 현재의 나는 카이트 1,000명만큼의 마력을 가지고 있으므로, 억지로 밀어붙이면 될지도 모른다고 생각했다.

"우우욱?! 우우웁?!"

성공한 것 같구나.

"억지로 움직이면 목뼈가 부러져 죽을 거다. 걱정하지 마. 시간이 지나면 저절로 풀려."

언제 풀릴지는 모르니까 앞으로의 연구를 위해 기록해야겠다. 좋아, 두세 명 더 붙잡아서 실험해 볼까.

그렇게 생각하면서 뒤를 돌아봤더니, 눈에 보이는 용병들이 전부 다 쓰러져 있었다.

"뭐야~ 벌써 끝났어? 좀 더 저항해 봐, 응?"

신음하는 용병들을 차곡차곡 쌓아 올리면서 몬더가 웃고 있었다.

즐거워 보이셔서 참 다행이네요.

이리하여 별다른 사고도 없이 성을 탈환했으므로, 나는 카르팔 공의 시녀들을 당장 그곳으로 데려왔다.

이곳은 본디 이 시녀들의 직장이었다.

"슈라 님, 저택을 돌려줄게. 원래 주인인 포와니 님에게 돌려드리기 전에 당신이 먼저 청소하고 정돈해 줬으면 좋겠어. 인력은 제공할게."

"알겠습니다. 바이트 님."

내가 저택의 열쇠 꾸러미를 건네주자, 시녀들 세 명은 고개를 깊이 숙여 인사했다.

"무법자들이 차지했던 소중한 저택을 되찾아 주신 이 은혜는 절대 잊지 않을 것입니다. 앞으로는 더더욱 바이트 님의 도움이 되기 위해 노력하겠습니다."

"고마워. 위병대도 곧 돌아올 테니까. 이제는 괜찮을 거야."

이로써 나도 겨우 무거운 짐을 내려놓게 되었다.

"자, 그럼 카르팔은 되찾았고. 이제는 자카르와 용병대를 분단 시키고 자카르를 붙잡으면 돼. 그다음에는……."

"어쩔 거야? 대장."

보수용 목재를 짊어진 제릭이 나에게 물었다. 그래서 나는 대답했다.

"자카르의 야망을 뚜껑으로 덮어줄 거야. 그 후 배수구를 통해 흘러보내면 끝이지."

"뚜껑? ……배수구?"

제릭은 고개를 갸웃거렸다.

* * *

〈꿈틀거리는 야심 5〉

왕도에 들어간 자카르는 규율이 잘 잡힌 용병대 덕분에 어느 정도 지지를 얻게 되었다.

밧자 공과의 계약이 끝난 용병대는 그대로 '국왕에게 고용되어' 임시 방위대로서 왕도에 주둔하고 있었다.

국왕이 그들을 고용했다는 공식 발표가 있었으므로 왕도의 시민은 안도했다.

"폐하가 연안 제후의 용병들을 아군으로 삼으셨대."

"뭐야, 임금님은 도망간 게 아니었나 봐?"

"이제 안심이 되네. 임시 방위대와 친위대가 있으면 연안 제후의 군대도 우리를 공격하지는 못할 거야."

"나 참, 이제야 겨우 차분하게 장사를 할 수 있겠다."

"그런데 그쪽은 용병이잖아? 괜찮을까?"

"엄청나게 규율을 잘 지키더라고. 다들 착실해서 용병이라는 게 믿어지지 않을 정도야. 물건값도 현금으로 잘 내고."

"아, 그래……? 그 자카르라는 대장이 꽤 유능한가 봐."

"이대로 그들이 수도를 계속 지켜주면 좋을지도 몰라."

왕도 사람들은 그런 대화를 나누게 되었고, 자카르와 그의 부하들은 호의적으로 받아들여지게 되었다.

용병들은 거의 모습을 보이지 않았지만, 자카르와 그의 측근들은 시내 각지에서 시민들에 의해 화제가 되었다.

이를테면 날치기를 잡았다거나.

이를테면 부서진 신전이나 민가를 수리해 줬다거나.

이를테면 시민들을 위해 밥을 지어 나눠줬다거나.

그런 소문이 돌 때마다 '규율을 잘 지키는 용병대의 대장 자카르'라는 이미지는 점점 단단히 굳어지게 되었다.

그러나 정작 자카르는 지금 초조해하고 있었다.

"아무도 거병을 안 해?"

자카르의 질문에 부관 크메르크가 꼿꼿한 자세로 대답했다.

"그, 그렇습니다. 현재 왕도로 접근하는 군대는 하나도 없습니다."

"그 정보는 확실한 거야?"

"네, 아마도……. 정찰대가 적어서 단언은 할 수 없지만, 행군은 눈에 띄니까요. 금방 눈치챌 수 있을 겁니다."

현재 빌려 쓰는 숙소의 최상급 방 안에서 자카르는 의자를 확 걷어찼다.

"말도 안 돼! 아무것도 모르는 서민은 그렇다 쳐도, 제후는 국왕이 부재중이란 사실을 알고 있을 텐데?! 텅 빈 왕도에 내가 있다고! 그런데 왜 아무도 거병을 안 하는 거야?!"

"저, 저도 모르겠습니다."

"제기랄!"

자카르는 짜증을 냈다. 그러다 문득 뭔가를 생각해냈다.

"아, 그래. 그럼 연안 제후의 군대를 공격하자. 현재 우리에게는 카르팔 교외에 주둔하고 있는 연안 제후의 군대는 적이야. 그놈들을 쫓아내서 우리의 공적으로 삼자."

"그건 너무한 거 아닌가요?!"

크메르크가 항의했는데, 그와 동시에 정찰대의 보고가 들어왔다.

"대장님, 연안 제후의 군대가 퇴각한 것 같습니다. 아마도 그놈들은 대장님이 무서워서 도망친 것 같아요."

기뻐하면서 보고하는 용병. 그와는 대조적으로 자카르는 얼굴을 찡그렸다.

"뭐라고?! 그놈들이 지금 전쟁을 포기하고 도망쳤다는 거야?! 대체 뭐가 어떻게 된 건데!"

"어, 글쎄요⋯⋯."

정찰대장과 크메르크가 서로 얼굴을 마주 봤지만, 그들로선 결론을 낼 수 없었다.

자카르는 책상 위에 있는 잔을 바닥으로 확 집어 던지더니 소리를 질렀다.

"젠장, 됐어! 그냥 내버려 둬!"

"그래도 됩니까?"

"퇴각하는 군대를 추격하기에는 속도가 부족해. 용병대는 대부분 보병이다. 그놈들을 따라잡을 무렵에는 수도에서 너무 멀리 떨어지게 될 거야."

왕도에서 멀리 떨어지면, 친위대나 시종들의 태도가 달라질 가능성도 있다.

안 그래도 카르팔에는 미랄디아 마왕의 부관이 머물고 있는데.

'바이트가 움직이면, 그 녀석들은 즉시 나를 버릴 거야.'

국왕과의 협상을 통해서 자카르는 자신이 평민이란 사실을 똑똑히 알게 되었다. 아무리 엄청난 무력을 가지고 있어도 평민은 제대로 된 취급을 못 받는 것이다.

가능한 한 빨리 이 왕도에서 지위를 높여서 존재감을 보여줄 필요가 있었다.

그런데 무훈을 세우기 위한 '적'이 없었다.

"우리는 계속 싸워 이겨야 하지만, 싸울 상대가 없으면 어떻게 할 방법이 없어."

"어떻게 하죠, 대장님?"

자카르는 호전적으로 웃었다.

"이런 수법은 가능한 한 쓰고 싶지 않았지만, 하는 수 없지. 적당한 구실을 붙여서 왕의 중신(重臣)들을 불러 모아라. 시종과 친위대, 또 신관들도."

"아, 알겠습니다. ……마침 내일모레 중신들의 회의가 열립니다. 저희는 그곳을 경비할 텐데, 대장님이라면 회의장에 들어가실 수 있을 겁니다."

크메르크가 그렇게 말하자 자카르는 고개를 끄덕였다.

"좋아. 내 실력을 보여주마. 왕의 그릇의 실력을."

회의 당일. 자카르는 회의실에서 열변을 토하고 있었다.

"국왕 폐하를 수색하기 위해서 부디 우리를 활용해 주십시오!"

그곳에 모인 것은 시종장을 비롯한 중신들, 또 친위대장과 위병대장. 정월교 신관장(神官長) 같은 종교 지도자도 있었다.

그들은 왕궁의 대회의장에 모여서 자카르의 의견에 귀를 기울이고 있었다.

"우리 방위대는 왕도 바깥에서 활동하는 것에는 익숙합니다. 폐하의 소식을 알아내서 이 나라의 불안을 잠재우고 싶습니다!"

최소한 국왕의 생사라도 확정되면 다음 왕을 선정할 수 있을 것이다.

스스로 죽여 놓고 수색한다는 것은 말도 안 되는 짓이었지만, 이 논법이 통한다는 것은 국왕 살해 사건이 아직 밝혀지지 않았다는 뜻이다.

신관장이 한숨을 쉬었다.

"물론 왕위의 공백은 고민스러운 문제야. 파잠 님이 돌아오시지 않는다면, 다음 왕을……."

그러자 즉시 법전청장(法典廳長)이 반대했다.

"그건 안 됩니다. 폐하의 사촌인 카쉼 님과 자하디 님도 지금은 신관으로 일하고 계십니다. 환속은 통례적으로 인정되지 않아요."

"아니, 그렇게 말해도 다른 방법이 없잖아요?"

그러자 법전청장이 매서운 눈빛으로 신관장을 노려봤다.

"이봐요, 그런 식으로 신전의 발언권을 강화하려는 거 아닙니까?"

신관장은 불쾌한 표정을 지었다.

"속세의 권력 따위는 원하지 않습니다. 그러나 왕이 실종된 채 행방불명 상태라니요. 이것은 나라가 어지러워지는 원인이 됩니다."

좋아, 좋아. 자카르는 속으로 만족스럽게 웃었다. 그래, 좀 더 싸워라.

싸우면 무력이 필요해진다. 그 무력을 가지고 있는 사람은 자카르이고.

어느 쪽이든 상관없으니까, 상대에게 우리의 전력을 비싼 값으로 팔 것이다.

그때 회의장 문이 열렸다.

"늦어서 죄송합니다."

들어본 적 있는 그 목소리에 자카르는 깜짝 놀랐다.

온몸의 털이 곤두서는 듯한 위험과 공포의 감각.

돌아본 곳에는 그 남자가 있었다. 마왕의 부관.

"여러분, 처음 뵙겠습니다. 저는 미랄디아 연방 평의원이자 마왕의 부관인 바이트 폰 아인도르프입니다."

이국의 예복을 차려입은 그 남자는 조용히 미소 지으면서 이 자리에 있는 일동에게 인사했다.

그러자 시종장이 놀란 것처럼 입을 열었다.

"아, 아니…… 세상에……. 미랄디아의 최고 중진인 당신을 이렇게 뵙게 되어서 영광입니다. 그런데 오늘 방문하기로 했던 사람은 와자르 공 아마니 님이었을 텐데요?"

바이트는 즐겁게 웃었다.

"아마니 님도 같이 오셨습니다. 안전을 확보하기 위해 저희는 동반자라는 형태로 몰래 찾아왔습니다."

"……저희라니요?"

모두가 고개를 갸웃거리고 있는데, 아마니가 한 미녀를 부축하면서 들어왔다.

그 모습을 본 순간 자카르는 공포에 질렸다.

후궁의 왕비만 착용할 수 있는 드레스를 입은 미녀. 그 배는 커다랗게 부풀어 있었다. 임신한 것이었다.

왕비라면, 당연히 상대는 국왕일 테고.

왕의 아이였다.

"너, 너는……."

자카르가 말을 걸려고 했다. 그때 미녀가 자카르를 응시했다.

무서울 정도로 차가운 시선이었다.

그 눈빛과 똑같았다.

국왕을 죽였을 때의 그 눈빛.

모멸과 연민의 감정이 뒤섞여 있는 냉정한 눈빛.

미녀는 자카르에게서 즉시 시선을 떼더니 일동을 향해 공손히 고개를 숙였다.

"파잠 2세 폐하의 왕비, 파스린이라고 합니다."

"파스린 님!"

"폐하의 정비(正妃) 후보로 이름난 그분이신가요?!"

일동이 당황하여 벌떡 일어나더니 오른쪽 무릎을 꿇고 머리를 조

아렸다.

자카르는 모르지만, 상당히 신분이 높은 여성인 듯했다.

'이럴 수가. 후궁에 임신한 여자가 있었어?!'

그걸 알았으면 그냥 내버려 두진 않았을 것이다.

후궁의 왕비들에 관해서는 최대한 정보를 모았었다.

그러나 왕비들은 수가 많았고, 후궁에서 나오는 경우도 거의 없었다. 그래서 얻을 수 있는 정보는 극도로 적었다.

더구나 후계자에 관한 이야기가 나온 적도 없었으므로 자카르는 '임신한 여자는 없다'고 생각했던 것이다.

바이트는 일동에게 호소했다.

"듣자니 이분의 배 속에 있는 아이는 남자아이라고 합니다. 수석 어의와 그의 공무 기록이 증거입니다."

'뭐, 의사라고?!'

자카르는 '임신부는 의사의 진찰을 받아야 한다'는 상식이 없었다. 그래서 어의들을 조사해 봐야겠다는 생각을 전혀 떠올리지 못했던 것이다.

파스린의 뒤에서 대기하고 있는 의사처럼 보이는 몇 명의 인간들을 본 순간, 자카르는 속으로 이를 갈았다.

'제기랄! 내가 너무 안일했구나!'

왕위의 공백을 노리고 혼란을 일으킨 뒤, 그 혼란 속에서 암약한다는 책략.

그것이 시작되기도 전에 박살 나고 말았다.

정당한 왕위 계승자가 이제 곧 태어날 테니까. 유산이라도 하지 않는 한, 이 문제는 보류될 것이다.

이미 대신관으로서 요직을 맡고 있는 다른 왕족들은 절대로 움직이지 않을 것이다.

'사라져간다……. 나의, 나의 전쟁터가…….'

드디어 수천 명이나 되는 병사들을 거느리고 국정의 자리에 등장할 수 있게 되었는데.

지금부터 그의 야망이 시작되려고 했건만. 그것이 벌써 끝나가고 있었다.

바이트가 일동에게 고했다.

"폐하는 여전히 행방불명 상태이지만, 폐하의 후계자가 이제 곧 탄생합니다. 그러니까 제후와 신하가 다 함께 그 후계자를 지지하면서 미래의 왕이 되도록 키웁시다. 지혜와 경험이 풍부한 여러분은 새로운 왕의 아버지, 할아버지 역할을 대신하는 겁니다."

아버지가 없는 왕자를 키워서 아버지 역할을 대신한다.

제후에게는 참으로 매혹적인 이야기일 것이다.

"물론 미랄디아도 크뮐의 맹우로서 도와드릴 것입니다. 왕가와 크뮐의 상황이 불안해진다면, 저희 마왕군이 평화를 지키기 위해 달려오겠습니다. 거인이든 용인족 병사이든, 원하시는 대로 보내드리겠습니다."

일동이 약간 술렁거렸다.

요컨대 바이트는 '내전이나 왕위 찬탈 사건이 일어난다면 미랄디아가 무력 개입을 할 것이다'라고 경고한 것이었다. 그것도 마물의 군대를 내세워서.

그랬다가는 나라를 빼앗길 가능성도 있었다.

이러면 이제는 함부로 행동할 수 없으리라.

바이트는 계속해서 일동에게 설명을 했는데, 자카르는 더 이상 들을 기운도 없었다.

여기서 낙담하면 의심받는다. 오직 그 판단만이 그의 육체를 지탱하고 있었다.

그때 바이트가 자카르를 돌아봤다.

"자카르 님, 또 만났군."

"……그래."

뭐야, 왜 그렇게 웃는 얼굴로 나를 쳐다봐? 하고 자카르는 속으로 신음했다.

그런데 바이트의 그다음 말을 들은 순간, 자카르의 심장은 얼어붙었다.

"라프하드가 당신을 기다리고 있어."

"뭐?!"

자카르는 바이트에게 자세히 따져 물으려고 했지만, 그의 뒷모습은 중신들에게 둘러싸여서 이제는 손이 닿지 않는 곳으로 가버렸다.

저녁 해가 저물었다.

*   *

〈꿈틀거리는 야심 6〉

"젠장! 빌어먹으으을!"

자기 방에서 자카르는 칼을 뽑아 들고 쿠션과 시트를 마구 난도질하고 있었다.

깨진 술병 때문에 온 방 안에서 달콤한 당밀주 냄새가 났다.

천하의 자카르도 이번에는 도저히 냉정함을 유지할 수 없었다.

그 회의가 끝난 후, 와자르 공 아마니가 연설을 했다.

메지레 상류 유역의 제후들은 모두 다 파스린 왕비가 무사히 출산하시기를 기원하고, 그렇게 탄생하는 왕자를 새로운 왕으로서 지지하겠다고 했다.

이어서 카르팔 공 포와니까지 등장하여 하류 유역의 제후들도 같은 의견이라고 발언했다.

더구나 밧자 공 비라코야의 사자도 도착해서 '연안 지역의 제후들도 이에 찬동한다'는 것을 표명. 나라 전체의 영주들이 파스린 왕비와 그 자식 앞에서 오른쪽 무릎을 꿇기로 했다.

여기서 손해만 보는 것은 자카르였다.

드디어 내전이 시작될 것 같았는데, 갑자기 사태가 종식되려고 하는 것이었다.

'밧자 항구 습격 사건까지 꾸며내서 전쟁을 일으켰는데! 내가 마음만 먹으면 이 나라에서 전란을 일으키는 것도 쉬운 일이거든?!'

카르팔을 점령할 때까지는 일이 자카르의 계획대로 진행됐었다.

그런데 국왕 파잠 2세가 자카르의 제안을 받아들이지 않았다.

'아니, 아니다. 그게 문제가 아니야.'

자카르는 다시 생각했다.

'그 녀석이다. ……그, 마왕의 부관이란 놈이 왔기 때문이다.'

카르팔에 바이트가 왔을 때부터 일이 점점 꼬이기 시작했다.

그 남자가 어디서 어떻게 활동했는지는 전혀 알 수 없었다.

용병대는 첩보 활동 전문가가 아니고, 쓸 만한 인재에게는 왕가나 인근 영주를 감시하는 역할을 맡겼었다.

그런데 이제 와서 보니까 그 남자가 가장 큰 장해물이란 것이 명백했다.

차라리 죽여 버릴까?

그런 생각을 해봤지만, 그게 가능한 상대가 아니구나 하고 마음을 고쳐먹었다. 그는 인랑이다. 인간이 인랑을 해치우려고 한다면, 상대가 방심했을 때 여럿이 한꺼번에 습격할 수밖에 없다고 한다.

'그놈은 도대체 언제 방심하는데?'

허점투성이인 것처럼 보이는데도 전혀 허점이 없었다. 주위에는 늘 호위병이 4인 단위로 붙어 있어서 그 어떤 움직임도 놓치지 않았다.

복수의 부하들에게 암살 계획을 검토하라고 지시했지만 결국 전원 불가능하다는 결론을 내놓았다.

이대로 있으면 전쟁은 시작되기도 전에 끝날 것이다.

새로운 왕이 탄생하고, 제후는 그가 성인이 될 때까지 후견인이 된다. 그것은 기존의 크월의 체제와 거의 똑같았다.

질서가 회복되면 국왕 실종 사건의 수사가 시작될 것이다.

"이거 위험하다, 위험해……."

바이트는 라프하드의 이름을 알고 있었다. 그는 자카르의 부하이자, 가짜 사자로서 국왕을 꾀어낸 남자였다.

그 이름을 입에 올린 것을 보면, 바이트가 국왕 살해 사건의 전모를 알고 있다고 생각해도 될 것이다.

자카르는 어느새 자신이 완전히 우리 속에 갇혀버렸다는 사실을 깨달았다.

'이렇게 된 이상, 4,000명의 용병으로 왕도를 확 쓸어버릴 수밖에 없어.'

왕궁을 습격해서 파스린 왕비를 죽이면 된다. 그러면 이번에야말로 왕가의 혈통이 끊길 것이다.

그와 동시에 자카르는 역적이 되어버릴 테지만. 그건 어쩔 수 없다.

지금까지 했던 것처럼 물밑에서 천천히 음모를 진행할 만한 여유는 없었다.

"좋아."

당장 부관 크메르크를 불러야겠다고 생각하다가, 자카르는 갑자기 멈칫했다.

"잠깐만⋯⋯. 그 녀석은 믿어도 되는 건가?"

크메르크는 국왕 살해 사건을 알았을 때 몹시 동요했었다.

게다가 그 남자는 바이트와 교류를 했었다. 크메르크가 자기를 배신했다면, 이 상황도 부자연스럽지는 않을 것이다.

그러나 물론 다른 가능성도 존재했다.

누가 아군이고, 누가 적인가.

현재 자카르는 더 이상 그것조차 확신하지 못하게 되었다.

"제장!"

왕도 주변의 지도를 구겨서 바닥에 패대기쳤다.

그 직후, 복도에서 굵직한 목소리가 들려왔다.

"대장님, 바르켈입니다. 보고를 드리러 왔습니다."

"응? 바르켈?"

"네, 카르팔에서 고용된 병사입니다. 왕궁 경비 임무를 수행하다가 보고를 하러 돌아왔습니다."

부하가 4,000명이나 되니 누가 누구인지도 알 수 없었다.

자카르는 한숨을 쉬면서 그의 입실을 허가했다.

"빨리 들어와. 무슨 일이라도 있어?"

들어온 사람은 중년 전사였다. 얼기설기 조잡한 갑옷을 입고 있어서 빈말로도 멋지다고 할 수는 없었다.

바르켈은 꼿꼿한 자세로 보고하기 시작했다.

"왕궁 서고탑(書庫塔) 주변에서 미랄디아인처럼 보이는 녀석들을 목격했습니다. 그런데 크월어로 묘한 대화를 하고 있어서……."

"잠깐만, 어떻게 미랄디아인이란 것을 알았나?"

미랄디아인과 크월인은 외모는 별로 다르지 않았다. 크월어를 사용한다면 더더욱 구별하기 어려울 것이다.

그 질문에 바르켈이 히죽 웃었다.

"거의 표준어에 가까운 크월어였습니다만, '메지레 강' 같은 이상한 표현을 사용하는 사람은 크월에는 없을 테니까요."

"아, 그렇군."

크월에서는 '대하(大河)'를 메지레라고 부른다. '메지레 강'이라고는 결코 말하지 않는다.

'일부러 크월어로 대화했다는 것은 크월인인 척하고 싶었던 거겠지. 그렇다면 밀정 같은 건가?'

경계할 필요가 있으리라.

"흠, 그래서? 그 묘한 대화라는 것은 뭐냐?"

"네, 그들은 서고에서 뭔가를 조사한 것 같았습니다. '바르칸'이니 '왕가의 보물'이니 뭐니 하는 이야기를 하더군요."

"바르칸?"

비할 데 없이 강력한 힘을 가진 군신, 바르칸.

게다가 '왕가의 보물'이라니, 이건 절대로 평범한 이야기가 아닐 것이다.

"서고 열쇠는 있어?"

"아뇨, 없습니다. 하지만 필요하다면 사서한테서 열쇠를 빌릴 수는 있을 겁니다. 단, 어느 정도 지위가 있는 사람이 아니면 도저히 안 될 겁니다."

"불한당이 침입했을 가능성이 있다. 빌려 와. 왕도 방위대장 자카르가 책임진다고 해라."

"네!"

그리하여 자카르는 단신으로 왕가의 대서고에 발을 들여놓게 되었다.

자카르는 용병으로서 경비병 노릇도 여러 번 해봤다.

책은 비싸지만, 화폐나 보석보다 보관하기 어렵다. 아무 금고에나 집어넣을 수는 없다. 습기나 벌레에 약하기 때문이다.

햇빛에도 약하기 때문에 바람이 잘 통하는 그늘에다 보관해야 하는데, 또 화재와 수해와 도난에도 대처해야 한다.

그래서 보관 장소는 한정되어 있었다.

'좋아, 그래서 어디냐?'

쭉 늘어서 있는 책장들을 보면서 그곳에 쌓인 먼지를 관찰했다. 최근에 누가 꺼낸 책은 없었다.

그런데 부자연스러운 장소에 손가락 자국이 남아 있었다.

자세히 봤더니 선반의 깊이에 비해서 책장 자체의 옆면이 너무 넓었다.

'비밀 책장인가?'

자카르는 경비하는 입장에서 이런 것은 자주 봤었다. 선반을 가볍게 두드려 그 반향음을 들어봤다. 예전에 봤었던 절차를 떠올리면서 선반을 슬라이드 시켰다.

겉에 있는 책장은 위장용이었다. 그 안쪽에는 진짜 책장이 있었다.

책 이름을 대충 훑어보다가 자카르는 그가 찾던 것을 발견했다.

『계승 비본(祕本)』

그 제목만 봐도, 왕위를 계승할 때 새로운 왕에게 읽게 하는 책이란 것을 알 수 있었다.

집어 들고 책장을 팔락팔락 넘겨봤다. 그러자 군신이 될 수 있는 왕가의 보물에 관한 기록이 발견됐다.

『유사시에는 바르칸의 보주를 이용해서 왕이 직접 위난(危難)을 타개한다. 군신이 된 자는 대부분 불로장수하게 되므로 50년 동안 치세하다가 퇴위하고, 후진을 지도하는 데 여생을 바치도록 한다.』

그다음부터는 군신의 마음가짐 등이 적혀 있었는데, 자카르는 더 이상 읽지 않았다.

'아하. 그래. 이것이 왕가 비장의 카드인가. 군신이 되면 100만 군세도 두렵지 않을 테지. 제후도 복종할 테고.'

한낱 장식품에 불과한 왕가가 왜 이토록 존경받고 있는지, 자카르는 이제야 겨우 이해할 수 있었다.

물론 그것은 자카르의 잘못된 해석이었지만, 그것을 정정할 사람은 없었다.

군신이 되면 더 이상 두려울 것이 없으리라. 군신을 포박하는 것도, 암살하는 것도 불가능하다. 수많은 전설이 그것을 증명한다.

'어디냐? 어디 있어?! 이 보물은?!'

책에는 '카얀카카 산의 기슭, 산의 백성이 지키는 성지'라고만 적혀 있었다.

카얀카카 산. 그것은 메지레의 원류가 있다고 알려진 오지였다. 단순히 왕복만 해도 보름은 걸릴 것이다.

정세가 지금과 같은 상황에서 카얀카카 산으로 가면, 그사이에 정세가 결정적으로 변해버릴 것이다. 틀림없이 자신이 그동안 쌓아왔던 것을 잃어버릴 것이다.

하지만 여기 계속 머물러 있어봤자 언젠가는 국왕을 살해한 대역죄인으로서 처형될 것이 뻔했다.

'바이트에게 들켜버린 이상, 이제는 어쩔 수 없어.'

그 남자에게는 뇌물도 협박도 암살도 안 통한다. 그런 주제에 그는 이해할 수 없는 이유로 자카르의 야망을 저지하려고 했다.

'여기 있는 것보다는, 이 가능성을 믿고 도박을 해보는 게 낫겠군…….'

각오를 다진 자카르는 즉시 다음 계책을 생각하기 시작했다.

*　　　*

"하하하! 바이트 님과 이런 자리에 동석하는 명예를 얻다니, 이건 그야말로 무인(武人)의 자랑거리입니다!"

지저분한 수염을 기른 아저씨가 구운 양고기를 손에 든 채 호쾌하게 웃고 있었다.

"이 바르켈이 말입니다, 올해는 행운의 연속이라서 슬슬 좀 무서워지기도 하네요."

그렇게 말하더니 용병은 고기를 씹어 먹고, 술을 확 들이켰다.

"선대 와자르 공 키슈은 님이 저희 조부님을 궁지에서 구해주셨다는 이야기는 저희 집안에서는 지금도 회자되고 있습니다. 이번 일로 다소나마 은혜를 갚은 셈일까요?"

"네, 그야 물론이죠. 바르켈 님의 활약 덕분에 무의미한 유혈 사태를 피할 수 있게 되었습니다. 이제 와자르도 평온무사할 겁니다."

바르켈과는 예전에 한번 카르팔에서 만난 적이 있었다.

자카르의 용병대에 지원했던 그 이상한 용병.

지금도 갑옷은 너저분하지만, 변함없이 그 태도는 당당했다.

"조부님은 친위대장 중 한 명이었습니다만, 후궁과 관련해서 무슨 실수를 했던 것 같아요. 자세한 사정은 듣지 못했는데, 면직으로는 해결이 안 될 정도로 심각한 실수였다고 들었습니다."

바르켈은 쓴웃음을 지으며 이야기를 계속했다.

"그런데 키슈운 님이 저희 조부님의 목숨을 구하기 위해 노력해 주셨다고 합니다. 그게 아니었으면 아직 어렸던 저희 아버님도 처형됐을 거라고 하더군요."

무서운 이야기였다.

"게다가 키슈운 님은 조부님을 위해 직업을 알선해 주셨습니다. 그 덕분에 2대 전의 페슈메트 공에게서 넓은 농지를 하사받았고, 지금도 저희 형님들이 그곳에서 농원을 경영하고 있어요."

페슈메트는 메지레 강 최상류에 있는 도시, 즉 변경 도시였다. 수도와 가까우면 이래저래 문제가 있었던 것이리라.

도대체 무슨 짓을 했던 걸까.

그때 이 자리에 동석한 아마니가 예의 닭가슴살 완자를 먹으면서 조용히 중얼거렸다.

"저희 아버님은 언제나 입버릇처럼 말씀하셨습니다. '남에게 자비를 베풀라'고. 아, 아버님은 지금도 건강하시지만요."

아마니는 미소를 지었다.

"설령 자비를 베풀어봤자 아무런 이익이 없다 해도, 자비로운 사람이라고 인식되는 것 자체가 가치가 있다. 그리고 그것은 언젠가는 돌고 돌아 자손들에게 이익을 가져다준다. 그런 말씀을 정말 집요할 정도로……."

아버님이 어지간히 집요하게 말씀하셨나 보다. 아마니는 쓴웃음을 짓고 있었다.

"그런데 아버님의 말씀이 진리였다는 것을 인정하지 않을 수 없겠네요. 그 덕분에 바르켈 님이 저희를 도와주셨으니까요."

"네, 정말 그렇군요."

나는 동의했다.

바르켈은 메지레 강 최상류의 페슈메트 공한테서 의뢰받은 용병이었다. 자카르의 용병대에 잠입해서 그의 동향을 관찰하고 있었다고 한다.

아마니는 페슈메트 공과도 친한 사이였다. 그래서 바르켈에게 부탁하여 자카르를 함정에 빠뜨린 것이었다.

전부 다 파악한 것은 아니지만, 제후가 파견한 밀정이 용병대 내부에 어느 정도는 있는 것 같았다.

자카르를 왕도 밖으로 끌어내기 위해서 바르켈은 한바탕 멋진 연극을 펼쳐줬다. 스토리는 내가 준비했고, 가짜 비본도 제작했다.

진짜 비본과 거의 똑같은 장정, 똑같은 기록. 그러나 보물을 사용하는 방법이나 상세한 내용은 생략했다. 그러니까 만에 하나 자카르가 그 보물을 손에 넣더라도 아무것도 못 할 것이다.

그리고 제본 과정에서는 파커가 소환한 해골이 활약했다. 서기관과 사서들의 망령이라고 했다. 그 녀석이 못된 마음을 먹으면 나라 하나쯤은 간단히 멸망시킬 수 있을 것이다.

바르켈은 최고급 당밀주를 홀짝홀짝 마시면서 부끄러운 듯이 웃었다.

"이것도 다 키슈운 님과 역대 페슈메트 공의 은혜를 갚기 위한 것이지요. 저는 실제로 용병으로서 전국 각지를 방랑하고 있으니까, 별문제 없으면 그냥 그대로 자카르의 부하로 살아갈 생각이었습니다."

그러자 아마니가 아쉬워하는 것처럼 말했다.

"이번 일을 기회로 페슈메트 공에게 정식으로 벼슬을 받을 수는 없나요? 저도 한마디 거들게요. 그게 안 된다면, 부디 저희 쪽으로 와주세요."

바르켈은 의리 있고 유능한 사람 같았다. 전사로서도 능력이 있어 보이고, 미랄디아어도 잘했다.

그래서 나는 그에게 말했다.

"네, 그래요. 바르켈 님. 당신은 엄청난 활약을 했습니다. 우리 미랄디아 측도 어떻게든 보답하고 싶어요. 당신은 미랄디아어도 잘하니까, 이왕이면 마왕군에서 관직을 얻는 것은 어떨까요?"

그러자 바르켈은 한순간 놀란 것처럼 눈을 동그랗게 뜨더니, 이어서 머리를 긁적거렸다.

"어이쿠…… 이거, 이거 참 난감하네요. 저에게는 과분한 영광입니다. 아마니 님뿐만 아니라 이국의 왕의 부관께서도 저를 데려가겠다고 말씀해 주시니, 이것은 무인에게는 더할 나위 없는 명예입니다."

그러나 바르켈은 고개를 옆으로 흔들었다.

"하지만 저는 이 나라를 사랑하기 때문에 미랄디아의 군기 밑으로 들어갈 수는 없습니다. 너그럽게 이해해 주시기를 바랍니다."

"아뇨, 오히려 내가 실례했군요. 생각이 부족했습니다."

어휴, 이러면 안 돼. 나는 전생자(轉生者)라서 종종 깜빡하는데, 실은 다들 자신이 태어난 지역에 애착을 느끼고 있는 것이었다.

그렇다면 다른 방법으로 답례를 해야겠다.

"네, 그럼 바르켈 님. 금전으로 사의를 표시해도 될까요? 아니면 장비나 군마 같은 것도 좋고."

"아이고, 아닙니다. 이번에는 전장에서 활약한 것도 아닌걸요. 그러니까 밥벌이 수단을 받을 수는 없어요."

그러면서 바르켈은 웃는 얼굴로 거절했는데, 그 후 힐끔 나를 봤다.

"저, 그 대신 감히 부탁을 하나 드리자면. 그, 바이트 님의 존함을……."

"내 이름?"

"네. 바이트 님의 이름 한 자를 배령하여, 제 이름을 바이르켈로 고치고 싶습니다. 허락해주실 수 있을까요?"

한 글자를 배령한다는 문화가 크월에도 존재한다는 것도 놀라운데, 어, 정말 그런 것으로 만족한단 말이야?

그래 봤자 이름은 거의 변하지도 않을 텐데.

그러자 아마니가 쿡쿡 웃으면서 나에게 가르쳐줬다.

"욕심 없는 사람이라고 생각하실 테지만, 사실 바르켈 님이 바라는 것은 보검이나 명마보다도 훨씬 더 엄청난 것이에요. 이국의 왕의 부관에게서 한 글자를 받는다는 것은, 왕가의 친위대장으로 임명되는 것에 필적할 정도로 크나큰 명예입니다."

"그래요?"

이론적으로는 일단 이해했지만 전혀 실감이 나지 않았다.

하지만 그걸로 상대가 만족한다면, 그 정도는 쉬운 일이었다.

"내 이름이라도 괜찮다면 얼마든지요. 이봐, 누가 증서용 종이를 가져와 줘."

나는 마법에 걸린 양피지에다 글을 썼다. 특수한 잉크로 서명하자, 종이는 딱 한순간 희미하게 빛났다.

이로써 이 종이는 이제 더러워지거나 곰팡이가 피지 않는다. 100년은 족히 버틸 것이다.

"자, 바르켈…… 아니, 바이르켈 님. 이거 받으세요."

지저분한 수염을 기른 전사는 양손으로 공손하게 그 종이를 받들었다.

"크나큰 명예입니다. 저, 바이르켈은 이 은혜를 평생 잊지 않을 것입니다."

그는 당장 새 이름을 사용했다. 빈틈없는 남자구나.

바르켈이었다가 이제는 바이르켈이 된 그는 싱글벙글 웃으면서 증서를 둘둘 말아 주머니에 넣었다.

"이로써 돌아가신 조부님의 명예도 회복된 거겠지요. 다정한 조부님이셨는데, 말년에는 저희에게 늘 사과만 하셨어요. 이제야 겨우 당당하게 조부님의 묘소에 보고하러 갈 수 있겠네요."

바이르켈은 자리에서 일어나더니 우리를 향해 꾸벅 인사했다.

"그럼 저는 이제 고향으로 돌아가서 형님 일가와 함께 사탕수수밭을 일구겠습니다. 이 서류가 있으면 아내도 한 명쯤은 얻을 수 있을 테죠."

그러자 아마니가 몸을 일으켰다.

"괜찮으시겠어요? 바이르켈 님. 지금이라면 우리 가문도 당신을 고용할 수 있는데요."

그러나 바이르켈은 싱긋 웃으며 말했다.

"저는 이미 무인으로서 과분한 명예를 얻었습니다. 관직에 올라 무인으로서 계속 활동한다 해도 이보다 더한 명예를 얻는 것은 불가능합니다."

나는 그게 이해가 안 가서 그에게 물어봤다.

"당신은 실력이 있고 의리도 있는 분이십니다. 얼마든지 무명을 떨칠 수 있을 텐데. 어째서 그런 생각을 하는 겁니까?"

그 순간 바이르켈은 폭소를 터뜨렸다.

"하하하! 참 기이한 말씀을 하시네요! 그게 전부 다 바이트 님 탓이거든요?!"

"어, 내 탓이라고요?"

"네. 당신이 존재하는 한, 더 이상 커다란 전쟁은 일어날 리 없습니다. 그러니 공을 세울 수도 없죠."

그는 그렇게 말하더니 나를 향해 오른쪽 무릎을 꿇고 고개를 깊이 숙였다.

"바이트 님. 부디 이 나라에 안녕과 질서를 가져다주십시오. 저희 고향이 전화에 휘말리지 않는다면 그것이 최고의 선물일 겁니다."

"알겠소. 바이르켈 님. 전력을 다할 것을 약속하죠."

나는 그의 손을 잡았다. 검을 하도 쥐어서 딱딱해진 그 거친 손을 꽉 붙잡았다.

자카르가 군신의 보물을 알게 된 지 이틀 정도가 지났다.

나는 왕궁의 어느 방에서 크월의 궁정 신하들과 회담하고 있었는데, 그때 멀리서 인랑의 울음소리가 들려왔다.

저것은 아마 몬더일 텐데, 나는 울음소리를 잘 알아들을 자신이 없었다. 내 뇌에 탑재된 OS는 인간용이므로 그런 면에서는 다소 약했다.

"바이트 님, 왜 그러십니까?"

나이 든 시종장이 질문을 했다. 그래서 나는 가볍게 인사하고 자리에서 일어났다.

"죄송합니다. 아무래도 슬슬 가봐야 할 것 같아요."

"네? 아, 자카르 그놈이……."

"네. 제 부하의 보고에 의하면 기병 500명 정도를 거느리고 있는 모양입니다."

"'폐하 수색 작업'이라고 하기에는 다소 거창하군요."

시종장뿐만 아니라 다른 고관들도 떨떠름한 표정을 지었다. 하지만 그와 동시에 안심한 듯한 분위기도 느껴졌다.

군신이 되기 위한 보물을 찾으려고 자카르는 그의 군대를 이끌고 왕도에서 탈출한 것 같았다.

일단 정식으로 '국왕 수색'이라는 공식적인 임무를 받기는 했지만, 실제로는 야반도주나 마찬가지였다.

파스린 왕비가 의아해하는 표정을 지었다.

"자카르의 휘하에는 4,000명이 넘는 병사들이 있지 않나요? 그런데 왜 전부 다 데려가지 않는 거죠?"

그것은 자카르에게 물어보면 좋겠는데. 일단 나는 내가 파악한 범위 내에서 대답했다.

"아마도 병참 문제 때문일 겁니다. 앞으로 카얀카카 산의 오지에 들어갈 때까지 자카르는 병사들의 식량과 숙소를 계속 마련해야 합니다. 그런데 제후들은 은밀하게 그를 적대시하고 있으므로, 그가 4,000명이나 되는 병사들을 끌고 가기는 어려울 것입니다."

제후들은 하나같이 이제 곧 태어날 차기 국왕에게 기대를 걸고 있었다. 자카르의 편이 될 이유가 없었다.

자카르는 제후의 지원을 받지 못하고, 그렇다고 또 공공연하게 약탈을 자행할 수도 없었다. 그래서 500명밖에 안 되는 기병들만 데리고 출발한 것이다.

"그리고 또 하나, 기마 준비 문제도 있습니다. 보병은 이동하는 데 시간이 너무 많이 걸리기 때문에 기병만 데려가기로 한 거겠죠."

사실 자카르의 용병대는 대부분이 보병이었다. 기병 훈련을 받은 병사는 적었고, 군마도 거의 없었다.

왕도에서 새로 500마리나 되는 군마를 조달한다는 것은 불가능했다. 친위대에게서 강탈이라도 하지 않는 한.

아마도 그냥 급한 대로 승용마를 모아서 간신히 500을 채운 것이리라. 물론 그 말을 타고 전투를 하지는 못할 것이다.

군마는 전투 행동이 가능하고 전투에서도 패닉 상태에 빠지지 않는데, 그 대신 조교 및 유지 비용이 어마어마하게 드니까……

나는 속으로 사악한 생각을 하면서 설명을 계속했다.

"자카르가 사실상 도망친 이상, 왕도에 남아 있는 용병들은 버려진 것으로 간주해도 됩니다. 그들이 밀명을 받았을 가능성도 있지만, 자카르는 자기가 신뢰하는 간부는 모두 다 데려갔습니다."

"그럼 안심해도 되는 건가요?"

파스린 왕비가 불안한 것처럼 말했으므로, 나는 예전부터 이야기하려고 했던 것을 입 밖에 냈다.

"그건 모르겠지만, 딱 하나 명백한 사실이 있습니다."

"그게 뭐죠?"

"용병들도 다들 먹을 것을 얻기 위해 필사적으로 싸우고 있습니다. 돌아갈 곳이 있는 사람은 괜찮지만, 그게 아닌 사람들은 용병으로 일해서 생활비를 벌지 못한다면 즉시 산적으로 변하게 됩니다."

"어머나……."

파스린 왕비가 겁먹었고, 신하들도 불안한 표정을 지었다.

기회는 이때다 하고 나는 열변을 토했다.

"그러니까 부디 그들의 의식주를 보장해 주십시오. 생활이 적당히 안정된다면, 왕도도 어느 정도 안전해질 것입니다."

"어…… 그럴까요?"

"네."

가난해 본 적이 없는 사람은 그 괴로움을 좀처럼 이해하지 못할 것이다.

"굶주림이나 비바람에 시달리고, 내일의 생활이 어떨지 불안해하고, 수많은 사람에게 경멸당하고. 그런 환경 속에서도 여전히 올바르게 살려고 하는 사람은 소수입니다."

과거에 인랑들도 그랬고, 인간 중에서도 그런 사람들은 많았다.

"굶주린 자의 무서움은 직접 굶주려 보기 전까지는 모릅니다. 그것이 나라를 내부에서부터 무너뜨리는 경우도 있습니다. 저는 머나먼 이국에서 그런 광경을 봤습니다."

실제로는 세계사를 통해 공부했을 뿐이지만, 설득력을 얻기 위해 일부러 그렇게 말했다.

그러자 동석했던 카르팔 공 포와니가 팔짱을 끼면서 중얼거렸다.

"바이트 님의 말씀이 옳을지도 모릅니다. 저도 도시에서 쫓겨나 처자식과 함께 황야를 떠돌았을 때는 세상이 원망스럽고 불안해서 정신이 이상해질 뻔했습니다. 아마니 님의 비호를 받지 못했더라면 저도 어떻게 됐을지……."

그는 더 이상은 말하지 않았지만, 처자식을 지키기 위해 그가 뭐든지 닥치는 대로 했으리라는 것은 충분히 상상이 갔다.

나라도 그랬을 테니까.

와자르 공 아마니가 미소 지었다.

"그럼 용병들의 처우는 우리 제후들과 신하들이 다 함께 검토해봅시다. 용병들이 크월의 법을 준수하는 한, 저는 그들의 일자리를 마련해주고 싶습니다."

"네, 잘 부탁드립니다."

나는 고개를 숙였다. 그때 왕궁 서기관이 방으로 들어왔다.

그는 크월의 법무를 담당하는 법전청장에게 서류를 건네주더니 꾸벅 인사하고 퇴실했다.

서류를 확인한 법전청장이 나를 보고 말했다.

"자카르와 그의 측근들이 국왕 폐하를 암살했다는 혐의에 관하여, 포박 허가서를 발행했습니다. 복종하지 않으면 그 자리에서 처형해도 됩니다."

"감사합니다. 그럼 제가 맡겠습니다."

이로써 나는 자카르의 신병을 구속할 수 있게 되었는데, 굳이 따지자면 이것은 그를 죽이기 위한 대의명분이 될 것 같았다. 그가 얌전히 복종한다는 것은 상상이 안 되니까.

파스린 왕비가 나를 쳐다봤다.

"바이트 님, 부디 조심하세요. 아내 분을 위해서라도."

아일리아의 웃는 얼굴이 한순간 머릿속에 떠올랐다.

이따금 날아오는 편지를 보면 건강하게 지내는 것 같았지만, 상대는 그 아일리아였다. 틀림없이 자신의 본심을 애써 숨기고 있을 것이다.

나는 왕비를 향해 고개를 숙였다.

"걱정해 주셔서 감사합니다. 제 자식의 얼굴을 보기 위해서라도, 또 국왕 폐하와 왕자 전하를 위해서라도, 반드시 크월을 평화롭게 만들겠습니다."

자, 이제 그 녀석을 잡아야겠다.

그날 나는 인랑 부대를 이끌고 출발했다.

인랑 부대 56명 중에서 2개 분대 8명은 연락병 및 왕비 호위병으로 왕도에 남겨두고 가기로 했다. 나머지 48명이 내 지휘를 받아서 움직일 것이다.

그동안 숨겨놨던 마격총도 휴대했다. 이번에는 본격적으로 싸울 준비를 한 것이다.

"이봐, 대장. 왕도에는 용병들이 4,000명 가까이 남아 있잖아? 왕비의 호위병이 그 정도밖에 없어도 되는 거야?"

제릭이 불안하다는 듯이 등 뒤에 있는 왕도를 힐끔힐끔 돌아봤다.

나는 쓴웃음을 지었다.

"어쩔 수 없어. 자카르의 병사가 500명인 이상, 이쪽도 전원이 한꺼번에 덤벼들지 않으면 위험해. 왕도에 남아 있는 용병들은 선왕의 신하들이 열심히 상대하기를 바라야지, 뭐."

판도 걱정하는 것 같았다.

"하지만 그 사람들에게 맡겨도 될까?"

"양민만 백성인 것은 아니야. 품행이 나쁜 녀석들도 크월의 백성이고, 그중에는 범죄자나 악당도 있다. 그런 녀석들을 잘 통솔해야지만 왕과 귀족이라고 할 수 있는 거야."

나는 통솔력이 없어서 그냥 마왕군과 인랑의 무력으로 밀어붙였지만, 진정한 왕후와 귀족이라면 그런 것이 없어도 어떻게든 해낼 수 있을 것이다.

나는 반쯤은 나 자신을 설득하는 심정으로 이렇게 말을 이었다.

"이 사태를 수습하지 못한다면, 어차피 이 나라는 왕자가 성인이 될 때까지 유지되지도 못할 거야. 그러니까 그들에게 하라고 할 수밖에 없어."

만약에 실패한다면…… 그래, '미랄디아 연방 크월 주'나 되라고 해야지.

그렇게 되지 않기를 바라지만.

"자, 다들 잘 들어. 우리는 지금 군신의 보물이 있는 성지 카얀카카 산으로 가고 있다. 그곳은 메지레 강 상류야."

일동이 고개를 끄덕이는 것을 확인하고 나는 이야기를 계속했다.

"자카르는 기병 500명을 데리고 반나절 정도 앞서서 가고 있는데, 우리가 변신하면 금방 따라잡을 수 있을 거야."

"언제 덤벼들 건데?"

흥분을 억누르지 못하는 것처럼 몬더가 싱글싱글 웃고 있었다.

나는 지도를 가리켰다.

"최상류에 있는 도시 페슈메트를 지나간 다음에. 근처에 도시가 있으면 적이 그쪽으로 도망칠 가능성이 있어. 자카르는 시민의 희생 따위는 신경도 안 쓰니까. 시가전은 피하고 싶어."

카르팔에서도 시민 중에 사상자가 발생했었다. 또 많은 시민의 가옥이 파괴됐었고.

전쟁터에서 죽는 것은 전사들로도 충분하다.

"귀향한 바이르켈 님이 페슈메트 공에게 편지를 전해줬어. 인랑 부대는 보급을 받을 수 있지만, 자카르 일당은 보급을 받지 못해. 페슈메트를 지나가면 더 이상 도시는 없으니까, 자카르가 본성을 드러낼 거다."

카얀카카 산에 살고 있는 '산의 백성'들은 크월인은 아니다. 고로 자카르가 약탈을 망설일 이유가 없었다.

판이 재미있다는 듯이 웃었다.

"하지만 산의 백성한테서 약탈을 하는 것은 불가능하잖아?"

"응, 용병대 500명만 가지고는 어려울 테지……."

나는 〈계승 비본〉의 사본을 펼쳤다. 이것은 자카르에게 보여줬던 책과는 달리 모든 내용이 옮겨져 있는 책이었다. 성지의 상세한 장소도 기록되어 있었다.

나도 이 비본을 통해 비로소 알게 되었는데, 국내에서 군신의 보물을 보관한다면 확실히 카얀카카 산이 제일 좋은 장소일 것이다.

"자카르는 나중에 처리한다. 그놈들이 산속에서 헤매고 있는 동안에 우리가 앞질러서 카얀카카 산 정상 부근으로 향한다. 군신의 보물을 모셔둔 신전은 거기 있어."

"응, 알았어, 대장!"

인랑들이 히죽 웃었다.

*　　　*

〈꿈틀거리는 야심 7〉

자카르의 부관 크메르크는 내심으로 초조해하고 있었다.

"대장님, 기병 대부분은 기마 전투가 불가능합니다. 지금 만약 도적의 습격이라도 당하면……."

"웃기는 소리 하지 마. 군대를 습격하는 도적이 어디 있어? 우리는 정규군이야."

그러면서 자카르는 가볍게 웃어넘겼지만, 크메르크의 표정은 밝아지지 않았다.

"유목민들은 정규군을 적으로 간주합니다. 우리 본대는 괜찮아도, 정찰대는 위험합니다."

몇 명씩 나뉜 용병들이 선행하고 있으므로, 크메르크는 그들을 걱정했다.

그러나 자카르는 신경도 쓰지 않았다.

"정찰대가 위험하다는 것은 이미 알고 있어. 본대를 위험하게 만들 수는 없잖아? 평범한 승용마라도 준 것을 그나마 다행이라고 여겨."

크메르크는 일단 입을 다물었지만, 이윽고 머뭇거리면서도 다시 입을 열었다.

"이번 임무는 정말로 '국왕 수색'입니까?"

국왕은 자카르가 죽여서 카르팔 교외의 폐허에 버렸다.

카얀카카 산으로 가봤자 아무것도 찾아내지 못할 것이다. 이런 것은 웃기는 연극이었다. 간부들은 누구나 그 사실을 알고 있었다.

그래서 간부들 대부분은 이 수색 임무가 무의미한 실적 쌓기 행위라고 생각했다.

그러나 크메르크는 달랐다.

"대장님이 직접 병사를 이끄는 것은, 반드시 커다란 대가를 얻을 수 있는 경우입니다. 뭔가 진짜 목적이 있는 거죠? 카얀카카 산에 뭐가 있는 겁니까?"

자카르는 이에 대해 냉담하게 대꾸했다.

"입 다물고 시키는 대로 해."

"대장님!"

크메르크는 무심코 소리를 지르고 말았다.

주위에 있는 고참병들이 이쪽을 돌아봤다. 그래서 크메르크는 "별일 아니다" 하고 손짓으로 제지했다.

"실례했습니다. 대장님. ······하지만 역시 부관으로서 대장님의 진의는 미리 알아두고 싶습니다."

크메르크는 필사적으로 호소했지만, 자카르는 불쾌하다는 듯이 부관을 노려봤다.

"쓸데없이 캐묻지 마라."

전장에서 적을 노려볼 때처럼 너무나 날카로운 안광이었다.

크메르크는 순간적으로 자카르에 대해 공포심을 느꼈다. 그동안 한 번도 없었던 일이다.

그 공포심을 눈치챘는지, 자카르는 어색하게 시선을 돌려 앞을 봤다.

"넌 나를 안다고 생각할 테지만, 나를 아는 사람은 이 세상에 한 명도 없어."

자카르는 뒤도 안 돌아보고 그런 말을 내뱉더니 군마의 걸음을 재촉했다.

크메르크의 말도 군마는 군마였지만 그다지 좋은 말은 아니었다. 상당히 지쳐버린 그 말을 배려하느라 그는 결국 자카르를 떠나보내고 뒤에 남겨지게 되었다.

"대장님……."

크메르크는 점점 멀어지는 자카르의 뒷모습을 그저 바라볼 수밖에 없었다.

한편 그 무렵 정찰대는 카얀카카 산의 기슭에 도착했다.

황무지만 펼쳐져 있는 평야와는 달리 카얀카카 산에는 울창한 수목이 우거져 있었다. 활엽수의 숲이었다.

때는 마침 한여름. 나뭇잎 사이로 비치는 햇빛 때문에 숲속은 무더웠다.

"그늘이니까 조금은 시원할 줄 알았는데, 이거 완전히 찜질방 아냐?"

목의 땀을 훔치면서 중얼거리는 용병. 그러자 정찰대의 다른 용병들도 동의했다.

"이렇게 습한데 어떻게 갑옷을 입고 다녀?"

"말도 지쳤어. 물가에서 좀 쉬다 가자."

숲속에는 맑은 시냇물이 있었다. 메지레의 원류 중 하나일 것이다.

정찰이라고 해 봤자 어차피 적군이 앞에서 버티고 있는 것도 아니니까, 용병들도 저절로 주의가 산만해졌다.

총 일곱 명인 정찰대는 말을 걷게 하면서 잡담을 하기 시작했다.

"그나저나 대장님 말이야. 요새 좀 이상하지 않아?"

"아, 좀 이상하지. 전에는 잘 웃었는데 최근에는 괜히 소리를 꽥꽥 질러대."

"돈도 잘 안 주고."

"그런 주제에 왕도에서는 규율! 규율! 하고 잔소리나 하고……. 듣자니 친위대보다도 우리 군규가 더 엄격하다던데?"

"그럼 친위대보다 월급도 더 많이 줘야지, 안 그러면 어떻게 버텨?"

위험하기만 하고 보상은 못 받는 정찰 임무이다 보니, 용병들의 울분은 자카르에 대한 불만이라는 형태로 분출되고 있었다.

"싸움에서 안 지고, 돈도 잘 주고, 대화도 잘 통한다. 그게 진짜로 좋은 용병대장 아냐?"

"최근에는 싸우지를 않으니까 지지도 않지만, 돈은 잘 안 주고 융통성도 없어. 슬슬 떠날 때가 됐나?"

"어, 하지만 여기 말고는 좀 괜찮아 보이는 용병대도 없잖아?"

관두는 것보다는 이게 그나마 낫다. 그런 희박한 이유가 정찰대 용병들을 움직이게 하고 있었다.

그때 용병 한 사람이 갑자기 말을 세웠다.

"이봐, 누가 있어."

"어디에?"

용병은 말없이 나무들 사이로 보이는 시냇물을 가리켰다.

용병들은 말에서 내리더니 크로스보우나 검을 손에 들고 수풀 속에 숨었다.

"오, 여자잖아?"

시냇물 옆의 바위에 걸터앉아 있는 것은 젊은 여자 세 명이었다.

대나무를 엮어 만든 바구니를 가지고 있었는데, 물고기를 잡는 것 같았다. 그런데 고기잡이 도구는 눈에 띄지 않았다.

"카얀카카의 야만족인가?"

"어, 아마 그렇겠지? 저 허벅지 좀 봐."

처녀들은 치마를 확 걷어붙여서 다리를 내놓고 있었다. 용병들의 시선은 그 갈색 피부에 고정되었다.

그러다가 누군가가 말을 꺼냈다.

"곁다리로 무슨 재미라도 봐야지. 안 그러면 이 일을 어떻게 해 먹어?"

"야, 그건……."

다른 용병이 입을 열었지만, 그 용병도 시선은 여전히 앞에 고정되어 있었다.

"저 녀석들은 크월인이 아니야. 산속에 사는 야만족이라고. 게다가 딱 봐도 다른 사람은 하나도 없잖아?"

"뒤처리는 어떻게 할 건데?"

"메지레에 떠내려 보내면 되지."

"좋아."

결론이 나왔으므로 용병들은 수풀에서 나왔다.

구릿빛 피부의 처녀들이 그쪽을 돌아본 순간, 용병들은 슬그머니 좌우로 갈라졌다.

"안녕? 아가씨들. 물고기 잡는 중이야?"

용병 중 한 명이 그렇게 말을 걸었을 때는 이미 포위망은 완성되어 있었다.

"잡아."

용병들이 일제히 덤벼들었다.

정적이 찾아온 시냇가에서 붉은 물줄기가 흘러갔다.

"어, 그래서 이놈들은 뭔데?"

사투리 섞인 크월어였다.

여자 한 명이 띠를 졸라매면서 그 질문에 대답했다.

"페슈메트 공의 말로는, 국왕을 죽인 대악당들이래."

"페슈…… 아, 그 메지 주는 아저씨?"

제일 어린 소녀가 웃자, 연장자 여성이 나무랐다.

"그분은 도시의 영주님이에요. 경의를 표하세요."

"응, 알아. 난 메지 빵 좋아하는걸."

"알긴 뭘 안다는 거니……?"

띠를 졸라매던 여자가 한숨을 쉬더니 옆을 돌아봤다.

겹겹이 쌓여 있는 용병들의 시체에선 끈적끈적한 피가 지금도 계속 흘러나오고 있었다.

시체는 다 합쳐서 일곱 구였다.

"있잖아, 언니. 갑옷 입은 녀석들은 전부 죽여 버려도 돼?"

"꼭 그런 것은 아니라고 하니까 우리는 먼저 공격하면 안 돼. 특히 바이트 경이라는 분과 그 일행은 우리 편이라고 했어. 아무나 닥치는 대로 죽이지는 마."

"에이, 귀찮네……."

그때 어린 소녀가 귀를 쫑긋 세웠다.

"또 왔어. 열 기 정도인가? 아직은 거북이바위 근처인 것 같아."

"어머, 진짜? 많기도 하지."

연장자 여성이 고민하는 것처럼 뺨에 손을 댔는데, 나이가 딱 중간인 여성이 히죽 웃었다.

"아냐, 적어. 그냥 해치우기만 한다면."

"그럴 수 없다는 것이 문제인데. 자, 시체는 숨깁시다."

잠시 후, 아까와 비슷한 풍모의 기병들이 나타났다. 그런데 이번에는 무기를 들고 있지 않았다.

여자들이 가만히 상황을 살피고 있는데, 그중 리더처럼 보이는 남자가 앞으로 나서서 이렇게 자기 이름을 밝혔다.

"실례합니다. 저는 엔칼라가 임시 방위대장의 부관, 하르암의 자식 크메르크입니다."

정식으로 이름을 밝힌 후, 날카롭게 생긴 그 남자가 말에서 내렸다.

"이 길을 먼저 가던 부하들을 찾고 있습니다만, 혹시 못 보셨습니까?"

*   *

나는 자카르의 용병대를 추월하여 카얀카카 산으로 들어가서, 산 중턱에 살고 있는 '산의 백성'과 접촉하는 데 성공했다.

무너져 가는 오래된 석조 유적과 그 주변에 흩어져 있는 마을이 그들의 생활권이었다.

그들은 산속에서 자급자족하고 있었으므로 소박하게 생활하고 있었다. 하지만 결코 가난해 보이지는 않았다.

식량은 넉넉했고, 그들이 입고 있는 옷도 초목으로 멋지게 염색해서 아름다웠다. 집도 목조이지만 그 내부는 시원해서 무척 쾌적했다.

나는 산의 백성의 지도자에게 인사하고, 우선 용린옥부터 선물로 줬다.

"안녕하세요. 저는 인랑족의 바이트 폰 아인도르프라고 합니다. 미랄디아 연방에서 마왕의 부관으로 일하고 있습니다."

"어서 와요, 바이트 님. 인랑을 만나는 것은 처음이네요."

온후해 보이는 노인은 살짝 고개를 끄덕이더니 용린옥을 받았다.

크월에서는 증답품에는 다양한 의미가 있고 그 규칙도 복잡한데, 일단 상대가 그것을 받아주면 싸움은 나지 않는다.

장로는 잘 연마된 보옥을 손에 들고 두 번 받쳐 들더니 밑에다 내려놨다. 그리고 손바닥을 높이 들어 올렸다.

"조상신이시여, 당신들의 가호로 좋은 보석을 얻게 되었습니다. 객인이여, 당신에게 우리 조상신의 가호가 있기를."

"감사합니다."

산의 백성의 예법은 여기까지 오는 길에 들렀던 페슈메트에서 간단히 공부했는데, 나는 그 예법대로 가볍게 고개를 숙였다. 상대가 내민 손바닥보다 낮게 인사하는 것이 예의였다.

손바닥의 높이가 환영 수준을 나타낸다. 그래서 환영받지 못할 때는 바닥에 머리를 비비는 꼴이 된다고 한다.

몸집이 작은 장로가 애써서 손바닥을 꽤 높은 곳까지 올려줬으므로, 나는 살짝 고개만 숙이면 되었다.

그러자 장로가 미소 지었다.

"바이트 님은 우리의 방식을 이해한다는 것을 보여주셨소. 우리도 바이트 님의 방식을 이해한다는 것을 보여주고 싶어요."

"네, 황송합니다."

처음 가는 지역의 관습이나 매너를 미리 조사해 두는 것은 현대 일본에서는 매우 일반적인 행위였다.

그러나 이쪽 세계에서는 일반적이지 않았다.

그렇기 때문에 일부러 산의 백성의 풍습을 공부하고 온 외국인이, 장로에게는 신선하게 느껴진 것이리라.

"그런데……"

장로가 그렇게 말을 꺼냈을 때, 바깥이 갑자기 시끄러워졌다.

나와 장로는 서로 얼굴을 마주 봤다. 그리고 누가 먼저랄 것도 없이 몸을 일으켰다.

장로가 중얼거렸다.

"바이트 님이 경고했던 일이 터졌군요."

바깥으로 나갔더니 예상과 같은 상황이 펼쳐져 있었다.

"장로님~! 다녀왔어요~!"

작은 소녀가 검과 창 여러 개를 한꺼번에 짊어지고 생글생글 웃고 있었다.

그리고 말을 탄 비무장 상태의 용병들이 그 뒤를 따라오고 있었다. 전원 완전히 겁에 질려 있었다. 선두에 선 사람은 크메르크였으므로 나는 진심으로 안도했다. 다행이다.

용병들의 앞뒤를 지키듯이 걷고 있는 것은 좀 더 나이가 많은 여자들이었다. 산의 백성의 민족의상을 입고 있었다.

맨손인 여자들 세 명을 상대로 열 명쯤 되는 용병들이 두려워 하고 있는 것은 신기한 광경이었는데, 그들이 무엇을 봤는지는 상상이 갔다. 겁먹은 것도 이해할 수 있었다.

"크메르크 님!"

내가 말을 걸자, 크메르크는 깜짝 놀란 표정을 지었다.

"바이트 님?!"

내가 기마로 가까이 다가가자, 크메르크는 자연스럽게 말에서 내려왔다.

그걸 본 산의 백성 소녀가 당황하여 제지했다.

"앗, 이봐! 네 마음대로 내리면 안 돼!"

나는 소녀를 보면서 웃었다.

"이 사람은 괜찮아. 이상한 짓은 안 할 거야."

"어, 정말? 아니, 그런데 아저씨는 누구야?"

"아저씨……?"

반사적으로 내 말문이 막혀버렸는데, 연장자 여성이 소녀의 머리에 꿀밤을 먹였다.

"아얏!"

연장자 여성은 소녀의 관자놀이를 두 주먹으로 꾹 누르더니, 두개골이 변형될 정도로 강하게 꾹꾹 눌러댔다.

"바이트 님은, 머나먼 이국의 마왕의 부관님이시거든요? 페슈 메트 공도 그렇게 말씀하셨잖아요, 네?"

"아야아아아아! 아, 아아아, 알아!"

아저씨…… 아저씨란 말이지…….

환생하고 나서 그렇게 불린 것은 처음이었으므로 은근히 충격을 받았다.

그때 연장자 여성이 생긋 웃었다.

"저, 미안해요. 바이트 님. 크월 언어로 '아저씨'란 것은 유부남 전체를 가리키는 말이니까, 연령하고는 상관없어요."

"아, 네. 그건 괜찮은데요."

페슈메트 공이 산의 백성과 서로 알고 지낸다고 해서 그에게 연락을 부탁했는데, 놀랍게도 내가 유부남이라는 사실까지 전달됐나 보다.

뭐, 상관은 없지만. 지금은 그보다도 크메르크가 중요하다.

완전히 따돌림당하고 있는 크메르크. 나는 다시 그를 돌아봤다.

"크메르크 님, 무사해서 다행입니다. 다친 곳은 없습니까?"

"어, 없습니다. 죽을 만큼 놀라긴 했지만……."

"네, 그렇겠죠."

크메르크와 그의 부하들이 살아 있다는 것은, 그가 올바른 판단을 했다는 증거였다. 그렇다면 그의 신병을 넘겨받는 것도 가능하지 않을까.

나는 그렇게 생각했는데, 사정을 들어보니 그게 그리 간단하지는 않을 것 같았다.

장로는 얼굴을 찌푸리면서 고개를 옆으로 흔들었다.

"저자들 일당이 산의 백성을 습격했어요."

"아니, 그런 무모한 짓을⋯⋯."

그렇게 말한 것은 내가 아니라, 나와 동행한 판이었다.

판은 옆에 있는 크메르크를 보더니 안쓰러워하는 것처럼 말을 걸었다.

"죽는 줄 알았지?"

"네. 눈앞에서 가녀린 여성이 갑자기⋯⋯."

갑자기 뭐가 어떻게 됐는지 말하려다가 크메르크는 황급히 입을 다물었다. 나쁜 인상을 심어주면 안 된다고 생각한 것이리라.

아마도 용병대 척후병들이 카얀카카 산에 들어오자마자 열심히 사고를 친 것 같았다. 산의 백성은 이미 용병대를 적으로 인식했다고 한다.

용병대는 도시에서는 비교적 규율을 잘 지켰으므로 나도 완전히 방심하고 있었는데, 생각해보니 그들은 산적과 별로 다르지 않은 놈들이었다.

왜 그렇게 매번 자멸 루트로 똑바로 달려가는 걸까⋯⋯.

나는 속으로 한숨을 쉬면서 장로를 다시 쳐다봤다.

"크메르크 님은 용병대의 양심입니다. 그가 있으면, 용병대를 여전히 규율 잡힌 상태로 철수시킬 수 있습니다."

자카르가 사라진 후에는, 남은 용병대는 크메르크에게 통솔하라고 시켜서 왕도로 돌려보낼 예정이다.

크메르크는 용병들 사이에서 인망도 높고, 또 용병대로 하여금 엄격한 군규를 지키게 만드는 관리 능력도 있었다.

그런데 장로는 웃었다.

"아니, 굳이 철수시키지 않아도 그냥 섬멸하면 되잖습니까. 우리 산의 백성도 가끔은 싸워야지요."

어휴, 기회만 생기면 이러네. 너무 호전적이라니까.

장로가 싸움을 예감하고 신나게 기대하는 중이란 것은 알았다. 그래서 나는 다른 방향으로 설득을 시도했다.

"어, 그러면. 적어도 크메르크 님과 그의 부하들만이라도 살려 주실 수 없을까요? 이렇게 부탁드립니다."

"흠, 그렇다면 그 크메르크라는 사람이 카얀카카에서 죄를 저지르지 않았는지 조사해 보도록 합시다. 무리의 우두머리 한 명만 조사해 보면 돼요."

어떻게 조사한다는 걸까.

나는 그런 생각을 했는데, 그때 뒤에서 무슨 준비가 시작됐다.

그리고 잠시 후. 크메르크는 무장한 산의 백성들이 경계하는 가운데 테이블로 향하게 되었다.

그는 불안한 얼굴로 주위를 둘러보고 있었다.

"바이트 님, 대체 지금부터 뭐가 시작되는 겁니까?"

그건 오히려 내가 궁금했다.

그때 장로가 크메르크에게 말했다.

"하르암의 자식, 크메르크여. 지금부터 심판의 의식을 행한다."

볶은 콩을 수북이 담은 그릇이 그의 눈앞에 놓였다. 저게 뭐야?

"자, 봐라. 그것은 카얀카카의 성지에서만 자라는 '심판의 콩'이다. 성스러운 힘에 의해 죄인을 죽음에 이르게 만드는 것이다."

흠칫 놀라는 표정을 짓는 크메르크.

한낱 콩에 그런 능력이 있다는 것은 믿기 어려웠지만, 어쨌든 크월인은 미신을 잘 믿으니까. 크메르크는 완전히 겁에 질려버렸다.

장로는 온화한 표정으로 이야기했다.

"크메르크여. 그대에게 죄가 없다는 사실을 이것으로 증명해라. 그대에게 죄가 없다면, 그 콩을 먹어도 죽지 않을 것이다."

"저, 저는, 죄를 저지르지 않았습니다……."

"그럼 증명해 봐라."

장로는 산더미처럼 쌓인 콩을 조용히 가리켰다.

크메르크는 이곳의 분위기에 완벽하게 압도되어버린 것 같았다.

그의 부하들은 구속되었고, 그 뒤쪽에는 손도끼나 도끼를 들고 있는 산의 백성들이 엄숙한 얼굴로 서 있었다. 심판의 결과가 안 좋으면 부하들이 어찌 될지는 일목요연했다.

"어, 저, 이 콩을……?"

"그래. 어서 먹어라."

장로가 무서운 표정으로 크메르크를 쏘아봤다.

나는 이 의식을 들어본 적이 있었다. 이런 상황은 위험하다. 그래서 나는 미랄디아어로 크메르크에게 말했다.

"그에타!"

그 순간, 산의 백성과 크메르크가 나를 쳐다봤다.

장로가 질문했다.

"뭡니까?"

나는 태연한 얼굴로 이렇게 대답했다.

"크월 연안 지역의 방언으로 '힘내!'라고 말했습니다."

"그렇군요. 그런데 의식 도중에는 발언을 삼가주십시오."

"네, 실례했습니다."

크메르크는 미랄디아어를 잘 알았다. 그 정도면 절대로 잘못 듣지는 않았을 것이다.

크메르크는 창백해진 얼굴로 이마에 땀을 흘리면서도 다시 한 번 나를 봤다. 나는 그를 격려하기 위해 힘차게 고개를 끄덕였다.

그러자 크메르크는 그릇을 양손으로 붙잡더니, 그 많은 콩을 단숨에 확 입속으로 집어넣었다.

그리고 우적우적 씹어서 억지로 삼켰다.

일동이 지켜보는 가운데, 잠시 후 크메르크는 격렬하게 몸부림 치기 시작했다.

"크헉! 으윽, 우웨엑!"

산의 백성이 슬그머니 통을 내밀자, 크메르크는 사양하지 않고 통에다 대고 구토를 했다.

그는 웩웩 열심히 토했다. 그러나 시간이 흐르자 토기가 가라 앉은 것 같았다. 얼굴은 새파랗게 질리다 못해 흙빛으로 변했지 만, 그는 아직 살아 있었다.

나는 장로를 보고 빙그레 웃었다.

"살아 있네요."

"그런 것 같군요. 아마도 저자는 결백한가 보오."

장로는 손을 들더니 큰 소리로 선언했다.

"심판은 끝났다! 위대한 카얀카카의 토지는 이자가 무죄임을 인정했다! 이자의 부하들도 무죄로 간주한다! 포승줄을 풀어라! 이자들은 우리의 손님이다!"

공포에 질린 표정을 짓고 있던 용병들이 안도하여 일제히 바닥에 털썩 주저앉았다.

크메르크 일행은 무사히 해방되었다. 그리고 조촐하게나마 환영회가 시작됐다. 용병들은 반강제로 구운 사슴고기와 신선한 과일을 대접받게 되었다.

그런데 좀 전에 상관인 크메르크가 독이 든 콩을 억지로 먹고 토했으니까. 용병들은 뭘 먹어도 아무 맛도 느끼지 못할 것이다.

용병들은 완전히 겁에 질린 상태로 산의 백성들이 화낼까 봐 두려워하면서 쭈뼛쭈뼛 음식을 먹었다. 불쌍하게도.

나는 기회를 봐서 크메르크와 단둘이 있게 되었다.

"바이트 님, 감사합니다."

크메르크는 나를 향해 고개를 깊이 숙였다.

"그때 바이트 님이 미랄디아어로 '단숨에!'라고 말씀해 주시지 않았더라면, 저는 그 분위기에 압도되어 무서워하면서 조금씩 먹었을 겁니다……."

"그러면 당신은 억울하게 죄를 뒤집어쓰고 죽었을 테지……."

이전 세계에 '칼라바르콩'이라는 독이 든 콩이 있었다.

지효성 맹독을 가지고 있는 콩인데, 약한 구토 현상을 일으킨다.

그래서 조금씩 먹으면 구토 현상이 일어나지 않아서 그대로 목숨을 잃지만, 단숨에 왕창 먹으면 구토 작용 덕분에 콩을 토해내기 때문에 목숨을 건질 수 있다.

이전 세계에서도 똑같은 방법으로 재판에 사용되는 경우가 있었다. 나도 책에서 읽어서 그것을 알고 있었다.

미랄디아에도 비슷한 콩이 있었다. 죄인을 심판하는 데 사용되기 때문에 '죄인콩'이란 이름으로 알려져 있었다. 아마 저것도 죄인콩이었을 것이다.

켕기는 것이 없으면 그 콩을 단숨에 먹어서 무사히 살아남을 테고, 켕기는 것이 있으면 조금씩 먹다가 죽을 것이다. 그런 난폭한 재판이었다.

크메르크는 참으로 운이 좋았다.

나는 그 사실을 그에게 설명해 주고 싱긋 웃었다.

"당신처럼 심성이 올바른 남자가 죽는다는 것은 나로선 납득할 수 없는 일이야. 그래서 산의 백성의 신성한 의식을 방해하게 되었지만, 나한테는 그보다 당신의 목숨이 더 중요했어."

"아, 바이트 님……."

크메르크는 애써 평온한 척하고 있었지만, 그의 두 눈에서는 눈물이 흘러넘쳤다.

"당신은, 왜…… 왜 나 같은 놈을 위해, 그렇게 위험한 짓을……."

"방금 말했잖아. 당신이 심성이 올바른 남자라서 그래."

크메르크는 두 눈을 손바닥으로 가리고 입술을 깨물면서 어깨를 들썩거렸다.

*　　　*

〈꿈틀거리는 야심 8〉

"너무 느려! 대열을 무너뜨리지 마라! 야영 준비를 하기도 전에 해가 지겠어!"

일몰이 다가오는 숲속에서 자카르는 후방에 있는 기병들을 향해 소리를 질렀다.

용병들은 움찔하더니 허둥지둥 고삐를 잡았지만, 애초에 그들은 전문적인 기병도 아니고 말도 평범한 승용마였다.

잠시 후 또다시 행군 대열이 흐트러지기 시작했다.

"제기랄, 말 때문에 일부러 병사를 500명으로 줄였는데……."

자카르가 초조해하는 이유는 척후병들 대부분이 돌아오지 않았기 때문이었다.

설마 적이 매복하고 있었을 리는 없지만, 그들이 전사하지 않았다면 탈주했다고 봐야 할 것이다.

탈주하는 병사들이 속출하는 것은 군대 붕괴의 전조이다. 자카르가 이끄는 부대에서는 그동안 병사의 탈주 사건은 거의 없었다.

'난감하군……. 하지만 이런 것도 바르칸의 보물을 손에 넣을 때까지만 참으면 돼.'

"이봐, 크메르크 부대는 어찌 됐어?"

"아직 안 돌아오신 것 같은데요……."

간부의 대답에 자카르는 점점 더 초조해졌다.

그 남자가 탈주한다는 것은 상상하기 어려웠다.

그렇다면 적의 습격을 당했거나, 어딘가에서 길을 헤매고 있는 것이리라.

'병사들을 말에서 내리게 해서 습격에 대비해야 하나?'

현재 용병대가 진군하고 있는 루트는 깊은 숲속의 외길이었다.

용병들은 난전에는 익숙하지만, 기마전은 할 줄 몰랐다. 기습을 당하면 괴멸될 것이다.

그런데 척후병이 귀환하지 않는 이 위험한 상황에서도 용병대는 여전히 진군을 계속하고 있었다.

'위험을 두려워하면, 얻을 수 있는 것도 얻지 못하니까……'

자카르는 각오를 다졌다.

그가 얻은 〈계승 비본〉의 정보에 의하면, 산의 백성은 몇 개의 마을에 흩어져 있는 1,000명이 안 되는 부족이라고 한다.

그렇다면 진짜 전사는 많아 봤자 100명 정도일 것이다. 용병대 본대의 적수가 되지는 못한다.

그러나 문제는 부대의 사기였다.

이번에는 국왕 수색이 공식적인 임무이므로 용병들로서는 약탈할 기회가 없었다. 교전 가능성이 낮은 것은 좋은데, 원정이란 것은 늘 위험이 따르기 마련이다.

'사기를 높여줄 미끼가 필요해.'

자카르는 재빨리 그런 판단을 내렸다. 그리고 모두에게 들리도록 크게 외쳤다.

"전원, 들어라! 이제 곧 산의 백성의 마을에 도착한다! 그 녀석들은 크월인이 아니고, 여기는 크월의 법에서 벗어난 장소이다! 자, 알았지?"

용병들이 술렁거렸다. 현지에서의 습격 허가가 난 것이다.

자카르는 계속해서 이야기했다.

"듣자니 산의 백성의 여자들은 하나같이 미녀라고 하던데? 구릿빛 피부를 지닌 야성적인 여자들이라고 했어."

"우와……."

용병들이 히죽 웃었다.

자카르도 웃었다.

'실제로는 어떤지 모르지만. 뭐, 상관없어. 내가 군신이 되면 이 녀석들의 충성 따위는 필요 없어질 테니까.'

만약에 군신이 되는 데 실패하면 어쩔까. 자카르는 잠시 생각해 봤다.

그러나 더 이상 물러설 곳이 없었다.

'군신이 되느냐, 죽느냐.'

될 대로 되라는 심정으로 자카르는 부하들에게 이렇게 말했다.

"앞으로 한동안 국왕 수색이라는 명목으로 변경을 실컷 휘젓고 다니자."

"그건 곤란해."

낯익은 목소리가 저 앞쪽에서 들려왔다.

그쪽을 보니, 용병들의 앞길을 가로막는 것처럼 한 남자가 서 있었다.

자카르는 믿을 수 없다는 심정으로 무의식중에 소리를 질렀다.

"바이트?! 왜 여기에?!"

그러나 바이트는 대답하지 않고 진심으로 한심해하는 것처럼 한숨을 쉬었다.

"거미줄을 스스로 끊었구나. 자카르."

"거미줄?"

크월인은 '거미줄*'이 무엇인지 모를 것이다.

그러나 바이트가 적대적 의도를 가지고 있다는 것은 자카르도 즉시 이해할 수 있었다.

"저놈을 죽여!"

"이봐, 잠깐만!"

바이트가 손을 내밀어 제지했지만, 자카르는 검을 뽑아 들고 돌격을 명했다.

'이 정도로 전력 차이가 나면 상대가 인랑이어도 이길 수 있어! 몇 명이 죽든 상관없어!'

저 괴물이 살아 있는 한, 나는 어디로도 도망칠 수 없다. 자카르의 본능이 분명히 그 사실을 가르쳐주고 있었다.

바이트는 도망치지 않는다.

그는 등에 지고 있던 지팡이를 뽑아 들었다.

'저게 뭐야……?'

정체 모를 공포가 자카르의 경계심을 자극했다.

그 직후, 땅거미가 지는 숲이 대낮처럼 밝아졌다.

"끄악!"

"윽, 눈부셔!"

---

*아쿠타가와 류노스케의 〈거미줄〉이라는 단편소설에서 부처님은 지옥에 떨어진 어느 죄인에게 구원의 '거미줄'을 내려주지만, 그 거미줄을 타고 올라오던 죄인이 혼자만 살려고 욕심을 부린 순간 거미줄은 뚝 끊어져버린다.

"으아아악?!"

앞쪽에서 연달아 비명이 터져 나오더니 기수들이 줄줄이 낙마했다. 말도 쓰러져서 뒤따라오던 기마들도 이에 휩쓸렸다.

"뭐야?! 무슨 일이 일어난 거야?!"

자카르는 위험을 감지했지만, 그냥 그대로 말을 몰았다.

뒤따라오는 기마가 계속 돌진하고 있으므로, 여기서 멈추면 격돌해버릴 것이다. 게다가 '지금 멈추면 죽는다'는 용병의 직감도 발동했다.

그 직후에 대열의 앞뒤가 대낮보다 더 밝아졌다.

"끄억!"

"크아앗!"

여기저기서 비명 소리가 들려왔다. 그와 동시에 말들이 패닉 상태에 빠졌다. 군마가 아닌 말들은 섬광에 깜짝 놀라서 기수들의 말을 듣지 않게 되었다.

"으아악?! 워, 워!"

"이봐, 부딪치지 마!"

"너야말로!"

자기들끼리 싸울 때가 아닌데 여기저기서 혼란이 발생하고 있었다.

그러는 동안에도 멀쩡한 기병들이 점점 줄어들었다.

자카르는 말을 달리면서 목격했다. 기병들의 머리나 어깨가 부서지는 광경을.

"위! 위에서 뭔가 떨어지고 있어! 흩어져!"

그 말을 증명하는 것처럼 주위에 빛의 띠가 쏟아져 내렸다. 마치 유성처럼.

"흐이익!"

"도망쳐! 숲속으로 들어가!"

기병들 몇 명이 길에서 벗어나 숲속으로 도망쳐 들어가려고 했다.

그런데 말이 돌연 뭔가에 겁먹은 것처럼 그 자리에서 딱 멈춰버렸다.

"야, 뭐해, 움직여!"

"으아악!"

머리 위에서 쏟아지는 빛이 용병들을 쓰러뜨렸다.

'이게 무슨 일이야?! 단순히 머리 위에서 신병기로 공격당하고 있는 게 아니잖아?!'

길에서 벗어난 숲속에도 복병이 있는 것 같았다.

도대체 어느 정도의 전력이 숨어 있는 걸까. 전혀 알 수 없었다.

머리 위에서 쏟아지는 빛은 산발적이었는데, 그 섬광 때문에 눈앞이 아찔했다. 말이 겁먹는 바람에 반격도 도주도 제대로 할 수 없었다.

지옥처럼 변해버린 숲속. 그러나 자카르의 군마는 그 위기를 견뎌내고 다른 기마들을 뛰어넘으면서 달렸다.

대충 봤을 때 유효한 아군 전력은 전혀 없었다. 생존자는 아직 그럭저럭 있었지만, 말을 제어하지도 못했고 애초에 기수 본인이 완전히 전의를 상실해버렸다.

'이 쓸모없는 놈들!'

차례차례 쓰러져 가는 용병들을 방패로 삼거나 미끼로 이용하면서 자카르는 그대로 달려 나갔다.

바이트 주위에는 호위병이나 후속 부대는 없었다. 아마도 적 전력의 대부분은 나무 위나 좌우의 숲속에 숨어 있을 것이다.

이제 안전한 퇴로는 후방밖에 없지만, 그것은 바이트도 다 알고 있을 것이다. 퇴로는 차단됐다고 봐야 할 것이다.

'그렇다면 바이트의 옆을 통과하면 돼!'

바이트는 정체불명의 무기로 맹렬한 사격을 하고 있었다. 돌격하는 기병들은 눈 깜짝할 사이에 쓰러져 갔다.

자카르는 혼란에 빠진 기병들을 방패로 삼아 그 옆을 통과했다.

'해냈다!'

바이트는 자카르의 존재를 눈치챈 듯했지만, 용병들을 공격하느라 몸을 돌리지는 못했다.

자카르가 노린 것이 그것이었다.

"앗, 기다려!"

"야, 대장. 한 명 도망쳤는데?! 저거 자카르잖아?!"

등 뒤에서 바이트가 아닌 누군가의 목소리가 들려왔다. 빛줄기 몇 발이 날아왔다. 그러나 자카르에게는 명중하지 않았다.

'역시 나는 행운을 타고났어…… 아니, 천명을 받은 거야.'

위험한 순간에 발휘되는 행운이 자카르에게 용기를 불어넣었다.

전장의 시끄러운 소리가 점점 멀어지더니 밤의 어둠이 주위를 감쌌다. 자카르는 비본을 통해 알아낸 지도의 기억을 더듬으면서 준마를 몰았다.

산 중턱에 우뚝 솟아 있는 오래된 돌로 된 신전.

오르막길을 계속 달리게 했기 때문일까. 마침내 군마가 거품을 물고 쓰러졌다.

자카르는 그 말을 버리고 신전 문으로 뛰어갔다.

'드디어 왔다!'

이제는 신전 안에 안치된 '군신의 보주'만 빼앗으면 된다.

"이것이 너의 선택이냐, 자카르."

그 목소리는 등 뒤에서 들렸다.

"앗?!"

당황하여 뒤를 돌아봤더니, 그곳에는 슬픈 표정의 바이트가 서 있었다.

"어, 언제 쫓아온 거야?!"

"인랑을 피해 도망칠 수 있다고 생각하지 마라. 인랑들은 수백 년, 수천 년 동안이나 인간을 사냥해 왔으니까."

바이트는 신전의 돌계단을 밟고 천천히 올라왔다.

자카르는 검을 들었지만, 바이트는 돌계단을 올라오면서 서서히 변신하고 있었다.

밤의 어둠보다도 더 까만 털로 뒤덮인 무시무시한 인랑으로.

어느새 빛나기 시작한 보름달이 그 모습을 비춰주고 있었다.

"이곳에는 군신의 보주 같은 것은 없어. 이곳은 산의 백성이 재판을 할 때 사용하던 신전이다. 가짜 비본을 보고 속아 넘어갔구나. 자카르."

"뭐?!"

자카르는 전투태세를 취하려고 했지만, 눈앞에 서 있는 인랑의 박력에 압도되고 말았다. 아무리 봐도 승산은 없었다.

더구나 주위에는 다른 인랑들도 모여들고 있었다. 수십 마리는 되는 것 같았다.

그에 비해 자카르는 혼자였다.

"여기가 네 야심의 종점이다."

검은 인랑이 그렇게 선고하자, 인랑들이 일제히 포효했다.

*　　*

나는 자카르에게 크월 법전청의 포박 명령서를 보여줬다.

"국왕 암살 혐의로 너를 체포한다."

"젠장……."

자카르는 신음했다. 자신이 사회적으로 말살됐다는 사실을 이해했기 때문이리라.

그는 더 이상 왕도로 돌아갈 수 없고, 크월의 법이 미치는 범위 내에서는 사회적 지위를 얻을 수도 없다. 완전히 끝난 것이다.

인랑들이 자카르를 연행해 갔다.

그때 워드 영감님 일행이 돌아왔다.

"전장 검사를 끝내고 왔다. 운이 나쁜 놈들이 몇 명 살아 있었어."

의아해진 나는 워드 영감님에게 물어봤다.

"운이 나쁜 건가요?"

그러자 워드 영감님은 쓴웃음을 짓더니 살짝 한숨을 쉬었다.

"구해줄 방법이 없으니까. 용병 시절에 비슷한 녀석을 여러 명 봤는데, 그건 답이 없어. 바이트, 너도 잘린 팔다리를 고쳐주진 못하잖아?"

"……아, 하긴."

나는 강화술사이지 치유술사가 아니다.

잘린 팔다리를 재생하는 것은 당연히 불가능하고, 과다 출혈이 발생하면 그걸로 끝이다.

외과적인 치료는 상처 부분을 소독하고 막아주는 것이 고작이라, 대량 수혈이 필요한 환자는 구해줄 수 없었다.

그 후 곧바로 포로들이 전원 사망했다는 보고가 들어왔다.

마격총은 위력이 지나치게 강했다. 위력을 줄이면 사정거리도 짧아지는 물대포 같은 무기이기 때문에 구조적으로 그건 어쩔 수 없었다.

그때 워드 영감님이 나직하게 중얼거렸다.

"네가 그 마격총이라는 무기를 좀처럼 사용하려고 하지 않는 이유를 이번에 제대로 알게 되었다."

"어, 갑자기 그게 무슨 말씀이세요?"

"이번에 우리는 500명 가까이 되는 인간들을 48명이서 공격했다. 열 배 이상이나 차이가 났어."

워드 영감님은 밤하늘의 보름달을 우러러봤다.

"열 배나 되는 무장 병사들을 공격하면, 아무리 우리가 인랑이어도 몇 명은 죽을 수밖에 없어. 그런데 이번에 우리는 전원 다치지도 않았다. 덤으로 적은 한 명도 놓치지 않았고."

"그러게요."

인랑으로 변신해서 적의 머리 위에서 마격총으로 마구 소사했다.

우리는 상대의 모습을 완벽하게 볼 수 있었고, 상대의 검과 창은 여기까지 닿지 않았다.

워드 영감님은 얼굴에 있는 오래된 상처를 쓰다듬었다.

"그건 싸움이라고 할 수도 없어. 단순한 살육…… 아니, 도살이다. 가축을 죽이는 것과 다름없어."

노병의 음성에서는 어쩐지 깊은 슬픔이 느껴졌다.

"마격총은 편리하고 강해. 이놈은 미래의 전쟁을 완전히 바꿔놓을 거야. 그런데 나는 왠지, 이 무기한테 이용되는 듯한 느낌이 들었어."

그런가…….

워드 영감님은 자신이 메고 있는 표준형 마격총을 가볍게 두드리더니 또다시 탄식했다.

"앞으로는 서로 이런 무기를 들고 쏘아대는 시대가 오는 거겠지? 난 이런 무기로 사격을 하기도 싫고, 당하기도 싫구면."

이어서 그는 웃었다.

"난 어쩌면 용병으로선 가장 행복한 시대에 싸워왔던 걸지도 모르겠다."

"행복한 시대라고요……."

나는 도저히 전쟁과 행복을 하나로 묶을 수가 없는데, 인랑다운 가치관이라는 생각은 들었다.

이윽고 산의 백성들이 전장 확인을 마치고 이곳에 모였다.

"500이나 되는 기마를 순식간에 몰살시키다니…….

"게다가 인랑 측은 다치지도 않았잖아?"

"우리가 좀 과소평가했었나 봐…….

원로들의 그런 대화가 은근히 들려와서 나는 속으로 만족스럽게 웃었다.

죽은 용병들에게는 미안하지만, 이번 전투는 산의 백성들 앞에서 '미랄디아 마왕군'의 능력을 과시하는 데 도움이 된 것 같았다.

마족은 실력주의이므로 강자를 우대한다.

좋아, 어쩌면 내가 예정했던 '제일 뻔뻔한 계획'을 실행할 수 있을지도 모르겠군.

하지만 그 전에 자카르를 어떻게 할지 결정해야 할 것이다.

산의 백성의 원로들이 나에게 말했다.

"바이트 님. 이 땅을 어지럽히는 도적들을 퇴치해 주셔서 감사합니다."

"아뇨. 근본적으로는 그들에게 왕가의 비밀을 들켜버린 저희가 잘못한 겁니다. 부디 신경 쓰지 마십시오."

실은 들켜버린 것이 아니라 일부러 가르쳐줘서 자카르를 카얀카카 산으로 몰아넣은 것이지만, 그 사실은 비밀로 하자.

산의 백성들은 자카르를 쳐다봤다.

"이 남자의 발언도 뒤에서 들었소. 우리를 모욕하고 얕보더군. 우리는 평지의 백성을 친구로 여기는 일족이지만, 이놈은 그럴 마음이 없소."

"신용할 수 없고."

"게다가 약하기까지 해."

누군가가 쓸데없는 소리를 하는 바람에 자카르가 발끈했다.

"뭐라고?! 나는 불패의 용병대장, 자카르이다!"

"방금 졌잖아."

"약했지."

진짜로 꼬박꼬박 사족을 붙이는 녀석들이 있구나.

그렇게 생각하면서 힐끔 그쪽을 봤더니, 그것은 산의 백성이
아니라 우리 인랑들이었다. 자카르의 악행을 실컷 지켜봐왔기 때
문에 인랑들도 쌓인 것이 있었나 보다.

그래, 이해는 한다.

자카르는 산의 백성을 향해 더없이 진지한 표정으로 떠들어댔다.

"이제 와서 살려 달라고 빌지는 않겠다! 하지만 나는 약하지 않
아! 전쟁 지휘 면에서도, 또 전장에서의 칼싸움에서도 나를 이기
는 녀석은 없어! 나야말로 진정한 전사이다!"

"흐음……."

산의 백성들은 서로 얼굴을 마주 봤다. 어쩔까 하고 망설이는
눈치였다.

그래, 곤란하겠지.

그런데 산의 백성은 명예를 중시하는 일족이었다. 원로들은 아
주 잠깐 눈짓으로 의사소통을 마친 후 '그럼 그걸로 할까?'란 분
위기로 결론을 내렸다.

"좋아, 그렇다면. 자카르여. '신판결투(神判決鬪)'로 무용과 명예를 증명해라."

"뭐?"

자카르는 미간을 찌푸렸다.

그러자 원로가 이야기했다.

"예로부터 카얀카카에서는 '본디 얻을 수 없는 권리'를 얻기 위한 수단으로서 '신판결투'가 이용되어 왔다."

원로는 달빛을 받아 드러난 신전의 돌바닥을 가리켰다.

"이 고대의 신전이 바로 그 신판결투의 장소이다. 전사로서의 명예를 회복해 봐라. 그러면 자네도 살 것이다."

그렇게 말한 뒤 원로는 피식 웃었다.

"뭐, 할 수 있으면 한번 해봐."

규칙을 듣고 나서 나는 자카르의 시중꾼 역할을 맡기로 했다.

"야, 너 무슨 속셈이야?"

자카르의 말에 나는 한숨을 쉬었다.

"너를 파멸로 몰아넣은 장본인으로서, 마지막 책임을 다하려는 거다."

"마지막?"

"그래, 마지막. 네가 살아남을 방법은 없어. 결투 형식을 취하고 있지만, 지금부터 시작되는 것은 처형이다."

이전 세계의 아즈텍에는 다양한 인신 공양 의식이 있었는데, 그중에는 결투 형식도 있었다고 한다.

산 제물의 다리에는 무거운 돌덩이를 묶어놓고 무기 대신 꽃다

발, 방패 대신 새털 장식을 들게 한다. 전투력은 거의 0이다.

한편 '대결 상대'는 엄선된 전사이다. 그는 완벽하게 무장하고 등장한다. 결과는 불 보듯 뻔했다.

이것도 그런 타입의 결투였다.

그러나 자카르는 그것을 몰랐다.

"인랑이면 또 몰라도, 상대는 한낱 야만족이잖아? 그것도 맨손으로 싸우는 일대일 대결. 내가 질 만한 요소가 있어?"

거기서 이길 만한 요소가 있으면 나한테 좀 가르쳐줬으면 좋겠는데, 나는 결투에 관해서 더 이상 자세히 설명할 권리가 없었다. 그래서 입을 다물었다.

실은 자카르에게 하고 싶은 말이 엄청나게 많았다.

도대체 왜 국왕과 자기 부하를 죽였을까. 그들을 죽이지 않고 좀 더 나은 결과를 얻는 방법도 있었을 것이다.

애초에 왜 자기 혼자만 이득을 보려고 하는 걸까.

그걸 좀 물어보고 싶었는데, 내 입에서 튀어나온 것은 전혀 다른 말이었다.

"아무리 애써봤자 너는 왕이 될 수 없어."

"뭐야? 뜬금없이 무슨 소리를……."

"자신의 이익밖에 생각하지 않는 남자는 왕이 아니야. 진정한 왕은 돈도, 목숨도, 명예도, 지위도, 전부 다 원하지 않는 남자이다."

그러자 자카르는 냉소했다.

"그렇게 욕심 없는 남자가 과연 왕이 되려고 할까?"

"음, 그렇군. 하지만 나는 딱 한 명, 그런 왕이 있었다는 것을 알아."

내 뇌리에 그 모습이 떠올랐다. 서재에서 답답하게 몸을 구부린 채 책을 쓰고 있는 프리덴리히터 님의 옆얼굴이.

그는 오로지 남을 위해서만 일했고, 남의 행복만 추구했고, 남을 위해 싸우다가 죽었다.

그것이야말로 진정한 왕이다. 나로선 도저히 흉내도 낼 수 없었다.

나는 일어났다. 그리고 체력 온존을 위해 앉아 있는 자카르를 내려다봤다.

"나는 진정한 왕이 어떤 존재인지 알아. 그러니까 나는 나 자신이 왕의 그릇이 아니라는 것도 알아. 나는 아무리 애써도 결국 '마왕의 부관'이다."

고요한 분노를 담아서 나는 자카르에게 고했다.

"너는 왕의 그릇이 아니야. 부관조차 이기지 못한 남자가 어떻게 왕이 될 수 있겠어?"

자카르는 불쾌한 듯한 표정으로 일어나더니 나에게 검대(劍帶)를 획 던졌다.

"지금은 그런 학자 같은 토론은 필요 없어. 다 끝난 다음에 들으마."

정확히 그때 투기장 쪽에서 자카르를 부르는 소리가 들렸다.

"도전자여, 입장해라!"

자카르는 고개를 돌리더니 나를 향해 자신만만하게 웃었다.

"고맙다, 바이트. 혹시 내가 여기서 지더라도, 죄인이 아니라 전사로서 죽을 수 있으니까. 왕도 엔칼라가에서 효수를 당하는 것보다는 훨씬 나아."

"네가 그렇게 죽는 방식에 신경 쓰는 남자인 줄은 몰랐어."

"나는 끝까지 나답게 살 거다. 누구를 짓밟든 간에, 나는 나야."

그렇게 말하더니 자카르는 걸음을 뗐다.

투기장은 로마의 콜로세움과 비슷했다. 규모는 훨씬 작았지만, 관중석도 있었다.

투기장에서는 화톳불이 성대하게 타오르고 있었다. 거기에 달빛까지 더해져서 꽤 밝았다.

결투장이 될 돌바닥 위에서 누군가가 자카르를 기다리고 있었다. 맨살을 훤히 드러낸 여자 한 명이었다. 아, 저 여자. 분명히 크메르크 부관을 잡아 온 사람이었지.

자카르는 웃었다.

"맨몸인 여자 하나가 결투 상대인가?"

그러자 그 여자는 요염하게 미소를 지었다.

"상대가 맨몸인 남자 한 명이니까요."

그러더니 그녀는 전사의 예법에 따라 이름을 댔다.

"나는 카얀카카의 백성, 오른테의 자식, 엘메르지아!"

"자칸의 아들, 자카르이다."

"자칸?"

엘메르지아라고 이름을 밝힌 여성은 피식 웃었다. '자칸'은 크월의 마지막 군신의 이름이었다.

엘메르지아는 스르륵 허리띠를 풀었다. 그리고 양팔을 좌우로 넓게 펼쳐서 무용을 하는 듯한 포즈를 취했다.

"재미있는 사람이네. 마음에 들어."

"그래? 점점 더 마음에 들게 해주마."

자카르는 나직한 목소리로 대꾸하더니, 자세를 낮추고 몸을 비스듬히 틀면서 전투태세를 취했다. 전장에서 갑주를 입은 전사를 쓰러뜨릴 때의 포즈였다.

그 순간 장로가 선언했다.

"시작해라!"

나는 자카르의 죽음을 지켜보기로 했다.

엘메르지아는 돌바닥을 박차고 날아오르더니 공중에서 변신했다.

황금색과 검은색 털로 뒤덮인 호랑이 수인(獸人)으로.

전설상의 존재라고 알려진 마족 '인호(人虎)'였다.

"크아아아아!"

인호가 허공에서 돌려차기를 했는데, 자카르는 아직 꼼짝도 하지 않았다. 인간의 동체시력으로는 포착이 불가능했기 때문이다.

인호의 다리가 밤의 어둠 속에서도 선명하게 원호를 그리면서 자카르의 머리에 명중했다.

불쌍한 야심가의 머리는 죄 많은 피와 뇌수를 흩뿌리면서 박살났다.

그의 야심은 이제 두 번 다시 꿈틀거리지 않을 것이다.

부디 편히 잠들기를.

착지했을 때는 엘메르지아는 아까처럼 인간 형태로 돌아와 있었다. 귀신같이 빠른 솜씨였다.

미리 허리띠를 풀어놨으므로 그녀의 옷은 찢어지지 않았다. 다소 흐트러지긴 했지만.

머리통이 사라진 남자의 몸뚱이가 털썩 하고 돌바닥 위에 쓰러졌다.

"승자, 엘메르지아!"

산의 백성의 커다란 환호성 속에서 나는 조용히 자카르의 명복을 빌었다.

이리하여 자카르와 그의 용병대는 멸망했다. 남은 녀석들은 다 시시한 피라미들인데, 전원 왕도에서 왕가의 관리를 받고 있었다.

자카르를 매장시킨 인호 엘메르지아에게 나는 웃으며 말했다.

"고생하셨어요. 엘메르지아 님."

"아뇨, 폐하의 원수를 직접 갚아서 만족합니다. ……물론 만난 적은 없지만요."

생긋 웃는 갈색 피부의 미인.

나는 그녀에게 질문을 해봤다.

"왕가에 전해 내려오는 비본을 보면, 당신들 인호 일족이 왕가의 수호자라고 하던데요. 그 이유는 뭡니까?"

엘메르지아는 웃는 얼굴로 대답해줬다.

"크월 왕가의 초대 국왕은 군신의 보물을 같이 회수하러 다녔던 동지였기 때문이지요."

과거에 크월 지역에서는 군신, 즉 용사나 마왕이 난립했었다고 한다.

당연히 제대로 된 국가 따위는 존재하지 않았다. 군신이 10만 군대조차 가볍게 쓸어버리는 데다가 군신들끼리 대립하고 있었기 때문이다.

군신 중 누군가가 국왕이 되어도 금방 군신들끼리 전쟁을 벌이게 된다.

이제 막 생겨난 국가는 쑥대밭이 되어버린다.

그런 일이 쭉 반복됐다.

그리고 그 현실을 안타깝게 여기는 한 영웅이 있었다.

그가 인간이었는지 마족이었는지는 잘 모르겠지만, 아무튼 그는 동지들을 모아서 '군신의 보물'을 회수하기 시작했다.

어쩌면 그 자신이 군신이었을지도 모른다.

이제 와서는 아무도 모르는 일이다.

수십 년이라는 세월이 흐르고 수많은 싸움과 희생 끝에, 크월에 흩어져 있던 군신의 보물은 모두 회수되었다.

그와 동시에 각지의 군신들도 토벌됐다. 일부 군신은 저항하지 않고 영웅의 동지로서 함께 싸웠다고도 한다.

장렬한 싸움이었을 것이다.

무사히 싸움이 끝난 뒤, 영웅은 모두가 안심하고 살 수 있는 나라를 건국했다.

이것이 크월 왕가의 시초였다.

"싸움이 끝난 뒤, 우리 인호족은 원래 살던 영역인 메지레의 원류로 돌아왔습니다. 그다음부터는 쭉 보물을 관리하게 되었지요."

크월에 통일 국가가 탄생하고 더 이상 군신과 관련된 다툼이 거의 발생하지 않게 된 것은, 왕가와 산의 백성 덕분이었나 보다.

역사를 알면 알수록 크월 왕가의 존속을 바라는 마음이 강해졌다.

그런데 나로서는 적어도 용사 제조 장치는 회수해 두고 싶었다.

방금 들은 이야기에 의하면 보물은 하나가 아니었다. 아마도 꽤 많을 것이다.

그리고 보아하니 인호족은 그다지 많지 않았다. 산의 백성은 1,000명도 안 되니까, 수만 명의 병사들이 몰려오면 어찌 될지 알 수 없었다.

자카르 같은 녀석이 제후의 군사를 총동원해서 쳐들어올 경우, 산의 백성들의 힘만 가지고는 막아내지 못할 가능성이 있었다.

그런 경우에는 군신의 보물이 몇 개나 세상에 흩어져버릴 것이다. 너무 위험했다.

그래서 나는 은근슬쩍 말해봤다.

"여러분이 보물을 끝까지 지킬 수 있을까요?"

"그게 무슨 뜻입니까? 바이트 님."

엘메르지아의 얼굴에서 웃음기가 사라졌다.

그녀 주위에 서서히 인호들이 모여들었다.

나는 마격총을 보여줬다.

"이것은 머나먼 북부의 제국에서 인간들이 만들어 낸 무기입니다. 이 무기를 가진 수만 명의 병사들이 쳐들어왔을 때, 당신들은 보물을 지켜낼 수 있습니까?"

"그런 병력은……."

엘메르지아가 할 말을 잃자, 다른 인호들도 고개를 절레절레 흔들었다.

"있을 수 없는 일이에요. 생각해봤자 소용도 없어요."

"크로스보우도 수만 개나 모으는 것은 몹시 어려운 일이야. 그렇게 복잡한 무기를 잔뜩 준비한다는 것은 불가능하다고 생각해."

그들의 주장은 논리 정연했지만, 나는 인간이라는 생물의 무서움을 잘 알고 있었다.

이전 세계에서 인류가 가졌던 군사력은 이렇게 귀여운 수준이 아니었다.

그래서 필사적으로 호소했다.

"물론 지금은 그럴지도 모르죠. 하지만 인간들은 언젠가 반드시 그것을 해낼 겁니다. 인간을 만만하게 보지 마세요."

"네? 아니, 그래도……."

여전히 믿어주지 않는 그들에게 나는 계속해서 호소했다.

"그들 한 명 한 명은 무력하지만, 인간 전체는 군신에도 필적하는 위대한 능력을 가지고 있습니다."

그러자 인호 장로가 입을 열었다.

"바이트 님. 당신은 우리 인호의 능력을 무시하는 겁니까?"

"절대 아닙니다."

나는 고개를 흔들었지만, 그와 동시에 가볍게 도발을 해보기로 했다.

"하지만 인간의 능력을 얕본다면 인호족도 멸망하게 될 겁니다. 인랑도 예전에는 멸망하기 직전까지 갔었어요."

그런데 여기서 예상외의 반응이 튀어나왔다.

"뭐, 그럴 수도 있죠. 인랑은 약하니까."

"맞아, 인호가 더 강하잖아."

뭐라고?

"실례지만, 방금 뭐라고 하셨습니까?"

"아니, 그게. 당연히 호랑이와 늑대를 비교하면 호랑이가 더 강하잖아요?"

인호족 젊은이가 약간 미안해하면서 그렇게 대답했다.

그 모습을 본 순간. 내 안의 무언가가 "아우우―!" 하고 울부짖었다.

이 자식, 배짱 좋구나. 나는 빙그레 웃었다.

"인랑이 인호보다 약하다고요?"

"앗, 이거 재미……가 아니라, 위험한 분위기가 됐네?"

멀리서 구경하던 몬더가 총총히 다가왔다. 다른 인랑들도 불온한 상황을 눈치챘는지 우글우글 모여들었다.

나는 시야 가장자리에 언뜻 보이는 그 광경을 확인하면서 일단 인랑으로서 오해를 풀어보려고 했다.

"인랑과 인호의 능력은 거의 호각입니다. 집단 전투에서는 어쩌면 우리가 더 나을 수도 있어요."

"에이, 그럴 리가?"

"늑대가 무리를 지어봤자 호랑이는 쉽게 못 이길 텐데……."

어휴, 진짜. 이 벽창호들 같으니.

"아니, 잠깐만. 우리는 변신을 해도 머리 아래쪽은 대체로 인간의 골격이 그대로 남아 있잖아. 체격도 거의 비슷하고. 그런데 왜 호랑이와 늑대 이야기를 하고 있는 거야?"

"응? 저기, 그렇게 어려운 말을 해 봤자 잘 몰라."

"맞아, 맞아."

이놈들은 안 되겠다. 결국 마족은 마족인 것이다.

"이해력이 부족한 녀석들이 많은 것 같군."

나는 망토를 거칠게 벗어서 등 뒤의 몬더에게 휙 던졌다.

"당신들은 절대로 인랑을 이길 수 없어. 왜냐하면 나 혼자서도 당신들을 전부 쓰러뜨릴 수 있으니까."

"뭐라고?!"

인호들이 나를 에워쌌다.

인랑들도 끼어들려고 해서 여기저기서 몸싸움이 발생했다. 결국 마지막에 설득력을 발휘하는 것은 '힘'인 걸까.

나는 투기장 돌바닥을 가리키면서 큰 소리로 외쳤다.

"인랑의 명예를 지키고 군신의 보물의 소유권을 얻기 위하여 신판결투를 요구한다! 누구든 상관없어. 나와 싸우자!"

인랑들이 눈을 휘둥그렇게 떴다.

"야, 바이트으으읏?!"

"바이트 군?!"

"아하하, 대장의 고질병이 또 도졌네."

"몬더, 웃지만 말고 대장을 말려!"

왜 너희들이 그렇게 난리를 치는 거야?

그때 인호족의 장로가 난처한 표정을 지었다.

"바이트 님, 신판결투는 장난이 아닙니다. 패배하면 죽을 수도 있어요. 게다가 군신의 보물의 소유권까지 건다면, 결코 일대일 결투로는 해결될 수 없을 겁니다."

장로는 한숨을 쉬었다.

"도전자는 보물을 끝까지 지켜낼 힘이 있다는 사실을 증명해야만 하니까요. 적어도 세 명은 동시에 상대해 주셔야 합니다."

나는 홋 하고 웃으면서 장로에게 말했다.

"인호 세 명을 상대하는 것 정도로는 충분한 힘을 보여줬다고 할 수 없겠지요. 100명을 동시에 상대하겠습니다."

"100······?!"

온후해 보이는 장로도 이 한마디에는 울컥한 것 같았다.

"좋소! 그럼 원하시는 대로 해드리지요! 즉시 준비해라! 전사 100명을 모아 와!"

좋아, 오랜만에 일이 재미있어졌군.

여기저기 있는 마을에서 실력 있는 전사들이 100명이나 선발되어 이곳에 모였다.

그중에는 엘메르지아도 있었다. 의외로 이 여성이 인호족 최강의 전사라고 한다.

"바이트 님이 무슨 생각을 하는지 전혀 알 수가 없네요······."

곤혹스러워하는 엘메르지아. 그러자 내 주위의 인랑들도 입을 모아 투덜거렸다.

"맞아, 맞아."

"대장, 도대체 무슨 생각을 하는 거야?"

"그야 뭐, 이 정도는 이길 수 있을 테지만……."

그들은 다른 의미에서 곤혹스러워하고 있었다.

그중에서도 특히 걱정하는 것이 판이었다. 판은 나에게 몇 번이나 다시 물어봤다.

"바이트 군, 진짜로 이길 수 있어? 틀림없이 이기는 거야?"

판은 내가 결혼하고 나서는 꼬박꼬박 '바이트 대장님'이라고 불러줬는데, 지금은 당황해서 그런 배려조차 잊어버린 것 같았다.

"바이트 군에게 무슨 일이라도 생기면, 아일리아 씨에게 어떻게 보고하란 말이야?!"

"의외로 걱정이 참 많네."

"이 상황에서 어떻게 걱정을 안 해?!"

오랜만에 혼났다. 나는 쓴웃음을 지었다.

"괜찮아. 인호 100명보다도 만신창이가 된 용사 아세스가 더 강하니까."

"대장, 그건 비교 대상이 이상하잖아?!"

제릭한테도 혼났다.

하지만 그 사투를 경험한 다음부터는, 어느 누구와 싸워도 위기감이 별로 느껴지지 않는단 말이지…….

한편 몬더는 기대에 부풀었나 보다. 나를 향해 엄지를 척 치켜들었다.

"대장, 기대할게."

"응, 나만 믿어."

"혹시 죽으면, 죽여 버릴 거야."

"으, 응."

방금 몬더는 좀 무서웠다.

준비가 끝나자 나는 100명의 산의 백성들과 돌바닥 위에서 서로 마주 섰다.

그 공간에 다 들어오지 못한 녀석들이 주위에 우글우글 모여 있어서, 나는 시합 개시 전부터 그들에게 포위된 상태였다. 보통은 여기서 몰매를 맞을 것이다.

그때 엘메르지아가 생긋 미소를 지었다.

"저기요, 당신. 마술사이지?"

"응."

엘메르지아의 미소가 한층 더 커졌다.

"실은 나도 그래."

뭐라고?

엘메르지아는 양팔을 펼치더니 밤하늘의 보름달을 우러러봤다. 고대어 주문 영창이 시작됐다.

『정적의 달빛이여, 우리에게 승리를 선사하라! 우리의 적을 해치울 힘과 용기를 다오!』

아, 이건 나의 '블러드 문'과 같은 계통의 마법이다.

이른바 전체 강화용 마법. 신체능력 전반을 조금씩 향상시키는 것이다. 인랑처럼 기초능력이 뛰어난 종족에게 이 마법을 걸어주면 효과가 매우 좋았다.

엘메르지아가 기도함과 동시에 산의 백성들이 변신하기 시작했다.

"우워어어어어!"

"좋아, 좋아아아!"

"해치워버리자아아아아아!"

갈색 피부의 전사들이 황금색과 검은색 수인으로 변해갔다.

아……. 곤란하네. 이러면 계산이 좀 안 맞는데.

엘메르지아와 그 주위에 있는 인호들이 히죽 웃었다.

"어때요, 각오는 했어?"

"어, 잠깐만."

나는 마음이 급해졌다. 이건 미리 사과해 두는 편이 나을지도 모른다.

"미안. 적당히 봐주면서 할 만한 여유가 없어졌어."

"뭐라고?!"

"이 자식이!"

"됐어, 그냥 죽여!"

인호들이 이를 드러내면서 총알처럼 빠르게 사방에서 이쪽으로 쇄도했다. 파괴적인 폭력의 폭풍이었다.

적당히 봐줄 만한 여유가 없다고 말했잖아. 말이 안 통하는 놈들이구나.

물론 나도 등 뒤에서 날아오는 공격은 피하기 어려웠지만, 딱

딱해지는 마법으로 타격을 최소한으로 줄일 수 있었다.

또 '강심(强心)'의 술법도 병용하고 있으므로 뇌진탕 등으로 인해 실신할 염려도 없었다.

"으악?! 이 녀석의 머리가 바위보다 더 단단한데?!"

"뭐야, 공격이 전혀 안 통하잖아?!"

등 뒤에서 동요하는 인호. 나는 주먹을 뒤로 휘둘러 그를 쓰러뜨리고, 뒤돌려차기로 또 한 명을 해치웠다.

인호들은 100명 있었지만, 전원 동시에 공격하는 것은 불가능했다. 대부분은 뒤에서 자기 차례를 기다리고 있었다.

게다가 그들은 타이밍을 잘 조절하지 않고 마음 내키는 대로 공격해 왔다.

이런 점에서는 인랑이 더 교활하구나. 인랑들은 타이밍 맞춰 공격하고, 또 눈속임 역할과 공격 역할을 분담하는데.

나는 이따금 가벼운 펀치나 킥 공격을 당하면서도 화려하게 인호들을 때려눕혔다.

진지한 싸움이었지만, 이것은 목숨을 건 혈투는 아니었다.

과거에 마왕군에서는 사단(師團)들끼리 대립했기 때문에 자주 다른 사관과 싸웠었는데. 그렇게 싸워도 뒤끝이 없는 것이 마족의 장점이었다.

그런 것을 떠올리니까 갑자기 무척 그리워졌다.

"으하하하하!"

그때 그 시절이 생각나서 나도 모르게 악당처럼 웃음을 터뜨리고 말았다.

그리고 깜짝 놀라 주춤하는 인호를 확 때려눕혔다.

"뭐야, 이놈은?!"

"웃고 있잖아?!"

"조심해, 엄청 위험한 느낌이 들어!"

인호들이 좀 질린 것처럼 보이는데. 이유가 뭘까?

너희들도 다 마족이니까 이런 것은 좋아하잖아?

나도 싫어하지는 않아. 변신하기 전에는 싫어하지만, 변신한 후에는 한없이 즐거워진다.

강화술을 이용한 주먹으로 인호들을 하나하나 닥치는 대로 해치워 나갔다.

아아, 프리덴리히터 님이 살아 계셨던 시절의 마왕군 같구나.

"하하, 재미있다! 자, 좀 더 덤벼봐!"

추억에 젖어서 미친 듯이 싸우고 있는데, 인호들이 점점 거리를 두면서 멀리 떨어지기 시작했다.

"너 혼자만 재미있는 거거든?!"

"이 자식, 진짜로 미쳤나 봐!"

"겁먹지 마, 아직 우리가 더 압도적으로 머릿수가 많아!"

"동시에 덤벼들어! 꽉 눌러 제압하라고!"

좌우에서 두 명씩 덤벼들었다. 나는 오른쪽으로 점프해서 연속 공격으로 오른쪽의 두 명을 쓰러뜨렸다.

단, 왼쪽에서 덤비는 두 명에게는 등을 보이게 되었다. 적은 내 겨드랑이 밑에 양팔을 집어넣고 뒤에서 단단히 나를 붙잡았다. 또 내 다리에도 달라붙었다.

"잡았다! 야, 지금이……."

끝까지 말하기도 전에 나는 등 뒤의 인호를 힘으로 떨쳐냈다. 다리에 들러붙은 놈은 오직 각력만 발휘해서 뻥 차버렸다.

그들은 돌바닥을 가루로 만들면서 지면에 푹 처박혔다. 어차피 인호라서 저 정도는 찰과상일 테지만.

나를 둘러싼 인호들이 드디어 공격을 멈췄다.

누군가가 중얼거렸다.

"저거 혹시 군신 아니야? 이봐요, 당신이 미랄디아의 마왕인가?"

"아니야."

나는 대화로 시간을 벌면서 그들에게 들키지 않도록 숨을 골랐다. 두 번 호흡할 정도의 유예가 필요했다.

"평범한 부관이다."

싱긋 웃고 나서. 나는 힘껏 포효했다.

전력을 다한 '소울 셰이커'의 위력은 절대적이었다.

마력의 충격파가 파문처럼 퍼져 나가는 것이 보였다. 물리적인 충격까지 동반하므로 인호 대부분은 튕겨 날아갔고, 강인한 녀석도 비틀거리면서 넘어졌다.

돌바닥도 무사하진 않았다. 마치 배틀 소년만화의 한 장면처럼 화려하게 바닥이 폭발했다. 노후한 돌기둥이 쓰러져서 산산이 부서졌다.

인호를 상대로 얼마나 효과가 있을지 의문이었는데. 그것도 괜한 걱정이었나 보다.

아무리 그래도 전원 실신시킬 정도의 효과는 없었지만, 애초에 소울 셰이커는 공격용 마법이 아니었다.

주변의 마력을 지배하여 다음 단계의 포석이 되는 보조적 마법이었다.

그러니까 지금 이곳의 마력은 전부 나의 지배를 받고 있었다.

그리고 나는 스승님이 전수해주신 '소용돌이의 힘'으로 마력을 흡수할 수 있었다.

100명의 인호들에게 부여된 마법을 모조리 벗겨내고 그 마력을 송두리째 흡수하는 중이었다. 이제야 겨우 원래의 사용법대로 사용하는 느낌이 들었다.

좋아. 방금 전투로 소모한 분량의 마력은 회수하는 데 성공했다.

쓰러진 인호 중 절반쯤은 비틀거리면서도 다시 일어났다. 그들은 주먹을 들고 싸울 자세를 취했다.

"옳지, 그거야말로 보물의 수호자다운 패기야!"

누우면서 던지기 기술로 최초의 한 명을 바닥에 메다꽂은 뒤, 나는 인호들을 하나씩 차례차례 던져서 해치웠다.

돌바닥이 퍽! 퍽! 갈라지면서 파편이 눈보라처럼 날렸다.

인호들이 반격도 했지만, 그들의 펀치의 날카로움과 킥의 묵직함은 둘 다 아까보다 눈에 띄게 줄어들었다.

그래서 나는 인정사정없이 그들을 날려 버리면서 강하게 설득했다.

"나 같은 놈한테 겁먹지 마! 군신의 힘은 이것과는 비교가 안 된다고!"

"야, 무슨 말도 안 되는 소리를 하는 거냐!"

"이런 놈을 어떻게 이겨?!"

난 진지하게 이야기하는 건데.

문득 정신을 차려 보니 눈앞에 남아 있는 상대는 단 한 명. 엘메르지아로 추정되는 인호밖에 없었다.

마술사인 엘메르지아는 아까부터 필사적으로 주문을 영창하고 있었다.

"분노하는 진홍의 달이여! 뇌명의…… 아아, 뭐야, 진짜!"

이것저것 시도해 보는 것 같았지만 마침내 그녀도 포기한 듯했다.

이해가 갔다. 그녀가 사용하려고 하는 마력도 모조리 내가 흡수하고 있으니까.

비유하자면 그녀가 "어~ 그래, 냉장고에서 뭐라도 꺼내 먹을까?" 하고 꺼낸 푸딩을 내가 전부 다 빼앗아 먹는 상태였다.

마술사에게 마력을 빼앗긴다는 것은 그 무엇보다도 짜증 나는 일이었다. 엘메르지아의 시선은 분노로 가득 차 있었다.

나도 그녀의 심정은 알기 때문에 무서웠지만, 상대가 마력을 쓰지 못하게 하는 것은 마법 전투의 기본이었다.

엘메르지아는 나와 일대일로 마주 보더니 날카롭게 나를 쏘아봤다.

"이렇게 된 이상, 오의(奧義)를 사용할 수밖에 없구나! 연기(錬氣)의 칼날!"

나도 엘메르지아와 같은 강화술사이다. 그래서 방금 그 발언만 듣고도 다음 술수를 알아챘다.

그녀는 나와의 간격을 신중하게 유지하면서 주문 영창을 했다.

"위대한 조상신의 발톱이여! 지금 바로 내 몸에 깃들어…….''

그녀는 호랑이 발톱을 높이 들어 올렸다.

"내 몸에 깃들어…….''

다시 한번 들어 올렸다.

"깃들어……?''

깃들지 않았다.

연료가 될 마력이 모이지 않으니까, 그 어떤 오의든 비술이든 완성될 수 없는 것이다.

엘메르지아가 분해서 입술을 깨물었다. 나는 정말 못 견디게 거북했다.

게다가 나는 똑같은 마술을 주문 영창 없이 사용할 수 있도록 연습했었다. 전투용 마술은 즉시 발동이 철칙이라고 스승님이 엄하게 가르치셨기 때문이다. 전투 도중에 주문을 외울 만한 시간이 있으리란 보장은 없으니까.

"엘메르지아 님.''

"왜요?!''

"당신이 사용하려고 했던 마술은 이건가?''

내가 발톱을 휘두르자, 멀리 떨어져 있는 돌기둥이 비스듬히 싹 절단되더니 그대로 스르르 미끄러져 떨어졌다.

쿵 소리를 내면서 돌기둥이 쓰러졌다.

이것은 힘 조절을 하기 어려워서 상대를 즉사시키기 때문에 이번에 내가 사용하지 않았던 마술이었다.

용사 아세스가 사용했던 마력의 칼날과 원리는 같았다. 위력은 훨씬 약했지만.

엘메르지아는 경악하여 반 발짝 후퇴하더니, 곧 자포자기한 것처럼 소리를 질렀다.

"대…… 대체 뭐야, 그 위력은……? 그, 그래요, 그겁니다! 뭐 불만 있어요?!"

없습니다. 그러니까 그렇게 무서운 눈으로 노려보지 마세요.

그러자 신판결투의 추이를 지켜보던 장로가 조용히 한숨을 내쉬었다.

"엘메르지아, 이제 그만해라. 승패는 이미 옛날에 결정 났다."

"장로님……."

"바이트 님을 곤란하게 만들지 마라."

장로는 그렇게 말하더니 양손을 높이 들고 선언했다.

"시합은 여기까지 한다! 승자, 바이트 님!"

꽤 많이 얻어맞아서 아팠지만, 그래도 제법 즐거웠다.

또 하고 싶었다.

그런데 나의 진정한 임무는 여기서부터 시작되는 것이었다. 지금이 바로 그들을 설득할 기회였다.

장로가 가까이 다가오자, 나는 그를 향해 꾸벅 인사했다.

"신판결투를 허가해 주셔서 감사합니다."

"아뇨…… 어……. 뭐랄까, 당신은 상상을 초월하는 분이시군요."

장로가 난처하다는 듯이 자기 이마를 쓰다듬었다. 그때 의기소침해진 엘메르지아가 질문을 했다.

"바이트 님은 정말로 군신이 아닌가요?"

"전혀 아닙니다."

나는 머리를 옆으로 흔들었다. 그리고 기회는 이때다 하고 호소했다.

"저 같은 놈은 군신과는 비교도 안 될 정도로 약합니다. 그와 싸우는 것은 꿈도 못 꾸고, 최초의 일격을 막아내는 것조차 기적적인 일이지요. 저 같은 놈이 100명 있어도 군신은 이길 수 없습니다."

"그 정도인가요……?"

마력 환산으로도 100배 이상은 차이가 나니까. 절대로 이기지 못한다.

내가 용사 아세스를 쓰러뜨릴 수 있었던 것은 그가 프리덴리히터 님과 거의 동귀어진을 했기 때문이었다. 용사가 빈사 상태가 아닌 한, 평범한 인랑은 그를 이길 가능성이 없다.

인호들은 군신의 보물을 관리하는 수호자이지만, 진짜 군신을 만나본 자는 없을 것이다. 그들이 군신의 출현을 계속 막아왔기 때문이다.

그래서 그들은 군신, 즉 용사나 마왕의 진정한 실력을 모른다.

나는 과거에 마왕군의 본거지 그룬슈타트 성에서 본 광경을 가감 없이 설명했다.

그 어마어마한 전투력과, 힘에 지배된 자의 집념을 강조했다.

"군신이 한번 탄생하면 더 이상 아무도 군신을 막지 못합니다. 저조차도 불가능해요. 여기 잠들어 있는 보물이 얼마나 중대한 것인지 이제 아시겠습니까?"

내가 그렇게 말하자, 인호들은 서로 얼굴을 마주 보고 입을 다물었다.

방금 내가 100명의 전사를 혼자 쓰러뜨렸기 때문이다.

마족은 실력 있는 자를 따른다.

원로들이 심각한 표정으로 서로를 보면서 고개를 끄덕거렸다.

그리고 장로가 말했다.

"눈앞에서 100명을 한꺼번에 해치우는 모습을 보여주셨으니, 당신의 실력은 의심할 여지도 없습니다. 또 그 보물이 참으로 무서운 물건이라는 것도 이해했습니다."

이어서 살짝 한숨을 쉬었다.

"우리의 역할을 잃어버리게 되는 것은 슬픕니다만, 여기서는 강자인 바이트 님을 따르겠습니다."

"정말 감사합니다."

나는 고개를 숙였다. 그리고 이렇게 말을 이었다.

"그런데 실은 제가 군신보다 더 무서워하는 존재가 있습니다."

"그게 뭡니까?"

장로의 질문에 나는 전생의 기억을 되살리면서 쓴웃음을 지었다.

"인간입니다. 그 인간이란 놈들만큼 상대하기 어렵고 무서운 존재는 없습니다. 100년 후, 200년 후에는 인간들은 지금보다 훨씬 더 강대한 세력으로 성장해서, 인호나 인랑의 힘으로도 그들에게 대항하지 못하게 될 겁니다."

근대 국가가 탄생하면 더 이상 마족은 맞서지 못할 것이다. 실력 차이의 문제는 장비로 해결될 테고, 애초에 인구가 너무 많이 차이나는 것이다.

지금도 마격총을 사용한다면 인랑 수준의 마족을 즉사시키는 것도 가능하다. 우리의 무력적 우위는 점점 무너져 가고 있었다.

그리고 근대 국가에서는 군신의 보물은 훨씬 더 끔찍한 방법으로 사용될 것이다.

이를테면 마력 폭탄으로서 적국에 투하하면 도시 하나쯤은 간단히 폐허로 만들 수 있을 테고, 마격총 부대의 마력 공급 장치로 삼으면 만 단위의 병사들에게 마격총을 보급할 수 있을 것이다.

실제로 드라우라이트의 보물처럼 타국을 멸망시키는 전략 무기가 존재하기도 했고.

"보물의 비극이 되풀이되지 않도록 마왕군에서 그 보물을 연구하고 싶습니다. 세계 각지에 잠들어 있는 보물을 찾아내고 회수해서 봉인한다. 그것이 우리의 사명입니다."

"흠⋯⋯."

장로는 고개를 끄덕이더니 나에게 손짓했다.

"알겠습니다. 그럼 보물 보관고로 안내해 드리지요."

장로는 나를 데리고 신전 밖으로 나왔다.

"신전은 약 1,000년 전에 지어졌다고 해요. 안전하게 보물을 보관하는 것은 불가능하죠. 그래서 산꼭대기에 비밀 창고를 만들어났습니다."

장로는 인호로 변신하더니 허리를 쭉 폈다. 아무리 늙었어도 변신하면 당당한 인호였다. 상당히 강해 보였다.

그는 이를 드러내며 웃었다.

"자, 바이트 님. 좀 달려볼까요? 성역이라서 인호도 인랑도 오면 안 됩니다. 바이트 님 혼자만 오십시오."

장로가 그런 말을 남기더니 가까운 거목 위로 뛰어올랐다.

"좋아, 그럼 잠깐 다녀올게. 다들 적당히 쉬고 있어."

나는 인랑 부대에게 그렇게 말한 뒤 인랑의 모습으로 장로를 쫓아갔다.

가는 도중에 여기저기 설치된 장치들이 보였다. 마치 행신(行神, 길을 지키는 신령)처럼 바위에 새겨진 토템이 있었다.

아마 마술사밖에 모를 테지만. 저것은 결계를 구성하는 요소 중 하나였다.

엄중하게 만들어져 있는데 꽤 오래되어서 몇 번이나 수리한 흔적이 남아 있었다.

"이건 결계입니까?"

"네. 결계 안으로 인간이나 마족이 들어가면 모든 마을에 그 사실이 전달됩니다. 지금은 더 이상 이것을 만들 수 있는 자가 없으므로, 엘메르지아와 친구들이 보수를 하고 있지요."

경계 및 방어의 결계는 마술사의 연구를 지키는 초보적인 기술이다. 간단한 것이라면 나도 만들 수 있다.

아마도 산의 백성의 마법 기술은 대부분 유실된 것 같았다.

산의 백성들에게는 미안하지만, 이런 곳에 강력한 마법 아이템을 보관하는 것은 위험했다. 무슨 일이 생겼을 때 대처할 수 있는 전문가가 없으니까.

카얀카카 산은 표고가 높기 때문에 위로 올라갈수록 나무들의 모습이 변해갔다.

점차 숲은 사라지고 밤하늘이 보이게 되었다. 나무들이 이제는 띄엄띄엄 자라고 있었다.

도중에 바위들 사이로 뛰어다니면서 장로가 중얼거렸다.

"당신은…… 어딘가 먼 곳을 보는 것 같군요. 우리에게는 보이지 않는 먼 미래를."

"제가 좀 괴짜여서 그런지, 자주 그런 말을 듣습니다."

"어째서 그런 것이 보이는지 나로선 도저히 알 수 없지만……. 아니, 그렇기 때문에 미랄디아 역대 마왕도 당신을 중용한 것이겠지요."

장로는 진지하게 고개를 끄덕이더니 이런 이야기를 시작했다.

"이 산에 올라가면 저 멀리 하류까지 훤히 보이는데, 실제로는 험난한 난소와 울창한 수풀로 가로막혀서 쉽게 올라갈 수 없습니다. 애초에 산꼭대기 부근은 우리의 성역, 일족의 일원조차 함부로 들어갈 수 없어요."

이 산은 상당히 높으니까. 산꼭대기 부근은 전망이 좋을 것이다.

주위에 퍼져 있는 안개는 혹시 구름인 걸까.

장로는 이야기를 계속했다.

"고난을 극복하고 연찬을 거듭하여 저 높은 곳에 도달한 자. 오로지 그런 자만 볼 수 있는 경지가 있다면, 당신이 보고 있는 것이 바로 그런 것이겠지요."

"그렇게 말씀해 주시는 것은 영광이지만요. 과찬이십니다."

나는 좀 부끄러워하면서 힐끔 뒤를 돌아봤다.

은은하게 하늘이 밝아지면서 풍경이 흐릿하게나마 보였다.

숲속에서 가느다란 물줄기가 구불구불 나타나 하류로 이어지고 있었다. 메지레 강의 원류 중 하나일 것이다.

풍경은 전혀 달랐지만, 이전 세계에서 후지산에 올라갔을 때가 문득 생각났다.

이제 곧 산꼭대기에서 일출을 볼 수 있으리라.

산꼭대기 부근의 절벽에는 수평으로 작은 굴이 뚫려 있었다. 소규모 동굴인데 천연 동굴인 것 같았다. 그 안에는 풍화된 동물 뼈도 흩어져 있었다.

"일부러 큰바위표범이 사는 굴처럼 만들어놨어요. 상식적인 크월 사람이라면 접근할 리가 없죠. 살아서 나올 수 없으니까."

"그렇군요."

마물의 소굴로 위장하는 것은 꽤 괜찮은 방법이었다.

동굴 속은 캄캄했는데, 인랑인 나에게는 희미한 불빛이 있는 상황이나 마찬가지였다.

동굴 중간에는 가로로 뚫린 굴이 숨겨져 있었고, 그 굴 끝의 막다른 곳에는 중후한 금속 문이 있었다.

그 문 안쪽에 군신의 보주를 보관하는 비밀 보물창고가 있었다.

"자, 바이트 님. 카얀카카의 수호자, 인호족의 장로로서 당신의 보물창고 출입을 허가합니다."

"감사합니다."

나는 장로에게 고맙다고 인사한 뒤 문을 열었다.

보물창고 안에 들어간 순간, 나는 충격을 받았다.

사정을 들었을 때 한 개가 아닐 거라고 예상은 했었다. 그런데 대충 봐도 100여 개는 될 것 같았다.

형태도 다양했다. 잔처럼 생긴 것도 있고, 검이나 투구 형태도 있었다. 그리고 수정구슬 같은 형태가 제일 많았다.

"장로님, 이게 전부 그겁니까?"

"네. 실은 거의 다 파괴된 상태이지만요. 우리가 감당할 수 없는 물건이 너무 많아서 조상님들이 만약의 사태에 대비해 파괴했습니다."

하기야 드라우라이트의 보물처럼 자율 가동을 하는 것도 있으니까.

장로는 보물창고 안쪽에 있던 보주를 가지고 부스럭부스럭 뭔가를 하고 있었는데, 나는 그보다도 파괴된 보물에 더 관심이 있었다.

보물은 각각 마술 문양이 희미하게 빛나고 있었다. 유지보수 모드로 정지된 상태였다.

나는 그것들을 건드리지 않도록 주의하면서 거기 기록된 마술 문양을 찬찬히 살펴봤다.

"바이트 님, 이것이……. 어, 바이트 님?"

좀 기다려봐. 지금 중요한 순간이니까.

"장로님, 이것 참 훌륭하군요. 이 파괴 방식은 군더더기가 하나도 없어요. 정말 꼼꼼하게 잘해놨네요."

"아, 네……."

나는 은근히 감동하면서 보물 하나를 장로에게 보여줬다. 검의 도신에는 어렴풋한 마술 문양이 그려져 있었다.

"마술 문양이 두 군데만 지워져 있죠? 이로써 이제 절대로 기동은 안 되는데, 복원 자체는 아주 쉽단 말이죠. 전후의 문맥을 보고 유추해 보면 삭제된 문자의 후보군은 딱 하나로 좁혀지거든요."

"그, 그래요?"

장로는 마법은 잘 모르나 보다. 별로 감동하지 않았다.

나는 답답해져서 좀 더 자세히 설명했다.

"이것을 파괴한 고대의 인호는 마술 이론 쪽으로 심오한 지식과 기술을 가지고 있었던 거예요."

"저, 죄송합니다. 저는 마법 분야에는 어두워서……."

좋아, 그럼 설명해주마.

"고대 인호들은 보물이 악용되거나 불시에 기동되는 것을 막기 위해 보물을 파괴했습니다. 그런데 그와 동시에, 그것을 후세에 남겨주기 위해 최소한의 파괴만 한 것입니다."

이 정도로 많은 자료가 있다면 구조를 해석하기도 쉬울 것이다.

"이는 참으로 훌륭한 것인데…… 아, 맞아요. 예를 들자면 보물의 마력 용량!"

"네?"

"군신을 만들어 내는 데 얼마나 많은 마력이 필요한지는 아직 모릅니다. 하지만 여기 있는 보물들을 전부 다 조사하면 '군신을 만드는 데 필요한 마력량'에 관한 단서를 얻을 수 있어요."

가장 용량이 작은 녀석이라도 군신을 탄생시키는 것은 가능할 테니까. 그것을 측정하면 하나의 기준이 될 것이다.

나는 장로가 이 보물창고의 중요성을 이해해 주기를 바라면서 계속 이야기했다.

"이곳은 단순히 과거의 유물을 봉인하는 장소가 아닙니다. 금단의 지식을 꽉 채워 넣은 장소이자, 미래를 바꿀 만한 힘을 가지고 있는 장소입니다."

"미래를……?"

"네. 군신 같은 것과는 상관없이, 이 세계를 변혁시킬 수 있는 지혜가 잠들어 있는 겁니다."

장로는 "흐음" 하고 고개를 끄덕이더니 호랑이 수염을 쓰다듬었다.

"그런 이야기를 들으니 기분이 썩 나쁘진 않군요. 그와 동시에 책임감도 느낍니다."

장로도 조금은 이해한 것 같았다.

나는 장로와 상의해서 이곳에 조사관을 파견하기로 합의를 봤다.

그리고 카얀카카 산 전체의 경비를 강화한다는 약속도 했다. 당장은 해골병 대군에게 이곳을 지키라고 해야겠다.

이는 보물을 보호하기 위한 것이기도 하지만, 미래에 인간과 인호의 우열 관계가 역전됐을 때 인호들을 보호하는 조치이기도 했다.

인간은 무서운 존재이니까. 과거의 관계나 약속 따위는 잊어버리고 인호를 멸망시키려고 할 가능성도 있다.

인간은 무섭다.

정말로 무섭다.

장로가 보물을 가지고 밖으로 나왔다. 나도 그 뒤를 따랐다.

산꼭대기에 아침 햇빛이 비치고 있었다.

북쪽 발아래에서는 카얀카카의 숲과, 흘러가는 메지레 강의 물결이 보였고.

반대편인 남쪽에서는 카얀카카 산과 연결된 산맥이 저 멀리까지 뻗어 나가고 있었다.

휴대폰이 있으면 촬영해서 SNS에 올릴 텐데. 이 세계에서는 직접 올라온 자만 볼 수 있는 광경이었다.

밤의 어둠이 갈라지고 만물이 황금색 빛에 감싸이는 가운데, 장로는 나에게 하나의 보주를 내밀었다.

야구공과 비슷한 크기. 그 안에서는 띠 형태의 마술 문양이 마치 스노글로브*처럼 반짝반짝 떠다니고 있었다. 신비로운 광경이었다.

"이것이 바로 현존하는 군신의 보주. 우리는 '자칸의 보물'이라

---

*투명한 공 안에 미니어처, 액체, 흰 가루를 집어넣어서 흔들면 눈 내리는 풍경이 연출되는 장식물.

고 부릅니다. 전설에 의하면 우리 조상님이 최후의 군신 자칸을 쓰러뜨렸을 때 그 힘을 봉인했다고 합니다."

이 특별한 장관 속에서 딱 한순간 자카르의 자신만만한 얼굴이 떠올랐다.

그 녀석. 스스로 자칸의 자손이라고 주장했었지.

이것을 손에 넣었다면 그놈의 환희는 절정에 달했을 것이다. 어휴, 위험했다. 위험했어.

나는 자카르의 자신만만한 얼굴을 머릿속에서 떨쳐내고, 덤으로 그의 명복을 빌어준 다음에 그 보주를 공손히 양손으로 받았다. 산의 백성의 예법대로 두 번 받쳐 들었다.

"자칸의 보물. 지금 여기서 받았습니다. 이제부터는 미랄디아 마왕군이 보물 수호 임무를 맡겠습니다."

"네, 잘 부탁드립니다. 바이트 님."

나는 지참한 천으로 보물을 엄중하게 잘 감싼 다음에 단단히 쥐었다.

마을로 돌아가면 나무상자에 넣어서 2개 분대 8인에게 경호를 시킬 것이다.

장로는 그 모습을 보고 나에게 질문했다.

"바이트 님은 그것을 이용해 군신이 될 생각은 없으십니까?"

"될 생각은 없습니다. 될 필요가 없으니까요."

왜 매번 모두 이런 질문을 하는 걸까.

장로는 천천히 떠오르는 아침 해를 쳐다보면서 이상하다는 듯이 중얼거렸다.

"신기한 분이시네요. 마족인데도 힘을 원하지 않는다니."

"지금 가지고 있는 힘으로 충분합니다. '안분지족', 제 분수에 맞게 만족할 줄 아는 자는 정신적으로 행복하게 살 수 있습니다."

"오, 그건 미랄디아의 속담인가요?"

"어, 뭐, 그렇죠."

아마 노자의 말이었을 텐데, 이쪽 세계에 노자는 없으니까 적당히 얼버무렸다.

강한 힘을 추구한다면 끝이 없을 것이다.

누군가가 군신이 된다면, 그다음에는 또 군신들끼리 싸우게 될 것이다. 크월의 역사가 그것을 증명했다.

앞으로 내 자식이 살아갈 시대는 내가 살던 시절보다 평화로웠으면 좋겠다. 저절로 그런 소원을 빌게 되었다.

그러고 보니 이 보물은 왜 딱 하나만 살아남은 걸까.

"그런데 장로님. 그렇게 많았던 보물 중에서 지금까지 마력을 저장하고 있는 것은 딱 하나밖에 없는 이유가 뭔가요?"

그러자 장로가 웃으면서 양팔을 펼쳤다.

"크월을 풍요롭게 만들기 위해 조상님들이 아낌없이 사용했기 때문이죠. 메지레의 은혜도 카야카카의 숲도, 그 덕분에 이렇게 강력해졌다고 합니다. 한때는 군신들끼리의 싸움 때문에 엉망진창이 되었거든요."

"아, 그렇군요……."

장로는 이야기를 계속했다.

"하지만 '그래도 마지막 한 개는 남겨둬야 하지 않을까?'라고 누군가가 말했습니다. 그래서 딱 하나만 남은 것이라고 해요. 선대의 말씀에 의하면."

"그런가요."

나는 발아래 펼쳐진 웅대한 경관을 바라보면서 고개를 끄덕였다.

군신의 보물의 마력을 모조리 빼내서 그 마력으로 황무지를 부흥시킨 건가.

나는 문득 아일리아를 떠올렸다.

"현재 미랄디아를 다스리고 있는 마왕도 똑같은 일을 했습니다. 미랄디아를 가호하기 위해서, 자신이 얻은 마력의 대부분을 아낌없이 사용했어요."

"오, 그렇다면 우리 조상님과 같은 결론을 내린 건가요?"

"네. 마왕 폐하는 제 아내이기도 합니다만, 정말 총명하고 자비로워서……"

자랑스러워진 나는 이 장엄한 빛을 받으면서 마왕 아일리아에 관한 이야기를 장로에게 해줬다.

미랄디아에 보물을 보관하면 안심할 수 있다는 사실을 알려주고 싶었으니까. 또 나의 마왕 폐하는 참 훌륭한 인물이기도 하고.

그러다 보니 우리는 점심때가 다 되어서야 하산하게 되었다.

*   *

〈장로의 회고록〉

그날은 틀림없이 우리 인호 일족에게는 역사적인 하루였다.

메지레의 맨 끝에 있다고 알려진 바다 건너에서 인랑이 찾아왔기 때문이다.

자신을 바이트라고 소개한 이 인랑은 상상을 초월하는 강자였다.

부하들을 이끌고 인간 사냥을 하는 솜씨도 훌륭해서, 자기 병사는 한 명도 잃지 않고 무려 열 배나 되는 적병을 전멸시켰다. 이 정도로 병력이 차이가 나면 보통은 다소 피해가 생기기 마련인데. 참으로 멋진 지휘였다.

통솔력도 굉장했지만, 개인의 무용은 그보다 더 굉장했다.

인호 전사들 100명을 상대로 놀랍게도 완승을 거두다니. 나는 내 눈을 의심했다.

인랑 따위는 인호보다 열등한 마족에 불과하다. 그렇게 생각했는데, 바이트 님의 전투 실력은 전설 속의 군신 그 자체였다. 나는 지금도 그가 군신이 아니었을까? 하고 생각한다. 그는 부정했지만, 적어도 그보다 더 강한 마족은 본 적이 없었다.

인호족 중에는 마술을 쓸 줄 아는 무녀 엘메르지아도 있었는데 그래도 전혀 상대가 안 되었다. 바이트 님의 마술은 실전에서 단련된 것이므로, 엘메르지아의 의식(儀式)에 가까운 마술로는 대항할 수 없었던 모양이다.

100명의 인호를 어렵지 않게 쓰러뜨린 후에도 바이트 님은 싸우기 전과 다름없는 모습을 보여줬다.

그때 비로소 깨달았다. 우리는 느긋하게 평화에 취해 있었다는 것을. 아주 오랫동안 싸움을 멀리하고 몽롱한 평화 속에서 자신의 실력을 과대평가하면서 계속 오만하게 굴었던 것이다. 우리는 더 이상 보물의 수호자가 될 수 없었다.

바이트 님은 압도적 실력을 가지고 있으면서도 "군신은 나보다 훨씬 더 강하다"고 말했다. 놀라운 일이었다.

더욱 놀라운 것은 "인간들이 언젠가는 군신보다 더 강해질 것이다"라는 말이었다.

인간들은 하늘을 나는 탈것을 개발해서, 구름 위에서 날아와 카얀카카를 불바다로 만들 거라고 한다.

믿을 수 없는 이야기였지만 그는 강자였다. 강자의 말은 신뢰할 수 있었다.

오랜 세월을 살아오면서 지식을 축적하기 위해서도, 또 고난을 이겨내고 좋은 경험을 쌓기 위해서도 우선 마족에게는 강력한 힘이 필요하기 때문이다. 강하지 않으면 현명해지지 못한다.

그래서 우리는 강자인 바이트 님의 이야기를 믿고, 그에게 모든 것을 맡기기로 했다.

이날 이후로 우리가 추구해야 할 목적은 달라졌다.

과거를 계속 지키려면 미래를 개척해야만 한다. 시대착오적인 미숙한 마법과 타고난 인호의 힘만 가지고는 더 이상 어떻게 해볼 수 없는 시대가 된 것이다.

인랑들이 걷고 있는 길을 우리도 서둘러 걸어야 한다.

이 글을 읽는 후계자들이여. 미랄디아의 인랑들과 손잡아서 우리 일족과 성지를 지켜라.

바이트 님은 신용할 수 있는 강자이다. 강할 뿐만 아니라 자비롭기도 하다. 그에게서 많은 것을 배워라.

계속 그 자리에 머무르기 위해서, 쉬지 말고 계속 걸어라.

*　　　*

나는 인랑 부대를 이끌고 성지 카얀카카를 뒤로했다.

동행자는 간신히 목숨을 건진 크메르크 부관과 그의 부하들, 그리고 인호족 마을 유지였다.

보물의 수호자인 인호족을 존중하여, 그들과 함께 보물을 미랄디아로 호송한다. 그렇게 된 것이었다.

게다가 그들은 "보물을 이동시킨다는 사실을 왕가에 보고하고 싶다"고 말했으므로 동행을 하기로 했다. 생각해 보면 당연한 일이었다.

그중에서도 인호족 여자 마술사 엘메르지아는 특히 의욕이 넘쳤다.

"바이트 님."

"응?"

"대마왕 고모비로아라는 분이 그렇게 탁월한 마술사인가요?"

"그분은 내 스승님이야. 온갖 마술을 공부하셨고, 사령술사로서도 최고 경지에 도달하셨지. 고왕조(古王朝) 시대의 마술사이기도 하고. 아마 그분보다 더 뛰어난 마술사는 없을 거야."

스승님의 제자 자랑에 대항하여 나도 스승님 자랑을 해봤다.

기분이 꽤 괜찮았다.

그러자 엘메르지아가 중얼거렸다.

"저희도 마술 단련은 하는데, 선조 대대로 전해 내려오는 방법을 그대로 모방하고 있을 뿐입니다. 소실된 주문이나 수업 방식도 많다고 들었어요."

이어서 그녀는 한숨을 쉬었다.

"특히 저희는 오랫동안 실전과는 거리가 먼 삶을 살아온 일족이라서, 이번에 그 점을 통감하게 되었습니다. 제 마법은 마격총 앞에서는 별 소용이 없을 테지요."

상대는 주문 영창 없이 원거리에서 광탄(光彈)을 발사할 테니까. 제때 응전하지 못할 것이다.

"그렇기 때문에 저희 인호족의 무녀들은 고모비로아 님의 제자가 되어서 보다 실천적인 마술을 배우고자 합니다."

엘메르지아가 그렇게 말하자, 그 뒤에 있는 소녀들이 고개를 꾸벅 숙였다.

여자 후배들이 한꺼번에 늘어나게 되었구나.

한편 용병대의 크메르크 부관도 감회에 젖어 있었다.

"대장님이 돌아가셨단 말이죠……."

크메르크에게 자카르란 남자는 상사이자 은인이기도 했다. 단순한 정적(政敵)이었던 나와는 달리 이것저것 생각하는 바가 많을 것이다.

나는 그의 말 옆에 내 말을 나란히 붙이면서 그를 위로했다.

"자카르는 분명히 영웅이었어. 그는 탁월한 전쟁의 재능을 갖고 있었고, 선견지명이 있었고, 불굴의 투지를 갖추고 있었어."

크메르크가 말없이 고개를 끄덕였다. 나는 쓴웃음을 지었다.

"하지만 그에게는 중요한 것이 두 가지 결여되어 있었어."

"두 가지라고요?"

"그래. 하나는 남에 대한 인정."

그는 적은 물론이고 아군에 대해서도 진정한 인정을 베풀어 준 경우가 전혀 없었다.

그에게 남이란 것은 그저 이용하기 위해 존재하는 것이었다.

"그리고 또 하나. 그는 적당한 수준에서 만족할 줄을 몰랐어."

그의 너무나 강렬한 출세욕은 도무지 멈출 줄을 모르고 끊임없이 시류를 거슬렀다.

그 누구도 난세 따위는 바라지도 않는데 자카르 혼자만 난세의 막을 열려고 했다.

그 결과 크월 전체를 적으로 만들어버렸고, 결국 파멸한 것이다.

"자카르에게는 확실히 그만한 능력이 있었어. 하지만 야심은 어딘가에서 적당히 제동을 걸어줘야 해. 그것이 강자의 의무인데, 그것을 잊어버리면 언젠가 반드시 그 대가를 치르게 돼."

"……명심하겠습니다. 저는 약자이지만요."

크메르크는 힘없이 웃더니 하늘을 우러러봤다.

"돌이켜보면 그분이 비참한 최후를 맞이한 것은 필연적인 결과였을지도 몰라요."

"음, 그렇지."

나는 동의하면서 크메르크에게 고했다.

"왕가 측은 '국왕이 일개 용병대장에게 암살됐다'는 것은 인정하지 않으려는 모양이야. 아마도 왕궁 신하들의 강한 의견이 반영된 것 같아."

"그 이유는 뭡니까?"

"크월의 왕은 신의 자손이니까. 한낱 평민 출신 용병대장에게 살해될 리가 없다……는 것이 공식적인 입장이야."

하극상의 존재를 인정하면 그들에게 불리한 선례가 생길 것이다. 그러므로 자카르는 파잠 2세를 암살한 적이 없고, 자카르가 죽은 것도 산의 백성과의 마찰이 그 원인이다.

"국왕 폐하는 이동 도중에 사고를 당해 다치셨고, 그 상처가 치유되지 않아서 돌아가셨다. 한편 자카르 대장은 약탈을 목적으로 카얀카카에 쳐들어갔다가 산의 백성의 반격을 당해 죽었다."

"그런 식으로 마무리하는 건가요."

크메르크가 울적한 표정을 지었다. 그래서 나는 분명하게 한마디 했다.

"맞아. 안 그러면 당신도 국왕 암살범의 동료로서 처벌받게 될 거야. 당신은 자카르의 부관이니까."

"그렇죠……. 몇 번이나 구해주셨으니, 바이트 님에게는 어찌 감사를 드려야 할지 모르겠습니다. 정말 고맙습니다."

"크메르크 님을 위해서라면 이 정도 고생은 얼마든지 할 수 있지."

내가 웃자, 크메르크도 그제야 겨우 평소처럼 웃었다.

"저는 이번 사건에 관해서 몰라도 되는 것을 너무 많이 알아버렸습니다. 또 용병대의 부관이기도 하니까 크월에서는 더 이상

설 자리가 없습니다."

"음, 그렇겠지."

나는 속으로 빙그레 웃었다.

그리고 크메르크는 내 예상대로 이렇게 말을 이었다.

"뒤처리가 끝나면, 저를 정식 마왕군 병사로서 고용해 주실 수 없나요? 일개 병졸이어도 상관없습니다."

"무슨 소리야? 당신은 내 부……."

카이트의 얼굴이 뇌리를 스쳤다.

아, 맞다. 약속했었지.

"당신은 내 측근으로서 부디 미랄디아에서 그 능력을 발휘해 주면 좋겠어. 군인으로서도, 크월과 대화하는 외교관으로서도. 당신은 더없이 적합한 인재야."

"황송합니다."

아~ 좋은 인재를 획득했다. 참모 중에 크월 출신이 있으면 안심이 될 것이다.

왕복으로 한 달쯤 걸리는 임무를 마치고 무사히 왕도로 돌아갔을 무렵에는 크월에도 완전히 가을이 찾아오고 있었다.

왕도에 남아 있던 파커가 활짝 웃으면서 나를 맞이했다.

"어서 와, 바이트. 무사히 왕자가 태어났어. 엄마도 아기도 둘 다 건강하니 아주 완벽해."

"그래? 다행이다."

의술에도 조예가 있는 파커를 여기 남겨두기를 잘했다.

당장 나는 파스린 왕비를 만나서 축하 인사를 했다.

파스린 왕비는 아이를 낳은 후 다소 기분이 우울해지기도 한 것 같았는데, 인간에게는 흔한 일이라고 한다. 이전 세계에서는 출산을 접할 기회가 없었고, 인랑 여성은 아이를 낳은 직후에도 에너지가 넘치기 때문에 나는 잘 모르겠지만.

갓 태어난 왕자님도 볼 수 있었다. 그는 두 손바닥 위에 올려놓을 수 있을 정도로 작았다. 이건 인랑도 마찬가지였다.

파스린 왕비는 생글생글 웃으면서 나에게 이런 말을 했다.

"이 아이를 축복해 주시겠어요?"

"네, 제가요? 저는 정월교도가 아닙니다만……."

"괜찮아요. 폐하의 원수를 갚아준 바이트 님은 진정한 영웅입니다. 그런 분의 축복을 받는다면 이 아이도 틀림없이 강하게 잘 자라줄 거예요."

그런 이야기를 들으니 좀 쑥스러운걸.

"인랑의 방식으로 축복을 해도 될까요?"

"네."

"좋아요. 그럼……."

나는 내 품속에서 내 손가락을 쥐고 조물조물하는 아기를 살짝 만졌다. 원래는 이빨이 자라나게 될 입술을 만져야 하는데, 위생 문제도 고려해서 턱을 만졌다.

"이 아이가 날카로운 이빨을 가질 수 있기를. 온갖 적을 물리치고 풍부한 사냥감을 얻을 수 있기를."

우리 고향의 꼬마들에게도 옛날에 이런 것을 해줬었는데.

모두들…… 아니, 그건 아니지만. 대부분은 무사히 성장했다.

이전 세계만큼 의료가 발달했다면 모두 무사히 성장했을지도 모른다. 문득 그런 생각을 했다.

내가 아기를 파스린 왕비에게 돌려주자, 왕비는 그 아기를 유모들에게 맡겼다. 그리고 생긋 웃었다.

"이 아이의 이름도 정했습니다. 우리 왕가의 먼 선조인 슈마르 님의 이름을 이어받을 거예요. 그분은 군신 자칸을 쓰러뜨린 영웅 중 한 명이기도 합니다."

……아, 그렇군. 자카르가 스스로 자칸의 자손이라고 주장했던 것은, 왕가에 대한 반항의 상징이기도 했던 거구나.

그리고 이번에는 자카르에게 아버지를 빼앗긴 아이가, 자칸을 쓰러뜨린 영웅의 이름을 얻었다. 상징적이군.

나는 침대에 누워 있는 아기를 한동안 관찰하면서 '이 세계의 신생아도 모로 반사(누워 있는 신생아가 큰 소리나 위치 변화에 반응해서 놀란 것처럼 팔다리와 손바닥을 움직이는 반사운동)를 하는구나'라든가 '그러고 보니 인랑 아기도 모로 반사를 했었지' 등등, 이런저런 지식을 얻었다.

그러다가 유모들에게 쫓겨났다.

"바이트 님, 슈마르 왕자 전하를 뭐라고 생각하시는 겁니까?!"

"괜찮아요. 바이트 님, 앞으로도 슈마르를 잘 부탁드립니다."

파스린 왕비는 다소 불안해하는 것 같았다. 그래서 나는 공손히 고개를 숙였다.

"네, 저를 믿으세요. 저희 미랄디아는 크월의 친구로서 슈마르

전하의 즉위를 전력으로 지원할 겁니다."

대놓고 은혜를 베풀어서 친미랄디아 정권을 탄생시켜야지. 그래서 설탕을 싸게 팔아 달라고 할 거다.

자, 이제는 용병대 잔당을 어떻게 처리하느냐가 문제인데.

그들 중 대부분은 보병 전투 이외의 기술은 없었다. 또 이른바 건실한 직업이 적성에 맞지도 않았다.

조만간 제후들을 모아서 회의할 예정이니까. 몇 가지 방안을 정리해 놓아야겠다.

빨리 해치우지 않으면, 내 아이가 탄생하는 순간을 보지도 못할 것이다.

나는 그런 생각을 하면서 서류 작업을 하고 있었다. 그때 궁전에 있는 나의 객실에 판이 찾아왔다.

"바이트 대장님, 본국에서 사자가 왔는데……."

"응? 그건 특별한 일도 아니잖아. 왜, 내가 아는 사람이야?"

그때 판의 등 뒤에서 2인조가 불쑥 나타났다.

"앗, 선생님!"

"그러면 안 돼, 뮈레. 지금 우리는 평의회의 사자잖아."

뮈레와 뤼니에였다.

로초 태수의 손자와 롤문드의 망명 황자. 또 그들은 내 제자이기도 했다.

이 녀석들이 왜 여기에 있는 거지?

나는 펜을 내려놓고 일어나서 뚫어져라 두 사람을 내려다봤다.

"이봐, 너희들. 아직 크월은 정세가 불안하거든? 누가 여기에 와도 된다고 했어?"

그러자 뮈레가 가슴을 활짝 펴고 대답했다.

"괜찮아요! 왜냐하면 대마왕 폐하가 우리한테 다녀오라고 말씀하셨으니까!"

"스승님…… 아니, 고모비로아 대마왕님이 그러셨다고?"

"네!"

뤼니에도 고개를 끄덕였다.

이게 무슨 일이지?

"저, 선생님께 이것을 직접 전해 달라고 말씀하셨어요."

뮈레가 나에게 봉서를 건네줬다. 이 고풍스러운 달필은 스승님의 글씨였다.

그런데 영문을 모르겠다. 어째서 학생에게 사자 역할을 맡긴 걸까. 스승님의 의도를 모르는 채 나는 스승님의 편지를 읽었다.

그 편지에는 상상도 못 한 내용이 적혀 있었다.

룬하이트 정월교도를 지도하는 여자 점성술사 미티가 불길한 예언을 했다는 것이다.

『아일리아 폐하가 출산하시는 자리에서 죽은 자의 그림자가 딱 하나 보입니다.』

딱 하나.

그렇다면 아일리아나 아기, 둘 중 하나인가?

설마?!

더 자세한 정보는?! 그 예언의 적중률은?! 어떻게 예언을 이끌어낸 거지?! 애초에 점성술의 마술 이론은 뭐야?!

물어보고 싶은 것은 많았지만, 나는 그 직후에 퍼뜩 정신을 차렸다.

"저, 선생님……?"

기가 센 뮈레가 겁먹은 표정으로 나를 쳐다보고 있었다.

"호, 혹시, 뭔가 심각한 내용이 적혀 있는 건가요?"

그렇구나. 이 녀석들은 편지의 내용을 모르는 건가.

그리고 내가 지금 무서운 표정을 짓고 있었나?

아, 안 돼. 이 녀석들 앞에서 나는 '선생님'이다.

스승님도 제자들 앞에서는 항상 이성적으로 행동하셨다. 가끔 인간적인 부분을 보여줄 때도 스승님으로서의 절도는 지켰었다. ……대부분의 경우에는.

그러니까 나도 대부분의 경우에는 절도를 지켜야 한다.

나는 애써 웃으면서 뮈레와 뤼니에의 어깨 위에 손을 올렸다.

"응, 좀 심각하네. 하지만 미랄디아가 멸망할 정도로 심각한 것은 아니야."

내가 웃자, 두 사람도 약간 안심한 듯한 표정을 지었다.

혹시 스승님은 일부러 내 제자를 사자로 보낸 게 아닐까.

스승님이 "설마 제자 앞에서 지나치게 이성을 잃지는 않을 테지?" 하고 쓴웃음을 짓는 모습이 눈에 선했다.

그런데 이번에는 뤼니에가 다른 봉서를 꺼냈다.

"저, 선생님. 그것을 다 읽으셨으면 이번에는 이것을 전해드리라고 대마왕 폐하가 말씀하셨습니다."

"그래, 고마워."

이번에는 또 뭐냐?

뤼니에가 건네준 두 번째 봉서에는 스승님의 글씨로 이렇게 적혀 있었다.

『점성술사 미티가 여러 번 점을 쳐본 결과 '태아가 산도(産道)를 통과할 수는 없다'는 점괘가 나왔다고 한다. 이것은 여러 가지로 해석할 수 있는데, 일단 평범한 출산은 불가능할지도 모르겠구나. 속히 돌아오기를 바란다. 이는 대마왕의 명령이야.』

태아가 산도를……?

"맥베스냐 카이사르냐, 그것이 문제구나……."

문득 시선을 앞으로 돌렸더니, 뮈레와 뤼니에가 불안한 표정을 짓고 있었다.

뮈레가 머뭇머뭇 입을 열었다.

"선생님, 정말 괜찮은 거예요?"

"괜찮아. 그냥 아일리아의 출산이 좀 힘들어질 것 같다는 연락이야."

용건을 굳이 두 통의 편지로 나눠서 보냄으로써 내가 머리를 식힐 수 있는 시간을 만들어 주다니. 스승님다운 배려구나.

게다가 두 번째 편지에는 점성술 이론 같은 것도 적혀 있었다.

미티의 점성술은 천문학과 역사학, 수학과 마술이 오랜 세월에 걸쳐 복잡하게 융합된 것이므로 상당히 정확도가 높다고 한다. 예언을 얻지 못하는 경우도 많지만, 잘못된 예언을 얻을 가능성은 매우 낮다고 한다.

이론적인 서술 내용을 읽는 동안에 내 마음은 좀 진정됐다. 각오도 다질 수 있었다.

스승님은 정말로 내 성격을 잘 알고 계시는구나……

스승님의 배려에 감사하면서 나는 심호흡을 했다. 감정을 최대한 배제하고 머릿속의 생각을 정리했다.

자, 어쩔까. 나에게는 아직 크월의 미래를 결정짓는 제후 회의라는 과제가 남아 있었다.

미랄디아인이 그토록 중요한 회의에 출석하고, 심지어 상당한 발언권을 가진다는 것은 참 귀중한 기회였다.

외교상의 이익을 생각한다면 나는 여기 남아야 한다.

하지만 아무리 그래도 내 아내의 출산이 위험해질 것 같다는데, 이 상황에서 다른 것을 생각할 여유는 없었다.

회의를 누가 대신 맡아줄 수 없을까?

그런데 누가?

인랑 부대한테 정치적 협상은 맡길 수 없다. 베르자 해병대의 그리즈 대장도 정치가나 외교관은 아니다.

문관은…….

그때 파커가 노크도 안 하고 마음대로 들어왔다.

"오, 뮈레, 뤼니에! 설탕으로 만든 달콤한 나라에 온 것을 환영해! 자, 닭똥집 먹어볼래?"

"거기서 왜 닭똥집이 튀어나와? 아, 방에 마음대로 들어오지 마. 그리고 내 귀여운 학생들에게 접근하지 마. 파커는 교육상 좋지 않거든."

마음이 급해진 나는 사형에게 불만을 한꺼번에 쏟아냈다.

파커는 나를 무시하고 호주머니에서 얼음사탕이 가득 든 작은 주머니를 꺼냈다.

"둘 다 사자의 임무를 수행하느라 고생했어! 이거라도 먹으면서 좀 쉬어. 이제는 나랑 바이트가 알아서 상의해 볼 테니까! 너희들은 중요한 임무를 완수한 거야."

뮈레와 뤼니에도 파커가 대마왕의 수제자라는 것은 알고 있었다.

그런 인물에게 칭찬받아서 기쁜 걸까. 애티를 숨기지 못하고 활짝 웃었다.

두 사람은 파커에게 고맙다고 말하고, 나에게도 꾸벅 인사한 뒤 퇴실했다. 두 사람을 안내해 준 판도 무슨 말을 하고 싶어 하는 눈치였지만, 파커를 보고 그냥 그대로 나갔다.

파커와 단둘이 남게 되자, 나는 스승님의 편지를 보여줬다.

파커는 편지를 둘 다 읽고 나서 살짝 고개를 끄덕였다.

"마왕 폐하가 큰일 나셨구나. 선생님 말씀대로 너는 귀국하는 게 낫겠다."

"귀국하더라도 내가 할 수 있는 일은 없잖아?"

나는 의사도 아니고, 점성술사도 아니다. 싸움밖에 할 줄 모르는 남자이다.

그러자 파커가 나에게 바싹 다가오면서 말했다.

"난 네가 없는 동안에 파스린 왕비를 돌봐주는 어의들과 함께 일했어. 출산하는 자리에도 참석했고. 왕비는 몸이 약하니까 혹시라도 무슨 일 있으면 치료해 주려고."

뜬금없이 무슨 소리야?

어리둥절해진 나에게 파커는 이렇게 이야기했다.

"출산은 반나절이나 걸렸지만 결국 무사히 사내아이를 낳았어. 생명이 탄생하는 순간은 그때 처음 봤어. 그건 정말로 장엄하고, 흔하면서도 힘차고, 덧없는 것이었어."

파커는 한숨을 내쉬는 시늉을 했다. 그저 시늉에 불과했다.

그는 더 이상 숨을 쉬지 못한다.

"나는 생전에 오로지 죽음의 공포에서 도망칠 생각만 했어. 삶에 관심을 가질 여유가 없었던 거야. 그래서 이렇게 되어버렸지."

그가 장갑을 벗었다. 그곳에는 하얀 뼈만 남아 있었다. 서글플 정도로 하얬다.

"그 시절의 내가 생명의 탄생에 관해 조금이라도 생각해 봤더라면, 나는 사령술을 올바르게 마스터했을지도 몰라."

"하고 싶은 말이 뭔지는 알 것 같은데, 그게 이 화제랑 무슨 상관이 있지?"

그러자 파커는 집게손가락의 뼈를 좌우로 까딱까딱 흔들었다.

"생명이란 것은 고상하고 존엄하며, 신성하고 아름다우며, 또 너무나 쉽게 사라지는 것이야. 그것은 꼭 아기에게만 해당되는 이야기는 아니지."

그가 아일리아 이야기를 하고 있다는 것은 이해했다.

파커는 나에게 한 걸음 더 다가왔다. 그리고 자기 얼굴에 걸었던 환술을 해제했다. 미소 짓는 미남의 얼굴은 사라지고, 표정을 잃어버린 해골이 남았다.

"이것은 마왕군이나 미랄디아가 어쩌고저쩌고하는 차원의 문제가 아니야. 너는 공무에서 손을 떼고 아일리아 곁으로 돌아가야 해."

"하지만, 아직 회의가……."

"네가 만약 그런 선택을 한다면, 틀림없이 후회할 거야. 나처럼."

텅 빈 눈구멍 속에는 끝없는 암흑이 펼쳐져 있었다.

사형이 평소답지 않게 심각한 어조로 말했으므로, 나도 그의 말을 진지하게 받아들이지 않을 수 없었다.

그는 이렇게 말을 이었다.

"나는 별로 친분은 없지만, 점성술사 미티의 실력에 관한 소문은 들었어. 용사의 출현을 예언하고 너를 프리덴리히터 님 곁으로 보낸 것이 그 사람이잖아?"

"아…… 맞아. 그 예언은 적중했었고, 그것이 우리를 살렸지."

그 예언이 없었더라면, 내가 모르는 곳에서 용사 아세스가 프리덴리히터 님을 쓰러뜨린 뒤 상처를 치료하고 언젠가 내 앞에 나타났을 것이다.

그러면 승산이 없었을 테고. 내가 지금 이렇게 살아 있지도 못했을 것이다. 그 예언 덕분에 살았다.

그러니까 이번 미티의 예언도 믿을 만했다.

파커는 뼈만 남은 손바닥을 내 어깨에 살며시 올렸다.

"너는 마왕의 부관으로서 이미 충분히 미랄디아와 크월을 위해 싸웠어. 이제는 아버지가 될 시간이야."

"그건, 그럴지도 모르지만……."

"너는 예전에 륜하이트의 휘양교 사제인 유히트 님을 치료해 준 적이 있잖아? 그는 빈사 상태였는데 네가 치료해 준 덕분에 목숨을 건졌지."

그리운 이야기구나.

"넌 아마 치유술사로서도 충분한 능력을 가지고 있을 거야. 와자르 공 아마니 님의 성하병도 치유했잖아. 너는 명의야."

"명의는 아니야……."

내 의학 지식이란 것은 전생의 의료 방송 프로그램을 보고 배운 것에 불과했다.

아니, 이 세계에서는 그것도 나름대로 굉장한 건가.

파커는 장갑을 끼더니 다시 한번 얼굴에 환술을 걸었다. 그 지긋지긋한 미남 얼굴이 돌아왔다.

"남은 회의는 나에게 맡겨. 크월어도 이제는 익숙해졌어. 게다가."

그는 빙글 돌아보면서 의기양양한 표정을 지었다.

"사실 나는 미랄디아 통일 이전의 남부 태수의 일족이었거든! 진짜 귀족이야! 신분이 높은 해골이라고!"

"응, 알아."

"알았다고?!"

당연하지, 너처럼 교양 있는 해골이 어디 있냐.

"중병에 걸려 사령술 연구에 몰두했다면서. 그 시점에서 부유층인 것은 확실하잖아? 평민은 그럴 수가 없지."

"아, 그건 그래. 어휴, 이번에는 네가 이겼다! 상 받을래?"

파커가 손목뼈 하나를 빼면서 웃었다.

진짜로 짜증 난다. 이 녀석.

참 적절하게 너그러운 형님인 척하고 있어.

나는 파커의 손목뼈를 펜 돌리듯이 빙글빙글 돌리다가 다시 그의 팔에다 끼워줬다.

"아니, 오히려 당신이 이겼어. 고마워. 파커."

"고맙긴, 별말씀을."

파커가 싱글싱글 웃으면서 공손하게 꾸벅 인사했다.

정말로 짜증 난다.

좋아, 돌아가자.

예언이 다 뭐란 말이냐. 운명? 그런 것은 내가 내 취향대로 바꿔주마.

지금까지도 쭉 그렇게 해왔으니까. 질까 보냐.

"파커, 회의는 당신에게 맡길게. ……아, 맞다."

"응, 뭔데?"

"뤼니에와 뮈레도 회의에 참여시키자. 좋은 배움의 기회야. 또 그 녀석들은 경험은 부족하지만 우수하니까. 틀림없이 파커한테는 좋은 '억제제'가 되어줄 거야."

"나한테 맡겨놓고선 '억제제'가 어쩌고저쩌고하는 것은 너무하지 않아?!"

하지만 당신은 뭔가 사고를 칠 것 같아서 무서운걸.

내가 두 사람을 부르자, 이유는 몰라도 세 사람이 왔다.

"바이트 님, 안녕하십니까."

악덕 상인 마오가 크월의 예법대로 오른쪽 무릎을 꿇고 인사했다.

"너도 와 있었어?"

"대마왕님이 어린이 두 명만 타국의 사자로 보내실 리가 없잖아요? 그래서 호위하는 마전기사들과 제가 따라오게 되었습니다."

그렇군.

나는 뮈레와 뤼니에를 가까이 불렀다. 그리고 마오한테도 들릴 만한 성량으로 속닥속닥 이야기했다.

"잘 들어. 저 아저씨는 나쁜 사람이니까. 절대로 신용하면 안 돼."

"다 들리도록 이야기하지 말아주실래요? 그리고 전 아저씨가 아닙니다."

진짜로 교육상 안 좋은 녀석들밖에 없다니까.

"마침 잘됐다. 마오. 제후의 회의에 출석해 줘. 외교관이라는 직함을 줄게."

"그래도 되는 건가요?"

"파커는 정치적 협상도 할 줄 알지만 교활함이 부족해. 너무 좋은 집안에서 자랐거든."

"인정머리 없는 협상은 저에게 시키시려는 겁니까⋯⋯?"

싫어하는 표정을 지으면서도 입가에는 웃음을 띠고 있는 마오.

나는 미리 못을 박듯이 말했다.

"외교는 올바름만 추구할 수는 없으니까. 단, 아이들이 보는 앞에서 어른으로서 부끄러운 짓은 하지 마. 알았지?"

"그건 양립할 수 없는 거 아닌가요?"

"양립시켜. 협상의 본보기를 보여줘."

넌 할 수 있잖아?

"크월과 미랄디아 양측이 모두 커다란 이익을 얻을 수 있도록 잘 처리해 줘. 성공하면 크월과의 설탕 무역에 너도 끼게 해줄게."

"네, 잘할게요."

기합을 넣고 긴장된 표정을 짓는 마오. 그걸 본 나는 뮈레와 뤼니에에게 말했다.

"저 녀석은 저런 남자이니까 신용하면 안 돼. 단, 충분한 이익을 제공했을 때는 예외적으로 신용할 수 있으니까, 이번 회의에서는 믿고 의지해도 돼."

"아까부터 다 들리도록 말씀하시지 말아 달라니까요?"

"이런 말 듣기 싫으면, 숨 쉬듯이 자연스럽게 뇌물을 뿌리는 짓부터 그만해."

행실을 고치지 않으면 언젠가 꼭 감옥에 처넣어 줄 테다.

"좋아, 뒷일은 이제 파커가 처리해 줘. 나는 귀국 준비를 할게."

나는 모두에게 그렇게 말한 뒤 짐을 꾸리기 시작했다.

기다려 줘. 아일리아.

*   *

〈신뢰의 가치〉

바이트가 떠난 후, 마오는 가볍게 헛기침을 했다.

"어……."

눈앞에는 이웃 나라의 망명 황자와, 무역상의 숙적의 손자와, 정체를 잘 알 수 없는 해골 마술사가 있었다.

마오의 상인으로서의 직감이 '더 이상 이놈들과 얽히지 마라' 하고 강하고 끈질기게 권하고 있었다. 끈질기게 권하긴 하는데, 이제 와서 모르는 척할 수도 없었다.

이것도 장사의 일환이다. 그렇게 생각하고 마음을 비우기로 했다.

"뤼니에 님, 뮈레 님."

"네, 마오 씨."

"왜요? 마오 씨."

뤼니에 황자에게는 특별한 원한은 없지만, 뮈레의 할아버지는 그 징글징글한 로초의 태수 페트레였다. 그동안 로초에 납부했던 세금과 벌금을 생각하면 눈물이 날 것 같았다. 하지만 뮈레에게는 죄가 없었다.

"바이트 님의 대리인으로서 회의에서는 모쪼록 잘 부탁드리겠습니다. 협상을 진행하는 방식이나 흥정, 또 협상에 필요한 온갖 숫자 계산은 저에게 맡기십시오."

그러자 뤼니에가 생긋 웃었다.

"네, 잘 부탁드리겠습니다."

긴장은 했을 테지만 자연스러운 미소였다. 이것이 왕의 그릇인가.

뮈레는 긴장을 숨기지 못하는 것 같았지만 그래도 역시 각오를 다진 것처럼 보였다. 그가 오른손을 내밀었다.

"마오 씨 이야기는 할아버지한테서 들었습니다. 기대할게요."

"그거 영광이군요. 미래의 로초 태수에게 미리 은혜를 베풀기 위해서 저도 한번 열심히 해보겠습니다."

굳은 악수를 나누면서 서로 의미심장한 미소를 지었다. 이제 보니 이 소년도 할아버지의 피를 진하게 물려받은 것 같았다. 얕볼 수 없구나.

그때 파커가 킥킥 웃었다.

"바이트의 인선은 항상 정확하단 말이지. 어, 곤란한 일이 있으면 나한테 부탁해도 돼. 사령술은 협상에도 이용할 수 있으니까."

"협박인가요?"

마오가 눈살을 찌푸리자, 파커는 장갑 낀 손을 살래살래 흔들었다.

"아냐, 아냐. 사령을 조종해서 정보를 수집할 수 있다는 것은 강력한 무기이거든. 지역 조사를 할 때는 대체로 그 지역에 남아 있는 오래된 원령을 소환해서. 우선 친구가 되는 것부터 시작한다니까."

"원령과 친구가 된다고요……?"

마오는 가볍게 고개를 옆으로 흔들었다. 두통이 나기 시작했다.

그와 동시에 자신이 왜 이곳에 있는지도 이해했다.

그는 지금 양식(良識) 있는 어른으로서의 행동을 요구받고 있는 것이다. 마왕의 부관 바이트한테서.

'나를 그렇게 실컷 악덕 상인이라고 불렀으면서, 뭔 일이 있으면 양식을 기대하다니. 이건 치사하잖아요?'

그런 생각을 했지만, 신기하게도 기분이 나쁘지는 않았다. 평소에는 이것저것 잔소리를 하면서도 가장 핵심적인 부분에서는 제대로 자신을 신용하고 있다는 뜻이니까.

그때 파커가 마오의 얼굴을 들여다봤다.

"어라? 안색이 나빠지는 것 같더니 이번에는 웃고 있네. 왜 그래?"

"아뇨, 아무것도 아닙니다."

마오는 쓴웃음을 짓더니 파커에게 한마디 했다.

"역시 바이트 님은 저를 가장 신뢰하시는 것 같네요. 상인에게 신뢰란 것은 목숨보다 더 중요한 것입니다. 이번 일은 저에게 맡기세요."

"아니, 바이트가 가장 신뢰하는 상대는 나야. 왜냐하면 나는 그의 사형이니까."

파커가 그런 말을 꺼내자, 뮈레가 옆에서 끼어들었다.

"바이트 선생님은 학생을 가장 신뢰하신다고 생각해요. 우리도 힘 낼 거예요."

"뮈레, 어른들 대화에 함부로 끼어들면 안 돼."

뤼니에가 뮈레의 옷자락을 잡아당겼는데, 실은 뤼니에도 '가장 신뢰받는 사람은 나야'라고 생각하는 것 같았다.

마오는 가볍게 한숨을 쉬고 나서 피식 웃었다.

"그럼 크윌 제후와의 회의에서 증명해 봅시다. 그분의 신뢰에 보답하는 것이 과연 누구인지. 아, 물론 서로 방해하는 것은 안 돼요. 알았죠?"

뮈레와 뤼니에는 진지한 표정으로 고개를 끄덕였다. 파커는 히죽 웃었다.

"좋아, 바이트가 깜짝 놀랄 정도로 멋진 성과를 거두고 돌아가자."

* *

"그 녀석들. 이상한 짓을 하는 건 아니겠지⋯⋯?"

왕도에 남겨두고 온 뤼니에와 친구들이 신경 쓰였지만, 그래도 나는 서둘러 귀로에 올랐다. 메지레 강을 따라 내려가는 배를 빌려서 최소한의 인원만 데리고 밧자 항구로 돌아갔다.

인랑 부대 대부분은 뮈레와 친구들을 호위하기 위해 그곳에 남겨두고 1개 분대만 데리고 왔다.

그것은 가베르트 분대라고 했다.

이상하네. 난 그런 분대는 허가해 준 적이 없는데?

"이봐, 다들 잘 들어!"

가니 형 가베르트가 주먹을 불끈 쥐었다.

"우리는 바이트의 소꿉친구 연합이다! 바이트의 아이가 태어난다는데, 여기서는 당연히 우리가 나설 차례야!"

그러자 가베르트 분대의 제릭, 몬더, 니베르트가 동시에 고개를 끄덕거렸다.

"좋아, 좋아!"

"응, 그래."

"형, 말 한번 잘했어!"

아니 저기요, 잠깐만.

"제릭, 몬더. 너희들. 자기 분대는 어쩌고 여기 온 거야?"

그러자 제릭이 대답했다.

"요새 가니 형제는 메리 할머니의 분대원이었잖아? 그래서 메리 부대와 제릭 부대와 몬더 부대를 합쳐서 2개 분대를 만든 거야. 대장."

"너희들 마음대로 그러지 마."

"판의 허가는 받았는데?"

이봐, 대장은 나라고.

이제 와서 어쩔 수 없으니까 그냥 흐름에 몸을 맡기고 있지만. 이 소꿉친구 분대는 사기가 높았다.

"우리 무리의 새로운 동료를 위해 힘내자—!"

"힘내자—!"

뭘 어떻게 힘내려는 거야? 너희들은.

인랑 부대도 베르자 해병대도, 또 산의 백성들도 전부 다 놔두고 나는 밧자 항구에서 가장 빠른 무역선을 찾아다녔다. 군선은 중장갑이라 속도가 느렸다.

밧자 공 비라코야 할머니의 후의 덕분에 우리는 무사히 배를 타는 데 성공했다. 그대로 곧장 로초로 향했다.

나는 선실에서 마술서를 펼쳐놓고 이것저것 조사하면서 제릭과 친구들에게 설명했다.

"스승님이 걱정하셔서 날마다 로초까지 상황을 살펴보러 오시는 것 같아. 나는 그 스승님의 전이마법으로 룬하이트까지 데려다 달라고 할 거야."

"그럼 처음부터 크월까지 마중하러 와줘도 되는 거 아냐?"

제릭이 투덜거리자, 나는 쓴웃음을 지으며 고개를 가로저었다.

"한번 현지에 가서 거리와 방향을 정확히 계산하지 않으면 안 되거든. 대충 전이마법으로 날아갔다가는 죽어. 스승님도 하늘 뒤편까지 날아갔다가 죽을 뻔한 적이 있었어."

"그건 좀 골치 아프네……."

스승님이 크월에 오실 기회가 있었으면 좋았을 테지만, 그동안 쭉 아일리아의 주치의 역할을 맡아주시느라 바빴으니까.

도중에 다소 문제가 생기긴 했지만, 배는 계절풍의 도움도 받으면서 별로 늦지도 않고 며칠 만에 로초에 도착했다.

그다음부터는 정신없이 바빴다.

해가 지기 전에 등대 근처에 스승님이 나타났다.

스승님은 두리번두리번 주위를 둘러보다가 내 모습을 발견하더니 표정이 확 밝아졌다.

"오, 바이트! 오랜만이구나. 그새 참 훌륭하게 컸어."

"저기요, 이미 성장기는 끝났는데요……."

"아무튼 륜하이트로 돌아가자꾸나. 한 명밖에 옮기지 못하니까 몬더와 다른 친구들은 육로를 통해 륜하이트에 오도록 해라."

스승님은 그렇게 말한 뒤 정신 집중을 개시해서 마력을 모으기 시작했다.

"자세한 이야기는 륜하이트에 도착한 다음에 할까."

그 말이 끝나자마자 내 눈앞의 풍경이 찌그러졌다.

륜하이트의 우리 집에 도착한 나는 농밀한 마력을 느끼고 반사적으로 눈살을 찌푸렸다.

이전에 마왕 아일리아가 마력을 흩뿌린 영향이 아직 남아 있는 것이었다. 크월에서 오래 살았기 때문에 나는 이곳의 진한 마력에 새삼 놀랐다.

아니, 지금은 그게 중요한 것이 아니다.

"스승님, 아일리아의 상태는 어떤가요?"

"지금은 엄마도 아이도 둘 다 건강해. 예언만 없었으면 나도 카이트도 완전히 안심하고 있었을 거다."

스승님은 팔짱을 끼고 한숨을 내쉬었다.

"아일리아에게 예언을 가르쳐줘야 하나 말아야 하나 고민이야. 너무나 불길하기 때문에 그대의 의견을 듣고 나서 결정하기로 했다."

"제가 가르쳐주겠습니다. 아일리아는 나 같은 놈보다 훨씬 강한 사람이니까요. 그리고 아일리아는 내가 꼭 구할 겁니다."

나는 배 안에서 완성한 계획을 스승님에게 이야기했다.

"마왕군 병원에 전혀 사용하지 않는 연구실이 있잖아요? 그 연구실에 이 마술 문양을 그리고 소금을 뿌려주세요."

"이게 뭐냐……? 죽음의 마법이 아니냐. 그런데 상당히 약하구나."

내가 크월에서 발견한 '생선을 오래오래 썩지 않게 하는 주술'에 스승님이 학술적 관심을 보이기 시작했으므로 나는 황급히 그것을 막았다.

"아기가 산도를 통과하지 못한다면, 절개를 해서 꺼내는 수밖에 없습니다."

"아니, 잠깐만. 모체를 절개해서 아기를 꺼낸다는 것은, 산모의 목숨과 맞바꿔서 애를 낳는 최후의 수단이 아니냐? 그대는 다짜고짜 아일리아를 죽이려는 것이냐?"

그래, 이쪽 세계에서는 제왕절개를 해서 살아남은 산모는 없을 테니까……

시간이 없으므로 나는 요점만 설명했다.

"저는 의사는 아니지만, 실혈과 감염증이 가장 위험하다는 것은 알고 있습니다. 아까 그 마술 문양은 감염증을 예방하기 위한 것입니다."

"잠깐 기다려 봐라. 좀 더 차근차근 순서대로 설명해야지, 응? 사고의 비약이 너무 심하구나."

그러고 보니 설명의 순서가 뒤죽박죽이었다.

스승님은 둥실둥실 날아서 내 어깨를 가볍게 두드리더니 쓴웃음을 지었다.

"그대는 무엇을 알고 있는 것이냐? 모체를 절개해도 산모를 죽지 않게 하는 비술을 알고 있는 건가?"

"어…… 뭐, 아마도…… 그럴 겁니다."

"그런 비술은 이 대현자 고모비로아도 들어본 적이 없다. 도대체 어디서 쓰는 비술이냐?"

큰일 났다. 스승님이 뭔가 눈치채기 시작했나 보다.

그러나 지금은 내 정체를 감추는 것보다도 아일리아를 구하는 것이 더 중요했다.

게다가 상대가 스승님이라면, 내가 전생자란 사실이 알려져도 큰 문제는 없을 것이다.

"제가 있었던 세계에서는 '제왕절개'라는 의술이 존재했습니다. 그것을 이쪽 세계에서 재현해 볼 겁니다."

이렇게만 말해도 스승님한테는 전부 다 들켜버릴 것이다.

그런데 스승님은 맥 빠질 정도로 쉽게 납득하셨다.

"좋아, 그렇다면 그게 제일 좋은 선택일 테지. 이 죽음의 마술 문양도 그것을 위한 방책이란 말이지?"

"아, 네."

"벽뿐만 아니라 모든 곳을 이 마술 문양으로 정화하는 이유는 무엇이냐?"

스승님은 내가 쓴 메모를 내려다봤다. 마치 내 정체에는 전혀 관심도 없다는 듯이.

나는 허둥지둥 설명했다.

"감염증을 일으키는 병마는 아주 작은 생물인데, 온갖 장소에 숨어 있습니다. 눈에는 보이지 않지만, 그 공간 전체를 정화하지 않으면 안 돼요. 우리의 손이나 아일리아의 피부, 또 공기 자체도 전부 다."

"좋다. 그럼 공기의 흐름을 제어하기 위해 실내에는 결계도 설치해야겠구나. 외부의 바람이 들어오면 안 될 테니."

스승님은 내 메모에다 사각사각 글을 덧붙여 썼다.

그러다 갑자기 고개를 갸우뚱했다.

"여기에 멜레네의 도움이 필요하다고 적혀 있는데, 이유가 무엇이냐?"

"또 하나의 죽음의 원인인 실혈사를 막기 위한 것입니다. 선배는 조혈술(操血術)로 인간의 피를 제어할 수 있으니까, 그것으로 개복 수술의 출혈을 최소한으로 줄이는 겁니다. 이쪽 세계에서는 수혈이 불가능하니까요."

아일리아의 혈액형이 뭔지도 모르고, 위생적이고 안전한 수혈 방법이 존재하지도 않았다. 과다 출혈이 발생하면 그걸로 끝이다.

"선배의 보고서를 봤더니 이론적으로는 거의 완벽한 지혈이 가능할 것 같더군요. 단, 상처 부위의 괴사 현상을 막으려면 고도의 기술이 필요해서요. 멜레네 선배 본인밖에 못 할 겁니다."

"좋아, 그럼 당장 데려오마. 서로 길이 엇갈리면 곤란하니까. 그대는 얼른 아일리아를 만나고 와라."

스승님은 진지한 얼굴로 고개를 끄덕이더니 전이마법 주문을 외우기 시작했다.

그 외 세부 사항에 관해서는 멜레네 선배가 오고 나서 의논하기로 하고, 나는 일단 아일리아를 만나기로 했다.

"아일리아!"

오랜만에 만난 아내의 배는 놀랄 만큼 커다랗게 부풀어 있었다.

건강하게 자라는 것 같구나. 내가 네 아빠야. 해외 출장을 갔다가 돌아왔단다.

아일리아는 창가의 의자에 앉아서 작은 옷에다 가문의 문장을 수놓고 있었다. 그러다가 나를 발견하고 행복하게 웃었다.

"어서 와요, 바이트."

"아, 응……. 나 왔어. 이번에는 늦지 않았어."

늦지 않아서 정말 다행이다.

"아일리아, 그렇게 바람 부는 곳에 앉아 있어도 돼? 자, 이 담요를 덮어. 그런데 눕지 않아도 괜찮아?"

"바이트, 너무 호들갑을 떠네요. 당신도 전생에는 인간 임신부를 몇 번이나 봤을 거 아니에요?"

아니, 전생에는 임신부와는 거의 상관없는 삶을 살았는데…….

아일리아는 자기 배를 쓰다듬으면서 피식 웃었다.

"몸 상태는 아주 좋아요. 그런데 최근에는 이 아이가 내 배를 종종 차서 깜짝 놀란다니까요. 내가 좋아하는 음식을 먹으면 갑자기 배를 차기 시작해요."

아아, 좋다. 보고 싶어.

아니, 지금은 그럴 때가 아니지.

나는 임무 보고도 대충대충 넘겨버리고 아일리아 앞에서 예언에 관한 이야기를 꺼냈다.

"미티 님의 점성술에 의하면 이번 출산은 굉장히 위험한 것이 될 것 같대. 어쩌면 통상적인 출산은 안 되고 절개가 필요할지도 몰라. 물론 산모와 아이를 둘 다 안전하게 지키기 위해 최선을 다할 거야."

"절개……라고요?"

강인한 아일리아도 그 말에는 놀라서 얼굴이 창백해졌다. 나는 서둘러 설명을 덧붙였다.

"이전 세계에서는 의료가 발달했기 때문에, 평범한 출산이 어려운 경우에는 절개를 해서 출산하는 것이 가능했어. 산모와 아이가 둘 다 안전하도록. 실은 나도 그런 식으로 태어났고. 어머니는 결국 나보다 더 오래 사셨어."

이전 세계의 부모님에게 손자의 얼굴을 보여드리지 못한 것이 생각나서 나는 쓴웃음을 지었다.

그러자 아일리아도 웃었다.

"여차하면 그 방법으로 나와 이 아이를 구해준다는 거죠? 당신이 곁에 있어준다면 아무것도 두렵지 않아요."

나도 전혀 자신은 없었지만, 고모비로아 문하의 아주 강력한 온갖 마법들을 구사하면 어떻게든 되지 않을까? 하는 생각이 들었다.

그래서 나는 미소 지었다.

"아일리아. 우리의 첫 만남, 기억해?"

"당연하죠. 당신이 2층 창문에서 뛰어 들어왔잖아요. 무서운 인랑 모습으로."

쿡쿡 웃는 아일리아.

나는 좀 부끄러워져서 머리를 긁적거렸다.

"그때는 설마 우리가 이렇게 될 줄은 몰랐지?"

"네."

"인생이란 것은 정말로 예측이 불가능해. 나도 이전 세계에서 죽음의 순간이 다가왔을 때는, 그대로 죽어서 다른 세계의 인랑으로 환생하게 될 줄은 몰랐어."

처음에는 '또 골치 아픈 삶을 살게 되었구나' 하고 각오를 했었는데, 실제로는 행운의 연속이었다. 이전 세계의 삶의 불운함을 다 보상하고도 남을 정도로.

"그러니까 앞일은 전혀 모르겠지만, 나는 아일리아와 아기가 무사하리란 것을 믿어. 그리고 그걸 위해서라면 할 수 있는 일은 전부 다 할 거야."

아일리아는 내 말을 듣고 묵묵히 고개를 끄덕이더니 내 뺨을 어루만졌다.

"당신의 그 불굴의 영혼을 보면, 불안도 공포도 점점 사라지는 것 같아요."

"아일리아……."

"그런데 바이트. 그 불굴의 영혼으로 크월에서는 또 어지간히 무모한 짓을 하고 온 것 같던데요?"

어떻게 알았지?

"화국의 밀정, 특히 후미노 님의 부하들이 크월 각지에 흩어져 있거든요. 그래서 나도 후미노 님을 통해 정보는 얻었어요. 100명의 마족들을 상대로 혼자서 결투를 했다는 이야기를 들었는데요."

"아니, 그건, 십중팔구 이길 가능성이 있었기 때문에……. 약간의 오산도 있었지만, 결과적으로는 다치지 않고 무사히 승리했어."

아, 어쩌지. 큰일 났다.

아일리아는 미소 지으면서 내 손을 꼭 잡고 있었다.

나는 깨끗이 체념했다.

"미안. 원래 이런 성격이라. 이제는 고치지도 못해."

"그렇겠죠."

후후 웃는 아일리아. 이어서 커다래진 배를 쓰다듬었다.

"이렇게 특이한 남자가 아버지라니, 당신도 고생이 많겠어요. 그렇죠?"

어, 그건 아니지 않아?

내가 륜하이트로 귀환한 지 며칠 후에 아일리아의 진통이 시작됐다.

크월에서는 정확히 지금쯤 제후들의 회의가 열리고 있을 것이다.

점성술사 미티의 예언이 없었더라면 나는 아무것도 모르는 채 회의에서 열변을 토하고 있었을 것이다. 휴, 위험했다.

나는 옆에 있는 미티를 돌아봤다.

오늘 미티는 점성술사가 아니라 산파였다. 내가 준비한 하얀 옷을 입고, 머리를 깔끔하게 묶고 그 위에 삼각건을 쓰고 있었다.

"미티 님. 당신이 매번 저를 구해주시는군요."

"점성술사는 원래 그런 것이니까요."

생긋 웃는 미티.

륜하이트를 점령했을 때, 미티가 이끄는 정월교도를 보호해 줬던 것이 이런 형태로 보답을 받게 될 줄은 몰랐다.

가는 정이 있으면 오는 정도 있다는 건가.

그 외에도 내 주위에는 스승님, 멜레네 선배, 또 나의 부관인 카이트와 환술사 라시, 부시녀장 이자벨이 있었다.

이자벨은 불안한 것처럼 입을 열었다.

"정말로 우리 일곱 명이서 출산을 돕는 겁니까? 좀 더 많은 사람이 있는 것이……."

이자벨은 교양 있는 인물이지만 의학적인 지식은 나보다 더 부족했다.

그래서 나는 신경 써서 이렇게 설명해줬다.

"전문가 이외에는 필요 없어. 사람이 많아지면 그만큼 병마가 파고들 틈이 많아지게 돼. 우리는 모두 저도 모르는 사이에 병마를 옮기게 되어 있거든."

솔직히 말하자면 나도 감염증의 지식이 있다고 할 수는 없었지만, 어쨌든 경계해야 한다는 것은 알고 있었다.

나는 그들 모두에게 설명했다.

"출산이 끝날 때까지 전원 그 장갑은 벗지 마. 그리고 그 장갑으로 절대로 뭔가를 만지면 안 돼. 혹시 조금이라도 만지게 되면, 정화의 마술 문양을 사용하도록 해."

긴장한 표정으로 일동이 고개를 끄덕였다.

나도 긴장하면서 똑같이 고개를 끄덕였다.

"이번에 절개를 담당해 주는 분은 스승님이시다. 그리고 산파이기도 한 미티 님이 보좌할 거야. 카이트는 탐지마법을 써서 아기의 정확한 위치와 아일리아의 몸 상태를 감시해 줘. 라시는 그것을 투영하는 역할이야. 둘 다 내장의 위치는 외웠지?"

카이트가 진지한 얼굴로 고개를 끄덕였다.

"라시를 데리고 실컷 연습했어요."

"저도 제 배 속이 그렇게 되어 있는 줄은 몰랐으니까. 깜짝 놀랐어요…….”

라시도 자신의 하복부를 쓰다듬으면서 고개를 끄덕거렸다.

아니, 내가 방금 다른 것은 만지지 말라고 했잖아.

나중에 주의를 줘야겠다고 생각하면서 나는 일단 몸을 돌려 멜레네 선배와 마주 봤다.

“선배는 지혈 담당입니다. 상처 부위의 괴사 현상이 일어나지 않을 정도로 피를 멈춰주세요. 태아를 꺼낸 다음에는 내가 상처 부위를 봉합할 겁니다.”

자궁도 절개할 테니까 그쪽도 봉합해야 한다.

나는 출산 과정 및 주의사항, 또 비상시 대처법을 동료들과 함께 다시 한번 확인했다.

“아일리아는 800카이트의 마력을 가지고 있어. 아일리아 본인은 이것을 잘 사용하지 못하지만, 내 강화마법으로 그것을 활성화하면 생명 유지에 사용할 수 있어.”

마술사 입장에서는 목숨을 800개나 가지고 있는 셈이다.

단, 그래도 처치를 잘못하면 금방 죽을 것이다. 마력은 일종의 저금 같은 것이라서, 어떤 방법으로든 밖으로 꺼내지 않으면 쓸 수 없기 때문이다.

그리고 아일리아는 마술사가 아니고 인랑도 아니다.

“이자벨은 아일리아를 격려해 줘. 우리는 아일리아와 대화할 여유가 별로 없을 텐데, 이번에는 아일리아 본인의 살고자 하는 의지가 가장 중요하거든.”

“알겠습니다. 나리.”

이자벨이 비장하리만치 강한 결의를 보여주면서 고개를 끄덕였다.

나는 수술복 대신 하얀 로브를 입고, 수 놓인 마술 문양으로 다시 한번 그것을 살균했다. 이어서 일동도 따라 했다.

나는 더 이상 그들을 긴장시키지 않으려고 애써 웃었다.

"괜찮아, 저녁때까지는 다 끝날 거야. 내일 아침에는 인원이 한 명 더 늘어난 아인도르프 가에서 성대하게 축하하자."

그렇게 된다는 보장은 전혀 없었지만, 우리는 그걸 위해서 지금부터 싸우는 것이다.

수술실이 될 방에서는 아일리아가 기다리고 있었다. 그 방의 경비는 몬더를 비롯한 인랑 소꿉친구들이 담당하고 있으므로 안심이 되었다.

우리 모습을 본 하얀색 로브의 시녀들이 꾸벅 인사하고 나서 퇴실했다.

아일리아는 좀 괴로워 보였지만 나를 발견하더니 미소 지었다.

"오늘 새벽에 진통이 시작됐는데, 벌써 비장의 카드를 꺼내는 건가요? 오래 걸리는 사람은 하루 밤낮은 지속된다고 들었는데……."

"당신 체력이 남아 있는 동안에 빨리 해치워야 할 것 같아서. 어차피 개복 수술을 해야 한다면, 진통에 시달려서 기진맥진해진 다음보다는 지금이 더 낫잖아?"

그렇게 가볍게 말해봤지만, 솔직히 말하자면 아직 망설임은 있었다.

미티의 예언이 반드시 적중한다고 할 수는 없었다. 어쩌면 이것은 쓸데없는 위험을 무릅쓰는 짓일지도 모른다. 그래서 오전에는 조용히 상황을 지켜봤었다.

그러나 아직 아기가 태어날 기미는 전혀 없는 것 같고, 아일리아가 체력과 기력을 다 써버리면 그때는 더욱 위험해진다.

이곳은 21세기 일본이 아니고, 나는 의사가 아니기 때문이다.

그러나 나는 진짜 전문적인 마술사이다.

그 점에 희망을 걸 수밖에 없었다.

아일리아는 내 표정을 보더니 갑자기 진지한 얼굴로 말했다.

"혹시 나나 아기, 둘 중 하나밖에 못 살리는 상황이 된다면, 망설이지 말고 아기를 살려주세요."

"아일리아, 그건……."

그러자 아일리아는 고통 때문에 얼굴을 찡그리면서도 애써 웃었다.

"하지만 가능하다면 둘 다 살려주세요. 바이트."

"당연하지."

무슨 일이 있어도 꼭 성공시킬 테다.

나는 아일리아의 배를 꺼내놓고 그 하얀 피부에 진통의 마법을 걸었다.

롤문드에서 슈메니프스키 선혈 백작과 결투했던 것이 문득 떠올랐다. 그가 격통을 유발하는 마법의 사벨을 사용했었기 때문이다.

그때와는 달리 내 목숨이 아니라 처자식의 목숨이 걸려 있었다.

절대로 지면 안 된다.

나는 독한 술로 아일리아의 피부를 소독하면서 각자에게 지시를 내렸다.

"멜레네 선배, 지혈 준비를 해주세요. 스승님은 '마법 칼날'을 준비해 주시고요."

"응, 나한테 맡겨."

"알았다."

진지한 얼굴로 멜레네 선배와 스승님이 고개를 끄덕였다.

스승님은 가늘고 작은 손가락 끝에 마력의 칼날을 만들어 냈다. 내가 사용하는 것보다 훨씬 작고, 마력이 잘 다듬어져 있었다.

극도로 얇고 엄청나게 잘 드는 칼. 그리고 실체가 없는 역장(力場)이므로 무균 상태였다.

문제는 출력 조절인데. 스승님 같은 달인이라면 실수는 안 할 것이다.

"카이트, 라시. 스승님에게 태아의 위치를 보여드려."

"네."

두 사람이 합창하듯이 말했다. 이어서 머리 위에 태내의 상태가 어렴풋이 떠올랐다. 카이트가 탐지마법으로 읽어낸 정보를 라시에게 송신하면 라시가 그것을 환술로 투영하는 것이었다.

저번에 롤문드에서 눈으로 만든 요새를 지킬 때 이 콤비네이션이 대활약을 했었지…….

산파이기도 한 점성술사 미티는 스승님에게 자궁의 위치 등을 설명해 줬다. 절개할 장소를 미세하게 조정하고 있는 것이리라.

그리고 마지막으로 스승님이 고개를 끄덕였다.

"좋아, 간다."

전원이 고개를 끄덕였다.

그리고 천천히 신중하게 마력의 메스가 아일리아의 배 속으로 들어갔다.

"내 영술(靈術)로 명한다, 혈조(血潮)여, 물러가라! 썰물과 같이!"

멜레네 선배가 지혈을 해서 출혈을 막았다.

하얀 피부가 갈라지고 피하지방의 조직이 드러났다. 그 밑에는 복근이 있었다.

좋아, 출혈은 거의 없다. 비상시에 대비해 치유마법을 준비하고 있던 나는 휴 하고 안도했다.

그러나 진짜 싸움은 지금부터 시작이다.

스승님은 이마에 땀을 흘리면서 마력의 칼날을 확대했다.

감염증을 예방하려면 직접 손가락으로 상처를 건드릴 수는 없었다. 더 깊이 베기 위해서는, 출력을 높여서 칼날을 길게 만들어야 했다.

"윽……."

스승님의 손이 작은 어린이 손이라서 할 수 있는 치밀한 작업이었다.

지금은 인랑의 발톱 따위는 아무런 도움도 안 된다. 그저 기도할 수밖에 없다.

"아일리아, 아프지 않아?"

"괜찮아요. 조금 뜨겁기는 하고, 뭔가 간질간질한 느낌은 들지만……."

아일리아는 긴장해서 얼굴이 창백해졌는데도 씩씩하게 웃었다. 부시녀장 이자벨이 그 손을 꽉 붙잡았다.

이자벨의 표정은 비장했다. 그 얼굴은 파랗다 못해 아예 새하얗게 질려 있었다.

그런 이자벨을 아일리아가 오히려 격려해 줬다.

"괜찮아요. 걱정하지 말아요. 앞으로 누군가의 부모가 될 텐데, 이 정도 일로 두려워하면 부모가 될 수 없어요."

"아가씨……."

울상을 짓는 이자벨.

나도 덩달아 울고 싶어졌지만, 어쨌든 이 정도면 아일리아의 멘탈은 괜찮아 보였다.

나는 아일리아에게 최선을 다해 강화마법을 걸어줘서 그녀의 면역력과 체력을 강화했다. 아일리아 본인이 가지고 있는 마력도 막대하기 때문에 마법의 효과는 절대적이었다.

"스승님, 다른 장기에는 상처를 내지 말아주세요."

"그래, 나도 안다."

"만지면 안 됩니다. 염동술로 이동시켜 주세요."

"안다니까 그러네. 자꾸 그러면 정신 집중이 안 되지 않느냐?"

하지만 걱정되는 걸 어떡해요.

스승님은 손으로 건드리지 않고 염동술로 자궁을 노출시켰다. 피하지방과 근육은 이미 절개했으므로 이번에는 자궁 차례였다.

탐지마법으로 내부를 체크하고 있던 카이트가 긴장한 말투로 고했다.

"대마왕님, 칼날 길이를 0.5미올로 짧게 해주세요. 절개 장소는 오른쪽으로 3미올로 옮겨주시고요."

"알았다."

그리고 마침내 자궁이 절개되어…….

나는 아일리아의 활력 징후를 감시하면서 유지하는 데 전념하고 있었으므로, 그다음부터는 차분하게 지켜보고 있을 수가 없었다. 여러 종류의 마법을 걸어서 급격한 변화에 대비했다.

그러나 스승님이 아기를 양손으로 받쳐 드는 장면 하나만은 똑똑히 봤다.

미티가 즉시 아기를 찰싹찰싹 때려서 깨웠다. 그러자 가늘지만, 기운찬 첫 울음소리가 들려왔다. 태반에서의 산소 공급이 끝나고 자발적인 폐호흡이 시작됐다는 증거였다.

이 아이는 이제는 자기 힘으로 살아갈 수 있다.

스승님이 보기 드물게 흥분한 표정으로 외쳤다.

"태어났다! 살아 있어! 건강한 여자아이다!"

딸?!

딸이었구나!

딸이었어!

너무 기뻐서 소리를 지르고 싶은 기분을 꾹 참고 나는 아일리아와 시선을 교환했다.

"아기는 이제 괜찮아. 아일리아. 우리 딸이야!"

"네!"

"이제는 자기 목숨을 지키는 것만 생각해 줘. 미티, 이자벨, 아기를 잘 부탁한다."

뒷일은 산파와 시녀 콤비에게 맡기면 될 것이다. 마술사들은 아일리아를 치료한다.

그다음부터는 정말 정신없이 힘들었다.

"태반을 제거해 줘. 미티 님, 미안한데 여기서 뭐가 태반이야?!"

"잠깐만 기다리세요. 이자벨 씨, 아기 목욕은 당신에게 맡길게요."

"네! 어, 저, 저한테요?!"

"멜레네 선배, 혈류를 조금 돌려놔 줘요! 상처 부위가 접합이 안 돼요!"

"조절하기가 힘들어! 다른 마법도 시도해 봐!"

"라시! 자궁의 상태를 계속 투영해! 절개한 부위는 자궁까지 포함해서 전부 다 치료해야 해!"

"아, 알았어요!"

"스승님, 방광의 위치, 거기 맞아요?!"

"으응?! 어, 으음...... 카이트, 어떠냐?"

"맞아요. 위치는 기록해 뒀으니까요!"

21세기 일본이라면 제왕절개 후속 처치를 하느라 이렇게 허둥거리진 않았을 것이다.

의학에 어두운 마술사들이 우왕좌왕하면서 상처 치료를 마친 것은 해 지기 전이었다.

분명히 오전에 수술을 시작했으니까. 몇 시간 동안이나 악전고투한 셈이다.

카이트가 아일리아의 용태를 체크하더니, 근처에 있는 마법 촛대에서 마력을 흡수했다.

저것은 마력 공급용 아이템이었다. 이제는 한계인가 보다.

"아무 문제, 없습니다……. 전부 다, 괜찮아요……."

"정말…… 정말로, 정말이야……?"

"굳이 문제를 찾는다면, 우리의 체력이 문제겠죠……."

그런 농담을 할 수 있을 정도로 여유를 찾았다.

이번에 우리는 대량의 마력 소모를 예상하여, 마왕군이 보유하고 있는 마법 아이템을 미리 수술실에 가져다 놨었다.

마력 아이템에는 배터리처럼 마력이 충전되어 있다. 그래서 지금까지 그것을 흡수해 마력을 회복시켰다.

그러니까 지금 발밑에는 텅 빈 마법 아이템들이 데굴데굴 굴러다니고 있었다. 나도 좀 전에 스승님이 옛날에 제작했던 '영령의 투구'를 두 개쯤 깨끗이 비워버렸다.

마법을 적당히 발동시키기만 한다면 편할 텐데, 이렇게 정밀한 제어가 필요한 경우에는 소모가 심해진다.

브레이크를 밟으면서 동시에 액셀을 마구 밟는 느낌이랄까. 엄청나게 부담이 된다.

한편 아일리아는 어떤가 하면, 지금은 기진맥진하여 잠들어 있었다. 그리고 일찍 할 일이 다 끝나버린 라시도 벽에 기대어 자고 있었다.

"이제 괜찮은 건가……? 저 녀석이 저렇게 자고 있어도 괜찮아……?"

"그건 잘 모르겠지만, 무슨 일 있으면 깨우……."

카이트가 벌렁 쓰러졌다.

라시의 배에 카이트의 뒤통수가 부딪쳤다. 그러나 둘 다 일어날 기미가 안 보였다. 카이트는 그대로 라시를 베개 삼아 기절해 버렸다.

주위가 왠지 조용해서 둘러봤더니, 스승님과 멜레네 선배도 딱 붙어서 자고 있었다. 이 두 명은 수면이 거의 필요 없는 존재이므로 참 진귀한 광경이었다.

미티와 이자벨도 아기 침대에 기댄 채 쌔근쌔근 잠자고 있었다.

그런데 이렇게 되면 나는 잠을 잘 수가 없구나. 간호 교대 요원이 올 때까지, 나 혼자라도 일어나 있어야지…….

그렇게 생각했는데 갑자기 눈앞의 벽이 천장으로 바뀌었다.

어라? 내가 언제 쓰러졌지?

황급히 일어나려고 했을 때, 내 시야의 가장자리에 커다란 사람 그림자가 언뜻 보였다.

누구냐?

내가 일어나자, 그 커다란 사람 그림자는 이쪽을 돌아봤다.

아니, 이럴 수가?!

저 크고 듬직한 모습과, 위엄이 넘치는 용의 옆얼굴은…….

저것은, 프리덴리히터 님이잖아?!

내가 지금 꿈을 꾸는 건가?!

아니, 틀림없이 꿈일 거다. 죽은 자는 결코 되살아나지 않는다. 저것은 꿈이나 환상, 둘 중 하나가 확실했다.

확실했지만.

그래도 좋았다.

"폐하!"

내가 말을 걸자, 초대 마왕 프리덴리히터 님은 집게손가락을 입에 댔다.

조용히 해라, 아기가 깨지 않느냐.

그렇게 말씀하셨다.

이어서 용인족 특유의 박력 있는 얼굴로 피식 웃으셨다.

나는 더 이상 참을 수 없었다. 당장 뛰어가서 프리덴리히터 님을 쳐다봤다.

당신이 먼저 죽는 바람에 우리는 남겨지고 말았다.

그때부터 우리는 고생했고, 싸웠고, 고민하고, 필사적으로 발버둥 쳤지만.

그래도 어떻게든 당신의 이상과 삶을 추구해왔는데.

하고 싶은 말은 잔뜩 있었고, 들어줬으면 하는 이야기도 잔뜩 있건만, 무슨 이야기를 하면 좋을지 알 수 없었다.

그때 프리덴리히터 님은 여전히 미소를 지은 채 살짝 고개를 끄덕였다.

말하지 않아도 된다. 짐은 항상 그대와 함께 있었으니까.

아아, 그렇구나.

그랬구나.

나는 이 순간, 모든 것을 이해했다.

삶과 죽음의 숙명도, 환생의 비밀도. 우리가 무엇 때문에 살아왔고 어디로 가는지도.

뭐야. 슬퍼할 이유는 하나도 없었던 거잖아.

이런 간단한 것을 몰라서 우리는 고민하고 있었던 건가. 나는 왠지 우스워져서 나도 모르게 쓴웃음을 지었다.

그러자 프리덴리히터 님도 웃었다.

짐의 유지를 이어받아줘서 고맙구나. 나의 부관이여. 그대 혼자만 너무 고생하게 만들었어. 미안하다.

그렇게 말씀해 주셨다.

이번에는 눈물이 났다.

프리덴리히터 님은 침대 위에 있는 아기, 즉 내 딸을 살며시 쓰다듬었다.

신생아의 팔보다 더 굵은 손가락. 내 딸은 눈을 감은 채 그 손가락을 붙잡았다. 작디작은 손이었다.

이 아이는 복 받은 아이야. 그대가 쌓아 올린 평화의 시대를 살아갈 수 있게 되었으니까. 그러면서 프리덴리히터 님은 웃었다.

이 아이의 인생에 무수한 행복이 깃들기를.

조용히 축복을 해줬다.

프리덴리히터 님은 나를 돌아봤다.

이렇게 그대의 자식이 탄생하는 것도 지켜봤구나. 이제 여한이 없다. 새 생명의 탄생을 끝으로, 과거의 존재는 이만 떠나가도록 하마.

그렇게 말하더니 프리덴리히터 님은 천천히 걸음을 뗐다.

"잠깐만요! 기다려주세요! 폐하! 어디 가시는 겁니까!"

등을 돌린 프리덴리히터 님은 재미있다는 듯이 웃었다.

지금의 그대라면 알 텐데?

그렇다, 지금의 나는 알고 있었다. 알지만, 그것은 너무나 괴로운 것이었다.

"당분간 여기 계셔주세요! 폐하! 적어도 제 딸이 성인이 될 때까지는 지켜봐 주세요!"

그럴 수는 없다. 다음 전쟁터가 나를 기다리고 있어.

프리덴리히터 님은 그렇게 말했다.

그때 나는 기묘한 것을 눈치챘다.

프리덴리히터 님의 뒷모습이 용인의 모습이 아니었다. 어느새 인간이 되어 있었다.

키가 크지는 않지만, 허리를 꼿꼿하게 세운 뒷모습. 제모(制帽)와 스탠딩 칼라 제복, 견장, 그리고…… 저것은 사벨인가?

저 차림은 마치 이전 세계의…….

설마, 저것이 프리덴리히터 님의 전생의 모습인가?!

"폐하, 얼굴을! 하다못해 마지막으로 얼굴이라도 보여주십시오! 그리고 당신의 진짜 이름을……."

프리덴리히터 님은 눈 부신 빛 속으로 걸어가면서 즐겁게 말했다.

짐의 진짜 이름은 프리덴리히터. 평화의 중개자이다.

프리덴리히터 님은 계속해서 말씀하셨다.

바이트여. 언젠가 끝없는 윤회의 굴레 속에서 또 만나자. 그때는……

빛 속에서 이쪽을 등진 채, 프리덴리히터 님은 한 손을 들어 인사했다.

다시 한번 짐의 부관이 되어주겠는가?

그렇게 말씀하셨다.

최고로 즐거워 보였다.

"폐하!"

나는 소리를 지르다가 내 목소리에 놀라서 눈을 떴다.

역시 꿈이었구나. 완벽하게 잠들었었다.

창문이 없는 방이라서 몇 시인지는 알 수 없었지만, 나 말고는 아무도 없었다. 모두들 일어나서 방을 나간 것 같았다. 아일리아 와 딸의 모습도 보이지 않았다. 나 참, 다들 나만 놔두고 가버린 건가.

그렇게 생각했을 때 나는 문득 베개를 봤다.

아마도 나는 근처에서 굴러다니던 마법의 투구를 베개 삼아 누워 있었나 보다.

이것은 오래전에 스승님이 제작하셨던 '영령의 투구'였다. 죽은 자의 모습과 재회하여 그 조언을 들을 수 있다고 하는 아이템이 었다.

륜하이트 전역에 넘쳐흐르는 농밀한 마력.

이번 수술에 사용된 수많은 마법과, 그것이 만들어 낸 마력의 복잡한 움직임.

벽에 그려진 죽음의 마술 문양과, 스승님이 펼치신 강력한 결계.

마술적으로는 무슨 일이 일어나도 이상하지 않은 상황이었다.

하지만…… 그래도, 설마?

그때 몬더가 하품하면서 안으로 들어왔다.

"흐아~암……. 아, 안녕? 대장."

"응, 안녕. 지금 몇 시야?"

"다음 날 아침이야."

히죽 웃는 몬더.

"아일리아는 괜찮아? 우리 딸은?"

"둘 다 건강하고 무사해. 또 수술에 참여한 녀석들은 모두 다 침대에서 쿨쿨 자고 있어."

다행이다.

정말 다행이야.

내가 크게 안도의 한숨을 내쉬자, 몬더가 머리 뒤로 손깍지를 끼면서 문득 고개를 갸웃거렸다.

"아, 맞다. 있잖아, 대장."

"응, 왜?"

"어제 출산하는 자리에 인간 남자, 있었어? 카이트 말고."

"없었는데."

몬더가 더 크게 고개를 갸웃거렸다. 워낙 몸이 유연하다 보니 목이 비정상적으로 구부러져서 징그러울 정도였다.

"이상하네……?"

"왜, 뭔데?"

"저기, 그게 말이지. 한밤중에 이 방에서 나오는 사람을 봤는데, 제릭도 가니 형제도 눈치를 못 챘대."

이봐, 무서운 이야기는 하지 말아줘.

아니, 잠깐만.

"그 사람, 혹시 모자를 쓴 귀족 같은 차림새 아니었어? 허리에 사벨 같은 검을 차고."

"아, 맞아! 그거야! 순식간에 휙 지나가서 정확히는 못 봤지만."

몬더가 웃었다. 그러더니 안도의 한숨을 쉬었다.

"에이, 뭐야. 대장이 아는 사람이었구나. 괜히 걱정했네. 나밖에 눈치채지 못할 정도로 기척도 냄새도 거의 없었는걸. 그래서 깜짝 놀랐어."

그렇겠지.

응…… 그랬구나.

나는 얍 하고 일어났다. 머리를 흔들고 정신을 똑바로 차렸다. 그것은 꿈, 또는 의식이 몽롱해진 상태에서 본 환각이다.

그 증거로 지금의 나는 삶과 죽음의 숙명도, 환생의 비밀도 몰랐다.

꿈속에서는 진리를 이해할 수 있었는데 눈을 떴더니 역시나 알 수가 없더라……라는 것은 마술사에게는 흔한 일이었다. 나도 경험한 적이 있고.

아무튼 그때는 내 머리가 정상적으로 작동하지 않았던 것은 확실하다.

그러니까 꿈이라고 생각하기로 했다.

그렇게 생각하지 않으면 울음이 터질 것 같았으니까.

여전히 참 요령이 없는 사람이구나. 그리고 너무 제멋대로였다. 다음에 만나면 그때는 진짜로 불만을 실컷 털어놔야겠다.

그때 오히려 내가 그 사람에게 혼나지 않도록, 앞으로도 제대로 열심히 살아야겠다.

가슴이 설레었다.

"좋아, 우선 내 딸의 이름이라도 지어볼까."

"그럼 빨리하는 게 좋을걸? 대마왕님이 '큐워페테'로 할까, '슈폴린'으로 할까 고민하고 계시더라."

"아니, 스승님은 뭐야? 왜 남의 딸 이름을 마음대로 지어주려고 하는 거지?"

심지어 그 네이밍 센스는 최악이었다.

자기가 당해서 싫었던 일을 무의식중에 남한테 똑같이 해주려는 건가.

"빨리 막아야겠다. 다들 어디 있어?"

"2층 병실."

"좋아, 가자."

나는 흰색 로브를 벗어던지고, 내 딸의 이름을 지어주기 위해 복도로 뛰쳐나갔다.

딸의 이름은 '프리데'로 결정됐다. 부부 회의, 만장일치에 의한 가결이었다.

이 결과에 다다르기까지는 길고도 끝없는 싸움을 해야 했는데, 그건 이제 더 이상 떠올리기도 싫었다.

특히 스승님이 끈질겼다.

하지만 고왕조 시대의 '예쁜 이름'을 이 시대에 붙여주셔도 곤란한걸요.

'프리데'는 아인도르프 가문에 전해 내려오는 유서 깊은 이름이고, 또 동시에 나의 왕 프리덴리히터의 이름과도 공통점이 있었다.

아인도르프 가문의 인명록을 봤을 때 '이거다!' 하고 생각했다.

프리덴리히터 님의 반만 닮아도 좋으니까, 고결하고 총명한 인물이 되었으면 좋겠다.

그런 소원도 담은 이름이었다.

딸이 태어난 다다음 날.

나는 아일리아의 병실에서 그녀의 면역력을 높여주는 마법을 걸고 있었다.

그것은 본디 해독마법인데, 무기에 바르는 독 중에는 오물처럼 감염증을 일으키는 종류도 있다. 그래서 일반적인 해독마법에는 면역력도 높여주는 술식이 포함되어 있었다.

아일리아의 몸 상태는 아주 좋았다. 과연 마왕님답다고 할까.

단, 수술 직후에 카이트가 측정한 바에 의하면 아일리아의 마력은 10카이트 정도 감소했다고 한다.

마법에 의한 외부의 처치가 제때 이루어지지 못해서 결국 생명 유지를 위해 그만한 마력이 소모된 것이다.

즉, 평범한 임신부한테 그런 수술을 했다가는 임신부가 사망했을 가능성이 높았던 것이다. 좀 더 연구할 필요가 있구나.

그리고 지금 우리는 곤히 잠들어 있는 우리 딸을 바라보고 있었다.

"3대 마왕의 딸이자, 2대 마왕이 직접 꺼내준 아이이자, 초대 마왕에게 축복받은 아이란 말이지⋯⋯."

내가 그렇게 중얼거리자, 아일리아가 미소 지었다.

"정말로 흔치 않은 일이지요. 운이 좋았네요."

"아, 그렇게 생각할 수도 있나?"

난 그냥 평범한 아이가 좋은데.

어쨌든 이로써 점성술사 미티의 예언도 이해하게 되었다.

죽은 자의 그림자라는 것은 프리덴리히터 님의 그림자였던 것이다. 그것이 진짜 영혼이었는지는 나도 잘 모르지만, 분명히 나는 그날 밤에 돌아가신 프리덴리히터 님을 만났었다.

아일리아와 그 이야기를 하면서 나는 문득 내가 염려했던 것을 말해봤다.

"예언이라는 것은, 그 자체가 예언을 성취시키려고 한다는 이야기를 들어본 적이 있어. 예언된 불행을 피하려고 하다가 반대로 그 예언의 결과를 자초하는 경우도 있대."

이것은 절대로 다시 할 수는 없으니까 검증할 방법은 없지만, 그런 설도 있다고 한다.

"그러니까 어쩌면 이 아이는 자연스러운 출산 방식으로도 태어났을지도 몰라…….”

사실 예언에 관해서는 뭐라고 단정 짓기 어려웠다.

단정 짓기는 어렵지만, 아무튼 우리 딸은 무사히 태어났고 아일리아도 건강했다.

그리고 아일리아는 완전히 원래대로 돌아온 배를 쓰다듬으면서 조용히 미소를 지었다.

“결국 이렇게 무사했으니까 괜찮아요. 오래 끌었다가는 무슨 일이 생겼을지 모르잖아요.”

“그렇게 말해주니 내 마음도 좀 편해지는군…….”

나는 일어났다. 그리고 아기 침대에 누워 있는 우리 딸을 바라봤다.

불그스름하고 쪼글쪼글하고, 또 무척 작았다.

“예전에 살던 곳에서는 젖먹이를 ‘붉은 아이’란 뜻으로 ‘아칸보[赤ん坊]’라고 불렀었는데, 응, 확실히 붉구나. 아 참, ‘아카쨩[赤ちゃん]’이라고도 불렀었어.”

“아카쨩? 왠지 귀여운 느낌이네요. 특히 당신 입에서 나오니까 더 그래요.”

아일리아가 쿡쿡 웃었다.

프리데는 나와 같은 흑발이고, 얼굴은 나와 아일리아를 섞어놓은 것 같았다.

흑발은 금발에 대해 우성 유전이니까. 아일리아의 금발은 질수밖에 없었다. 아깝게도.

하지만 프리데, 너는 아일리아를 닮아서 미인이야. 내 이목구

비 중에서도 괜찮은 부분만 잘 골라서 물려받았구나.

틀림없이 나중에는 인기가 많아질 거야.

나는 기분이 좋아져서 프리데의 손을 살며시 잡았다. 프리데는 잠든 채 내 손가락을 조물조물 쥐었다.

"이제야 겨우 만났구나. 프리데. 내가 네 아버지야. 아버지가 되는 것은 처음이니까 살살 대해줘."

그러자 프리데는 여전히 눈을 감고 있으면서도 방긋 웃었다. 배냇짓이었다.

그러고 보니 이 아이도 모로 반사를 할까……?

응, 당연히 하겠지. 인랑 아기도 모로 반사는 하고, 크월의 왕자도 모로 반사는 했었다.

그러니까 이 세계의 인류도 인랑도 모두 다 이전 세계의 영장류와 비슷한 진화 과정을 밟아왔다고 봐야 할 것이다.

내가 힐끔 아일리아를 보자, 그녀는 아직 웃고 있었다.

"뭐예요. 또 전생의 학식을 떠올린 거예요?"

들켰다.

"응, 당신한테는 못 이기겠어……."

나는 가볍게 헛기침을 했다. 그리고 무엇부터 설명해 줄지 잠시 생각해 봤다.

신생아가 보통은 아버지를 닮는다는 거, 그건 이유가 좀 그런가?

배냇짓 이야기도 약간 분위기를 깨는 것 같고.

그런 생각을 하고 있는데, 프리데가 눈을 뜨더니 조그맣게 울기 시작했다. 입을 벌리고 응애~ 응애~ 하고 필사적으로 울고 있었다.

하지만 아직은 작은 목소리였다. 목소리가 가늘었다.

파커가 말했던 것처럼 참 덧없는 존재구나. 귀여운 울음소리였다.

그래서 우리는 무심코 웃었는데. 그 순간 프리데에게서 강렬한 충격파가 발생했다.

"으아아앙~!"

이게 신생아 울음소리인가?!

내장이 흔들리는 것 같았다.

"꺅?!"

"괜찮아, 내가 여기 있어!"

아일리아가 비명을 지르자, 나는 재빨리 그녀를 끌어안았다.

충격파는 순수한 마력이었다. 딱 한순간 발생했을 뿐이고.

물리적 위력은 없었는지 실내 상태는 멀쩡했다. 나와 아일리아도 둘 다 별다른 이상은 없었다.

하지만 이것은, '소울 셰이커'잖아?! 변신도 안 하고 포효한 거야?!

내 딸은 내 필살기를 태어날 때부터 가지고 있는 건가.

그뿐만이 아니었다.

방 안에 가득 찬 마력이 마족 특유의 기운을 지니고서 천천히 꿈틀거리기 시작했다. 소용돌이를 그리면서.

소용돌이의 중심에 있는 것은, 여전히 침대에 똑바로 누워 있는 프리데였다. 프리데의 몸속으로 마력이 빨려 들어가고 있었다.

마력을 좀 흡수했더니 진정이 된 걸까. 프리데는 평범한 아기처럼 응애~ 응애~ 하고 귀엽게 울기 시작했다.

"스승님의 '마력의 소용돌이'야……."

마력을 흡수하는 아기라니. 전대미문이었다.

"프리데…… 괜찮니? 어디 불편하진 않아요?"

아일리아가 프리데를 안아 들자, 프리데는 금방 울음을 그쳤다. 가느다란 팔다리를 구부리더니 작게 몸을 웅크렸다.

이것만 보면 평범한 아기였다.

그러나 절대로 평범하지는 않았다.

나는 아일리아와 얼굴을 마주 보고 즉시 고개를 끄덕였다.

"스승님을 모셔올 테니까 이 방에는 아무도 들이지 마. 아까 그 위력의 포효를 들으면, 보통 인간은 한동안 움직이지 못하게 되니까."

"알았어요. 아, 젖 먹고 싶니?"

아무 말도 안 해도 아일리아는 프리데의 요구를 이해하는 것 같았다. 가슴을 드러내고 딸에게 젖을 먹이기 시작했다. 프리데는 얌전히 있었다.

저 정도면 한동안 소울 셰이커는 사용하지 않을 것이다.

나는 복도로 나와서 아인도르프 가문의 시녀들에게 대마왕 폐하를 찾는 중이라고 말했다. 여럿이 분담해서 빨리 찾아야겠다.

그때 복도 저쪽에서 몬더가 뛰어왔다.

"대장, 인호 애들이 미랄디아에 도착했대! 항구에서 당장 화려하게 난투를 벌이는 바람에 베르자 시민들이 일곱 명 부상을 당했대."

왜 하필 베르자 항구로 들어온 거야?

그 녀석들, 항구를 잘못 찾았군.

"게다가 베르자 시민들이 엘메르지아 일행을 보고 너무너무 기뻐해서, 인호 애들이 꼼짝도 못 하게 되었대. 엄청 환영받고 있다던데."

그런다고 또 기뻐하는 베르자 시민들도 제정신은 아니었다.

아니 뭐, 그래. 구릿빛 미녀가 인호로 변신해서 날뛴다면, 섹시한 것을 좋아하는 베르자 녀석들이 기뻐하는 것도 당연하지만.

"저기, 대장이 마중하러 나가는 게 좋지 않을까?"

"하지만 지금은 그럴 때가 아니야. 우리 딸이 완전히 나를 닮았단 말이야."

그러자 몬더가 고개를 갸우뚱했다.

"잘된 거 아냐? 기쁘지?"

아니, 그게 아니라.

사정을 설명하려고 했는데, 이번에는 용인족 크루체 기관장이 찾아왔다.

"크월 왕국 카얀카카 지방으로 보낼 조사단을 편성했습니다. 단, 조사용 기자재를 운반할 배를 찾지 못했습니다. 게다가 핵심 전력인 카이트 님이 죽어도 가기 싫다고 떼를 쓰고 있어서……."

우와, 다들 왜 이래.

덤으로 륜하이트 위병대의 벤겐 대장까지 달려왔다.

"바이트 님, 버섯처럼 생긴 녀석들이 신시가에서 행패를 부리고 있습니다! 스스로 버섯인족이라고 하던데, 그놈들이 민가와 상점 앞에다 포자를 마구 뿌려놔서…….”

아, 서쪽 대수해에서 이제야 겨우 여기까지 온 건가.

“버섯인족에게는 목재도 고기도 책도 전부 다 ‘생물의 시체’라서 그래. 시체라면 가리지 않고 무조건 배지(培地)로 삼는 것이 그들한테는 예의인가 봐. 그냥 구별을 못 하는 거지, 그들에게 악의는 없어. 벤겐 님.”

하지만 당장 말리지 않으면 큰일 날 것이다.

미랄디아도 이웃 나라들도 이제야 겨우 안정되기 시작했고 내 딸도 무사히 태어났건만, 전혀 느긋하게 지낼 수가 없었다.

하지만 아마도 이것이 내 인생일 것이다.

앞으로도 마왕의 부관으로서, 이 일상이라는 이름의 싸움을 계속하게 되리라.

앞으로 쭉.

나는 작은 한숨을 쉬었다. 그리고 사태를 해결할 순서를 서둘러 정리했다.

내 딸도 걱정됐지만, 그동안 극복해 온 시련에 비하면 이 정도는 별것도 아니었다.

“좋아, 차근차근 전부 다 처리해 가자. 하지만 스승님을 찾는 것이 최우선이야. 이건 마왕군의 중대사야.”

이렇게 나의 ‘평범한 부관’으로서의 싸움의 나날은 끝없이 이어져 간다.

그리고 프리데가 태어난 그날 밤 이후로, 나는 두 번 다시 프리덴리히터 님의 꿈을 꾸지 않았다.

미랄디아의 네 영웅과 크월 제후 회의

파커는 예복으로 갈아입더니 자신의 해골에 환술을 걸었다. 다정하게 생긴 미남으로 변신. 그의 생전의 얼굴이었다.

"제후 회의를 하기 전에 너희들에게 중요한 이야기를 하고 싶어."

미랄디아에서 달려온 젊은이 콤비, 뤼니에와 뮈레는 긴장한 표정을 지었다. 좋은 표정이야. 파커는 그렇게 생각했다.

"바이트는 모든 이웃 나라의 지도자들과 친분이 깊어. 여기저기 많은 도움도 줬고, 실력도 보여줬어. 너희들도 잘 알다시피."

"네, 일단 알고 있습니다."

뤼니에와 뮈레가 고개를 끄덕였으므로 파커도 똑같이 고개를 끄덕였다.

"그러니까 바이트가 있으면 미랄디아의 외교는 아무 문제가 없어. 그 대신 바이트가 없으면 아무것도 할 수 없지."

바이트가 귀국해버린 현재 상황에서는, 크월 제후가 모이는 중요한 회의에서 발언을 할 수 있는 미랄디아인이 없었다.

없는데, 그래도 누군가는 해야만 한다.

"이번 회의에서는 미랄디아와 크월의 설탕 무역에 관해서도 의논할 거야. 왕실의 재정과 깊이 관련된 문제이니까. 당연히 미랄디아 측의 설탕 수요 상황과 의견 등도 이야기해야 할 거야. 하지만 바이트는 없으니까. 우리가 그걸 해내야 해."

"기, 긴장되네요……."

뮈레가 마른침을 꿀꺽 삼켰다. 그는 무역에 관해서는 잘 아니까. 이것이 상당한 난제라는 사실을 제대로 이해하고 있는 듯했다.

파커는 그들을 보고 웃었다.

"우리들 네 명이 협력하면 바이트와 비슷한 일을 해낼 수 있을 거야."

"해낼 수 있을까요?"

서류를 정리하던 마오가 이쪽을 돌아봤다. 파커는 진지한 얼굴로 답했다.

"이 정도 일도 해내지 못하면 결국 미랄디아에 밝은 미래는 없을 거야. 바이트 혼자 모든 일을 처리하기에는 미랄디아 연방이라는 나라가 너무 거대하거든. 혼자서 어떻게든 감당할 수 있는 것은, 소규모 도시국가 수준이 한계야."

그래서 원로원도 태수들에게 도시를 하나씩 맡겨놓고 그것을 총괄하고 있었다. 외교를 차단하고 역사의 흐름에 등을 돌린 채.

"하지만 앞으로는 그런 방식은 안 통해. 바이트 이외에도 우수한 젊은이가 있다는 사실을 크뷀 사람들에게 가르쳐주지 않을래?"

파커가 미소를 짓자, 뤼니에와 뮈레는 고개를 끄덕거렸다.

"하, 한번 해볼게요."

"나도요."

순수한 소년들의 진지한 표정. 그걸 본 파커와 마오도 저절로 미소를 지었다.

"걱정하지 않아도 돼. 나와 마오가 도와줄 테니까."

"숫자 계산은 맡겨주세요. 그리고 '악랄한 흥정'도요. 저는 바이트 님 공인 악덕 상인이니까요."

서류 뭉치를 손에 든 마오가 공손히 고개 숙여 인사하자, 일동은 다 함께 웃었다.

"자, 그럼 회의장으로 가볼까."

이리하여 제1회 크월 제후 회의가 시작됐다.

죽 늘어앉은 제후들과 궁정 신하들은 모두 다 크월의 국정을 짊어지는 실력자들이었다. 멀리 사는 제후들은 대리인을 출석시켰다.

밧자 공 비라코야.

카르팔 공 포와니.

와자르 공 아마니.

페슈메트 공의 대리인 바이르켈.

법전청 장관과 시종장과 신관장 등도 출석했다. 또 '산의 백성'의 장로들도 있었다.

물론 파스린 왕비도 이 자리에 참석했다.

그런 회의장 한구석에 미랄디아 외교단 네 명이 앉아 있었다.

"마오 씨, 큰일 났어요. 이런 회의에서 발언을 하라니, 저는 못할 것 같아요."

뮈레가 쭈뼛거리면서 돌아보자, 뒷자리에 앉아 있던 마오가 고개를 옆으로 흔들었다.

"당당하게 행동하세요. 당신의 태도도 다른 사람들이 다 보고 있으니까요."

"아, 그렇구나……."

뮈레가 앞을 바라봤다. 그런데 이번에는 뤼니에가 뒤를 돌아봤다.

"저는 롤문드 출신인데 정말로 발언을 해도 되나요?"

그 말에 파커가 쓴웃음을 지었다.

"너희들 뒤에 있는 어른들은 마족과 화국 출신이야. 순수한 미랄디아인은 뮈레밖에 없어."

다양한 녀석들이 모여 있는 것이 미랄디아의 약점이기도 하지만 강점이기도 했다. 파커는 이야기를 계속했다.

"크월밖에 모르는 녀석들에게 너의 견식을 보여줘. 여차하면 등 뒤에서 귓속말로 조언해 줄게."

"아, 알겠습니다."

뤼니에가 앞을 바라봤다.

회의는 우선 크월의 현재 상황을 확인하는 것부터 시작됐다. 이번 의장인 카르팔 공 포와니가 일동에게 고했다.

"파잠 2세 폐하가 붕어하심으로 인해 각지에서 혼란이 발생하고 있습니다."

파잠 2세는 거의 정치에는 관여하지 않았으므로 그것은 사실이 아니었다. 혼란의 원인은 자카르가 일으킨 일련의 소란이었다.

하지만 그것을 공식적으로 인정할 수 없는 제후들은 그의 존재를 어둠 속에 묻어버리기로 했다.

"조속히 이 나라의 질서를 회복해야 합니다. 왕실의 재정도, 제후의 재정도 현재 위기 상황이므로, 미랄디아와의 설탕 무역 확대가 급선무입니다."

크월의 내전으로 인해 연안 제후와 메지레 강 유역 제후는 형식적으로나마 싸웠었다. 미랄디아는 연안 제후의 편을 들었으므로 유역 제후는 표면적으로는 그들의 적이었다.

그러나 카르팔 공은 유역 제후이면서도 바이트에게 큰 빚을 진 입장이었다. 친미랄디아파의 필두였다.

파커는 그 사실을 뤼니에와 뮈레에게 가르쳐줬고, 아이들은 진지하게 고개를 끄덕였다.

"선생님은 역시 굉장하시다."

"적조차 아군으로 만든다는 것이 정말로 가능한 거였구나. 그럼 이번 일은 식은 죽 먹기인 거 아냐?"

그러면서 뮈레는 웃었지만, 마오가 고개를 가로저었다.

"그건 아니에요. 저들은 당장 욕망을 드러내면서 서로 치고받고 싸워댈 겁니다. 정신 바짝 차리세요."

마오의 말은 금방 현실이 되었다.

연안 제후 중 한 명이 시뻘게진 얼굴로 소리를 질렀다.

"항구가 없으면 미랄디아에도, 화국에도 설탕을 수출할 수 없어요!"

즉시 유역 제후 측에서도 반론이 튀어나왔다.

"항만 사용료가 너무 비싸!"

"설탕을 생산하는 것은 우리거든?!"

"항만 사용료를 상품 가격에다 전가해야 할 텐데, 미랄디아가 그걸 승낙할 리가 없잖아?!"

그러자 지체 없이 다른 연안 제후가 고함을 쳤다.

"당신들은 이미 우리한테 항복했잖아?! 그만 포기하고 우리의 조건을 받아들여! 무인으로서의 긍지는 없나?!"

"장사에 관해 이야기하는데 무인이고 긍지고 나발이고 따질 수 있겠냐, 이 바보야!"

혈기 넘치는 영주 중에서는 벌떡 일어나 허리의 곡도에 손을 대는 사람도 있었다. 물론 주변 사람들이 제지했지만, 토론이 더 이상 격화되면 어떻게 될지 몰랐다.

뮈레가 한숨을 쉬었다.

"나이도 먹을 만큼 먹은 어른들이 도대체 뭐 하는 건지······."

그러자 파커가 웃었다.

"나이도 먹을 만큼 먹은 어른들이기 때문에 다들 필사적인 거야. 그러니까 그런 식으로 말하면 안 돼."

"그게 무슨 뜻이죠?"

뮈레의 질문에 파커는 진지한 어조로 대답했다.

"저 사람들은 영주야. 자신이 다스리는 도시나 농촌을 최우선으로 생각할 필요가 있어. 그렇다면 토론은 '무엇이 옳은가'가 아니라, '어떻게 하면 이익을 얻느냐'를 염두에 두고 진행하게 될 수밖에 없지."

"하지만 그건⋯⋯."

뮈레는 납득하지 못한 표정이었다. 그래서 마오가 옆에서 끼어들었다.

"이곳은 학문적 토론의 장이 아닙니다. 뮈레 님. 정의나 진리를 추구하는 것보다는, 전원이 납득할 수 있는 타협점을 찾는 것이 더 중요해요."

마오는 살짝 한숨을 쉬었다.

"그러니까 당신의 조부님이 악랄한 수완가라는 것은 오히려 좋은 평판이라고 할 수 있습니다. 직무에 충실하고 유능한 태수, 신뢰할 수 있는 거래 상대인 거죠. 누가 뭐래도 진짜 빌어먹을 영감님이지만."

"아, 그렇군요."

뮈레는 납득한 것처럼 고개를 끄덕였다.

그러는 동안에도 토론은 점점 더 이상한 방향으로 진행되고 있었다.

"이봐, 항만 사용료를 전가해서 설탕 가격을 다시 계산해 봐⋯⋯ 응? 이거 봐. 이렇게 비싸지잖아! 이런 걸 누가 사? 안 팔려!"

"이봐요 당신, 시끄러워! 미랄디아가 설탕을 살지 안 살지는 저기 있는 대표단에게 물어보면 되잖아?!"

토론의 불똥이 이쪽으로 튀자, 참석자들이 뤼니에를 비롯한 미랄디아 대표단을 쳐다봤다.

카르팔 공이 다소 동정하는 듯한 표정으로 뤼니에와 동료들에게 질문했다.

"미랄디아 측의 생각은 어떻습니까?"

뮈레와 뤼니에는 서로 얼굴을 마주 봤다. 그리고 뮈레가 일어났다. 뮈레가 좀 더 나이가 많기도 하고 순수한 미랄디아 출신이니까. 자기 역할이라고 생각했나 보다.

"미…… 미랄디아 입장에서도, 설탕 무역의 이익은 중요합니다. 가격이 너무 비싸면, 어, 구매할 수 없습니다."

즉시 유역 제후가 소리를 질렀다.

"거봐, 역시 안 팔리잖아?! 미랄디아가 사주지 않으면 우리 장사는 끝이야!"

"하지만 이번 전쟁 비용을 어떻게든 해결하지 않으면 우리 영지의 재정이 파탄 날 거야."

"내전 도중에는 느긋하게 장사나 할 여유도 없었고. 큰 손해를 봤어."

"역시 바이트 님에게 직접 말씀드릴 수밖에 없나?"

이번에는 토론 분위기가 확 바뀌어서 크월 사람들끼리만 이야기하기 시작했다. 그 누구도 이쪽을 보지 않았다.

뮈레는 쭈뼛쭈뼛 주위를 둘러본 후, 어색하게 슬금슬금 자리에 앉았다.

그리고 힘없이 고개를 푹 숙였다.

"아마 선생님이었으면 이런 추태는 보이지 않았을 텐데."

"바이트는 이번에 음지에서 활약한 주역이었으니까. 제후들도 왕실도 바이트 앞에서는 큰소리칠 수 없는 거야. 하지만 너도 잘

했어. 도망치지 않은 것은 훌륭해. 미랄디아의 의지도 확실하게 표명했고."

그러면서 파커는 웃었지만, 곧바로 팔짱을 끼고 생각에 잠겼다. 아무래도 일이 쉽지는 않을 것 같았다.

"아무튼 좀 곤란하네. 다들 무역의 이권에 눈이 멀어서 합의가 안 되고 있어."

그때 뤼니에가 결연한 표정으로 말했다.

"그럼, 여기서는 제가 한번 나서볼게요."

"뤼, 뤼니에, 너 왜 그래?!"

뮈레가 걱정스럽게 말했지만, 뤼니에는 개의치 않고 자리에서 일어났다.

"실례합니다! 발언을 허가해 주세요! 저는 롤문드 제국의 황자였던 뤼니에 볼셰비키 드니에스크 롤문드라고 합니다!"

좀 전에 화제에 올랐던 롤문드의 옛 황자가 나서자, 순식간에 회의장이 조용해졌다.

"미랄디아는 롤문드의 황족까지 끌어들인 건가……."

"그것도 바이트 경의 공작이었을까요?"

"네, 아마 그렇겠죠……."

소곤소곤 조용한 대화가 오갔다.

뤼니에는 필사적으로 외쳤다.

"지금 중요한 것은 슈마르 왕자님과 왕가를 지키는 것이잖아요?! 저는 내전으로 아버지를 잃고 조국에서 쫓겨났습니다! 그러나 바이트 님이 저를 구해주셨습니다!"

제후들은 뤼니에의 말을 듣고 있었지만, 그 시선은 결코 호의
적이지 않았다.

"슈마르 왕자님을 지킬 수 있는 것은 크월 제후 여러분밖에 없
습니다! 부디 지금은, 지금 이 순간만은 이익 말고 왕가의 존속을
최우선으로 생각해 주세요! 제발 부탁드립니다!"

단숨에 거기까지 다 말하고 나서 뤼니에는 자리에 앉았다.

뮈레가 뤼니에의 등을 팍팍 두드렸다.

"야, 넌 역시 굉장한 녀석이구나."

"으, 응······. 하지만 사람들은 납득하지 못한 것 같아."

뤼니에의 말대로 제후들은 슬며시 한숨을 쉬고 있었다.

"으음. 곤란하군요."

"그런 원칙적인 것은 우리도 잘 알고 있지만······."

차갑게 반응하는 소리가 들려왔다. 뤼니에는 풀이 죽었다.

그때 파커가 고개를 옆으로 흔들었다.

"뭐, 어쩔 수 없어. 이상이 밥을 먹여주진 않으니까. 아, 나는
실제로도 밥을 먹을 필요가 없지만."

그런데 파커의 이 혼신의 농담에도 뤼니에는 전혀 반응하지 않
았다.

"그렇죠······. 이런 말 한마디로 어떻게든 해결이 된다면, 내전
이 일어나지도 않을 테죠······."

"뭐?! 아, 응, 그건, 그렇지······."

뤼니에와 마찬가지로 힘없이 고개를 숙이는 파커. 마오가 그를
보고 웃었다.

"그럼, 여기서는 제가 한번 나서볼까요. 이상을 내세우는 것은 잘 못하지만, 현실은 저에게 맡기세요."

마오는 일어서더니 회의장을 둘러보고 발언을 청했다.

"미랄디아 외교관인 마오라고 합니다. 좀 전에 뤼니에 황자님이 말씀하신 내용을 보충하면서 제안을 하고 싶습니다. 아, 물론 실리가 있는 이야기입니다."

"흠……?"

제후들은 의심하는 눈빛으로 마오를 쳐다봤지만, 그는 별로 신경 쓰지 않는 것 같았다.

그러자 와자르 공 아마니가 발언했다.

"제가 알기로는, 마오 님은 미랄디아에서 제일가는 무역상이라고 들었습니다."

예상치 못한 도움이었다. 아마니의 얼굴은 니아신 결핍증 특유의 붉은 발진이 사라져서 완전히 쾌차한 티가 났다.

아마니가 파커를 향해 살짝 손을 흔들었다. 그래서 파커도 무의식중에 웃는 얼굴로 덩달아 손을 흔들었다.

'언제 봐도 귀여운 사람이구나……'

"화국 출신이며, 화국 및 롤문드와도 거래를 하는 거상이라고 하시던데요. 어떤 제안인지 부디 말씀해 주셨으면 좋겠습니다."

와자르는 유역 제후 측의 유력한 도시였다. 연안 제후와 대립하던 진영의 아마니가 그런 발언을 했으므로, 불만이 있는 제후들도 마지못해 고개를 끄덕였다.

마오는 재빨리 꾸벅 인사하고 나서 이야기를 시작했다.

"감사합니다. 자, 이곳은 실무적인 협의를 하는 자리이므로, 이제 와서 원칙론을 논하는 것이 부적절하다는 것은 잘 알고 있습니다. 그러나 방금 전 뤼니에 황자님의 발언을 다시 한번 고려해 주시길 바랍니다."

마오는 능숙한 태도로 거침없이 이야기했다.

"파잠 2세 폐하는 '그런 식'으로 돌아가셨고, 이 세상에 남겨진 후계자는 이제 막 태어난 슈마르 왕자님 한 분밖에 안 계십니다. 그런데 제후들은 이권을 둘러싸고 계속 싸우고 있죠……. 자, 이 것이 다른 나라들의 눈에는 어떤 식으로 비칠까요?"

파잠 2세의 공식적인 사인은 낙마에 의한 부상이지만, 일개 용병대장에게 암살당했다는 것은 주지의 사실이었다. 더구나 내전까지 터져버렸으니, 현재 크월 왕가가 약체화된 것은 확실했다.

제후들의 냉담한 시선에 희미한 적의가 깃들었다. 그러나 마오는 개의치 않고 말을 이었다.

"물론 미랄디아는 크월의 맹우로서 최선을 다해 도와드릴 생각입니다. 단, 그것이 우리나라의 국익에 도움이 되는 동안에는…… 말이죠."

마오는 싱글싱글 웃으면서 일단 말을 끊었다.

제후들은 언짢은 표정으로 서로 시선을 교환했다. 국내에서 자기들끼리 계속 싸워도 되는 상황이 아니었다.

"저쪽이 유목민을 이용하기라도 하면 곤란해……."

"그 지긋지긋한 도적놈들한테 주요 도시를 하나라도 점령당했다가는, 메지레의 중간에서 물자 유통이 중단되고 말 거야."

"국내가 혼란스러운 지금 상황에서는 그것도 전혀 불가능한 일은 아니지."

동요하는 크월 제후들. 마오는 그들을 둘러보고 나서 다시 한 번 입을 열었다.

"그 유목민도 상당히 위협적입니다만, 실은 훨씬 더 무서운 것이 여러분 곁에 존재하고 있습니다."

"어머나, 그게 누구죠?"

다소 의도적으로 느껴지는 아마니의 질문에 마오는 힘주어 대답했다.

"평민들입니다."

"평민?"

"네. 여러분도 잊지는 않으셨죠? 자카르도 용병들도 평민이었습니다. 그 평민이 그런 만행을……."

더 이상은 말하지 않았다. 국왕의 사인은 누가 뭐래도 낙마였으니까.

그러나 마오의 진의는 제후들에게는 지나칠 정도로 잘 전달되었다.

"평민을 얕보는 것은 아니지만, 어쨌든 그런 일은 두 번 다시 일어나지 않을 거야."

"한 번 일어난 일은 두 번, 세 번 일어날 수 있습니다. 실제로 자카르 휘하의 용병대는 건재해요. 더구나 수도 엔칼라가에 아직 머물고 있잖습니까?"

자카르는 이제 없지만, 자카르 같은 야심을 가진 누군가가 다시 나타난다면 똑같은 일이 일어날 가능성은 있었다.

제후들에게 끼어들 틈을 주지 않고 마오는 단숨에 우르르 열변을 토해냈다.

"아직도 모르시겠습니까? 그렇게 안타까운 참사가 일어난 것은, 자카르라는 악당 한 명 때문이 아닙니다. 이 나라의 사회 그 자체가 무시무시한 참사를 탄생시키는 토양이 되어 있는 겁니다. 그것을 개선하지 않는 한, 똑같은 사건이 몇 번이나 다시 일어날 겁니다."

그게 무슨 소리냐 하고 제후들이 토론을 시작하려고 했는데, 그때 밧자 공 비라코야가 발언했다.

"여러분, 기다려 보세요. 이분의 이야기를 끝까지 들어봅시다. 저는 흥미롭다고 생각해요."

이번에도 예상치 못한 도움이었다. 비라코야는 파커를 보면서 웃고 있었다.

'저 사람도 나름대로 은혜를 갚으려는 건가.'

파커도 마주 보고 웃었다. 바이트가 각지의 유력자들에게 은혜를 베풀어 둔 덕분에 일 처리가 무척 수월해졌다.

마오는 비라코야를 향해 가볍게 인사한 뒤 이야기를 계속했다.

"멸시당하고 굶주리고, 더 이상 잃을 것도 없는 인간이 얼마나 무서운지는 이번 사건으로 잘 알게 되시지 않았습니까? 저도 과거에는 그런 처지의 인간이었습니다. 떠돌다가 미랄디아까지 가게 된 이유도, 조국에서 제 고용주가 저에게 누명을 씌웠기 때문입니다. 그래서 저는 알고 있는 겁니다. 궁지에 몰린 자들의 무서움을."

회의장이 쥐 죽은 듯이 고요해졌다.

그 침묵 속에서 의장인 카르팔 공이 진지하게 고개를 끄덕거리고 있었다. 그도 자카르 때문에 자기 도시에서 쫓겨나 가족들을 데리고 황야를 헤맸던 경험이 있는 것이다.

그런 그가 파커에게 시선을 돌렸으므로, 파커는 묵묵히 고개를 끄덕였다. 아마도 또 도움을 주려나 보다.

예상대로 카르팔 공이 손을 들었다.

"실례합니다. 의장인데 자꾸 발언해서 미안합니다만, 저는 마오 님의 말씀을 십분 이해합니다. 확실히 자기 이권만 자꾸 챙기려고 하다가는 또다시 장해물에 걸려 넘어지고 말 거예요."

마오도 이에 동의했다.

"포와니 님의 말씀이 맞습니다. 반대로 왕가를 존경하고, 영주를 따르고, 법을 지키고, 세금을 내는 백성들만 있다면 크월은 평화로울 것입니다. 그러기 위해서라도 사탕수수 재배를 대폭 확대하고, 설탕 생산 및 유통에 그들을 종사시켜야 합니다. 생활이 안정되면 대부분은 어리석은 생각을 안 하게 되니까요."

제후 중 한 명이 팔짱을 끼면서 흥 하고 콧방귀를 뀌었다.

"그래서 그 대량으로 생산된 설탕을 싸게 팔아 달라, 그건가?"

그러자 마오는 갑자기 히죽 웃더니, 평소의 악덕 상인다운 면모를 마음껏 선보였다.

"그쪽도 손해 보는 이야기는 아닐 텐데요? 미랄디아인은 메지를 먹지 않지만, 설탕이라면 사족을 못 씁니다. 떼돈을 벌 수 있다고요?"

"정말로 떼돈을 벌 수 있나?"

의심 많은 제후들 앞에서 마오는 미리 준비해 온 서류를 꺼냈다.

"바이트 님이 시험적으로 계산해 본 바에 의하면 미랄디아에서의 설탕 소비는 앞으로 급속히 확대될 거라고 합니다. 내년에는 올해의 열 배를 수입해도 될 정도라고 말씀하셨어요."

"여…… 열 배?!"

마오도 난처하다는 듯이 가볍게 머리를 긁적거렸다.

"저도 좀처럼 믿을 수 없었지만요. 앞으로는 과자 소비가 급격히 늘어날 거라고 예측한 겁니다."

설탕은 요리와 제약(製藥)에도 사용되지만, 바이트가 주장한 것은 제과 분야의 소비였다. 소비량이 어마어마하다는 것이다. 마오는 고개를 갸우뚱했다.

"정말로 이렇게 많이 먹을까요?"

"아니, 그걸 우리한테 물어봐도 곤란한데……."

난감해하면서 서로 얼굴을 마주 보는 제후들.

"하지만 바이트 님이 그렇게 말씀하셨다면, 어, 아마도 그럴 테지."

"그 예측이 빗나가도 곤란해지는 것은 미랄디아 측일 테니까."

"우리가 설탕을 많이 만들어도 그쪽에서 그만큼 사준다면, 안심하고 증산을 할 수 있을 거야."

그런 대화가 오가더니 최종적으로는 제후들이 마오에게 물어봤다.

"정말로 열 배를 사준다는 거지?"

"바이트 님이 사겠다고 말씀하셨고, 평의회도 그 예산을 인정했으니 설탕 구매는 이루어질 겁니다. 단, 장기적인 대규모 계약이므로 가격은 적당히 낮춰주세요."

또다시 제후들이 서로 얼굴을 마주 봤다. 그래서 마오는 좀 더 열심히 설득했다.

"다소 가격을 깎더라도 여러분이 벌어들일 수 있는 외화는 막대할 겁니다. 미랄디아의 진귀한 물건을 산더미처럼 살 수 있을 거예요."

그 말에는 제후들도 마음이 동한 것 같았다.

"아, 하긴 그래. 그것들을 국내에서 팔아치우면 더더욱 돈을 벌수 있을 테지."

"흠. 설탕을 다소 싸게 팔더라도 그 이상의 이익을 얻을 수 있다는 건가."

마오는 즉시 열변을 토했다.

"네, 바로 그렇습니다. 저 멀리 롤문드에서 들어오는 '용린옥' 같은 귀중한 보석, 마법으로 제작된 편리한 도구, 유리나 은으로 된 정교한 공예품, 또 화국의 질 좋은 철 등등, 크월의 제후 여러분에게 막대한 부를 안겨줄 수출품이 있습니다."

"흐음……."

타국에서는 일반적으로 유통되고 있는 값싼 물건도 크월에서는 귀중품이 된다. 싸게 사서 비싸게 파는 것이 장사의 기본인데, 여기서 얻을 수 있는 차익금이 어마어마했다.

제후의 마음이 마구 흔들리기 시작했다. 그 순간, 페슈메트 공의 대리인 바이르켈이 자리에서 일어났다.

"아니, 이것 참 흥미로운 이야기군요! 제 주인이신 페슈메트 공은 사탕수수 농원을 만들기 위한 토지를 새로 개간할 계획입니다. 그것은 제 농원이 될 예정이므로, 미랄디아 측이 저희 농원의 설탕을 꼭 사주셨으면 좋겠습니다! 이 무역에는 저희 페슈메트가 맨 먼저 뛰어들겠습니다!"

호쾌하게 웃는 바이르켈. 그는 바이트에게서 이름 한 글자를 받았고, 그 후 고향에서 명사(名士)로서 높은 지위를 확립한 듯했다.

"다른 제후 여러분에게는 죄송하지만, 이 이익은 저희 페슈메트가 독점하겠습니다. 저희 주인님도 기뻐하실 테지요. 하하하!"

그렇게 말하더니 파커를 보면서 웃는 바이르켈.

'여기저기서 다들 열심히 은혜를 갚아주는구나. 내 아우는 여기 없어도 유능하고 든든해.'

파커가 쓴웃음을 지으면서 바이르켈을 향해 가볍게 인사했다.

제후들은 갑자기 의욕이 생겼는지 앞다투어 손을 들었다.

"자, 잠깐만. 여기선 다 함께 평등하게 이익을 배분할 수 있는 체제를 만들어 보자."

"그, 그래. 백성의 안녕을 위해서라도……."

이리하여 그럭저럭 제1회 크월 제후 회의는 무사히 끝났다.

미랄디아 대표단 네 명은 대기실로 돌아와 있었다.

"네 일 처리 방식은 엉망진창이야. 바이트와는 다른 의미로."

파커는 그런 식으로 마오에게 불평을 했지만, 정작 마오의 표정은 태연했다.

"뭐가 문제인데요? 반드시 물건을 사준다고 약속하면, 크월도 안심하고 사탕수수 농원을 확장시킬 수 있잖아요."

"물건을 사준다고 약속하면서, 그와 동시에 미랄디아의 대량 구매 우선권과 가격 할인까지 얻어냈잖아. 그것도 어마어마한 할인율로."

파커가 그렇게 불평해도 마오는 꿈쩍도 하지 않았다.

"우리는 선의나 자비로 행동하는 것이 아닙니다. 미랄디아는 대량의 설탕을 구매한다는 위험을 무릅쓰는 거니까, 그만큼 얻는 것도 있어야지요."

"아니, 그래도 정도란 것이 있잖아."

그런 대화를 하고 있는데, 그 옆에서 뤼니에와 뮈레는 탄식을 하고 있었다.

"우리는 전혀 도움이 안 됐지……?"

"역시 불가능했던 거야. 우리 아버지나 할아버지 같은 크월인을 상대로 협상한다는 것은……."

그 대화를 들은 파커와 마오는 즉시 입씨름을 중단하고 둘 다 피식 웃었다.

"무슨 말을 하는 거야? 너희들은 아주 잘했어."

"네, 그럼요. 처음인데도 실수도 전혀 안 하고 제대로 자신의 역할을 수행했어요. 잘하셨습니다."

뮈레가 한심한 표정으로 고개를 들었다.

"그게 정말이에요?"

"네. 과연 미래의 평의원들이구나 하고 감탄했습니다. 이 정도면 미랄디아에서 장사하는 것은 앞으로 30년은 문제가 없을 것 같네요."

마오가 싱글싱글 웃자, 뮈레와 뤼니에는 서로 얼굴을 마주 봤다.

"그럼 다행인데……."

"하지만 결국 선생님의 인맥이 주효했던 거 아냐?"

미숙한 소년들도 눈치챘던 것이다. 크월 굴지의 유력자들이 하나같이 미랄디아에 호의적이었다는 것을.

이권과 관련된 어려운 의제가 그토록 쉽게 해결된 이유도 순전히 그것이었다. 그래서 파커도 쓴웃음을 지을 수밖에 없었다.

"뭐, 그건 그래. 바이트 개인에 대한 신뢰가 결정타였던 것은 사실이야."

하지만 바이트는 바이트니까. 그게 자신의 공적이라고는 꿈에도 생각하지 않을 것이다.

파커는 웃었다.

"그래도 이것은 모두가 함께 이룬 성과야. 바이트라면 틀림없이 그렇게 말할 테지."

"네, 그분이라면 그렇게 말할 테죠……."

마오도 쓴웃음을 지었다.

파커가 완성한 보고서는 바다를 건너 이윽고 미랄디아의 마도륜하이트에 도착했다.

"오, 역시 훌륭하군."

프리데를 안은 채 보고서를 읽은 바이트가 아일리아를 보면서 웃었다.

"크월 제후 회의는 성공적으로 끝났나 봐. 나 같은 녀석이 없어도 동료들 모두가 상황을 잘 정리해 주는구나. 앞으로는 남에게 의지하는 습관도 조금씩 길러야겠어."

그러자 아일리아가 미소 지었다.

"그렇군요. 하지만 보통은 이런 회의는 좀 더 분규가 발생하기 마련인데. 이렇게 성공적으로 끝난 것은, 역시 당신이 크월에서 얻었던 신용 덕분일 거예요."

바이트는 자기 집게손가락을 프리데에게 쥐여 주면서 피식 웃었다.

"그런가? 글쎄, 만약에 그렇다면 이것은 다 함께 이룬 성과일 거야."

"네, 그렇죠."

부관 크메르크의 영웅론

　나는 크메르크.

　예전에는 '도기상 하르암의 자식'이나 '밧자 용병대장의 부관'이라는 직함도 있었지만, 지금은 아무것도 없다. 그저 평범한 크메르크이다.

　이 나라에 내 자리는 더 이상 없었다. 바다 건너 북쪽에 있는 미랄디아로 떠나기로 했다.

　나는 미랄디아의 마왕의 부관인 바이트 님의 후의 덕분에 몇 번이나 위기에서 벗어났는데, 이번에도 그렇게 될 것 같았다.

　그 전에 내가 내 나름대로 생각한 것을 한번 기록해 보고 싶다.

　내가 잘 아는 두 영웅. 자카르와 바이트 경에 관한 이야기를.

　밧자 용병대의 대장이었던 자카르는 내 은인이었다. 그가 없었다면 나는 용병으로 살아갈 수 없었을 것이다. 그가 자기 부하인 용병들을 버리고 왕을 살해한 대역죄인으로서 어둠 속에 매장된 지금도, 그에 대한 감사의 마음은 사라지지 않는다.

　자카르는 용감하고, 결단력 있고, 지혜롭고, 노력도 아낌없이 하고, 언제나 더 높은 곳을 바라보는 사람이었다. 누가 뭐래도 그는 영웅이었다.

그가 무능했더라면 아마 '국왕 살해'란 계획을 떠올렸어도 실행하지는 못했을 것이다. 애초에 국왕 살해 계획을 떠올린다는 것이 크월인에게는 기본적으로 불가능한 것이었다. 미랄디아인들은 그 점을 잘 이해하지 못하는 것 같은데, 크월에서는 그만큼 왕이 신성한 존재로 숭배되고 있었다.

그렇기 때문에 나는 자카르라는 남자의 이름이 이대로 역사의 어둠 속에 묻혀버리는 것이 아깝다고 생각한다.

그는 위대한 영웅이다. 그의 특별한 재능은 역사에 남겨야 한다.

그는 비난받아 마땅한 비열한이다. 그의 악행은 역사에 남겨야 한다.

그래서 나는 미랄디아로 건너간 다음에 그 간웅의 족적을 기록하고자 한다. 머나먼 이국땅에서는 진실을 이야기하는 것도 허용될 테니까.

자카르가 세상을 떠난 후 그의 언동을 돌이켜보면, 아마도 그의 힘의 원천은 '분노'였을 것이다.

그는 모든 것에 대해 분노했다.

나와 처음 만났을 때, 그는 용병의 처우에 대해 분노하고 있었다. 그렇기 때문에 나와 다른 용병들은 자카르를 신뢰했다. 고용주가 아니라 용병의 편이 되어서 행동하는 대장님이라고 생각했으므로.

그러나 언제부터인가 그의 분노의 대상은, 용병들을 일회용으로 쓰고 버리는 사회가 되었다. 또 더 나아가 사회의 지배자인 귀족 및 왕가가 되었다.

그 과정에서 용병들에 대한 배려가 점점 부족해졌고 이기적인 면이 드러나게 되었다.

하지만 아마도 그것이 그의 본성이었을 것이다. 그는 그 점에 관해서 죄책감을 느끼는 모습은 한 번도 보여주지 않았고, 애초에 자신의 변화를 눈치챈 것 같지도 않았다.

그러나 나와 다른 용병들이 그를 비난하는 것은 잘못된 일이리라. 우리는 자기 마음대로 되지 않는 자신의 인생을 자카르라는 남자에게 맡겼다. 자신의 인생을 감당하지 못해서 모든 것을 자카르에게 해결해 달라고 무책임하게 맡겨버린 것이다.

그리고 그는 그렇게 모은 무수한 인생들을 이용해서, 꿈틀거리는 자신의 야심을 해결하려고 했다. 그에게 힘을 넘겨줘서 제어 불능의 흉포한 야수로 변모시킨 것은 우리들이었다.

그렇게 서로를 이용했다. 그것이 우리 용병들과 용병대장 자카르의 관계였다.

그런 의미에서는, 국왕을 살해한 죄의 수천분의 1 정도는 내 책임이기도 했다.

그때 나는 바이트 경을 감시하는 임무를 맡고 있었다. 당시 자카르가 가장 두려워하던 상대가 미랄디아의 장군 바이트 경이었기 때문이다.

이제 와서 생각해보면 자카르는 바이트 경이 자신의 국왕 살해를 방해할까 봐 경계했던 것이 아닐까. 즉, 나는 아무것도 모르는 채 자카르의 커다란 음모의 일익을 담당했던 것이다.

아무리 물로 희석해도 피가 완전히 사라지지는 않는 것처럼, 내 죄도 사라지지 않는다.

그런데 속죄할 방법도 없다. 이 문제에 관하여 내가 할 수 있는 일은, 가능한 한 정확하게 기록을 남겨서 후세의 누군가에게 도움이 되게 하는 것밖에 없으리라.

자카르의 인물평에 관해서는 앞서 언급했던 바이트 님…… 정식 이름은 바이트 폰 아인도르프 경인데, 그분이 흥미로운 의견을 내놓으셨다.

"자카르는 탁월한 전쟁의 재능을 갖고 있었고, 선견지명이 있었고, 불굴의 투지를 갖추고 있었어. 하지만 남에 대한 인정과, 야심에 대한 억제력이 없었지."

남에 대한 인정.

야심에 대한 억제력.

확실히 이 두 가지는 자카르에게는 없었을지도 모른다. 그가 베풀었던 인정은 전부 다 타산이었고, 남의 힘을 얻기 위한 '대가 지불'에 불과했다. 그 사실은 한참 후에나 겨우 깨달았지만.

그리고 야심에 대한 억제력. 그것은 자카르 밑에서 일하면서 한 번도 느껴본 적이 없었다. 그는 억제할 줄을 몰랐다.

자카르는 크월의…… 아니, 세계의 정점에 군림할 때까지 계속 싸웠을 테고, 싸움 상대가 사라진 후에도 꾸준히 뭔가와 싸웠을 것이다. 그에게는 '싸워서 빼앗는 것'이 인생의 전부였던 것이다.

그 끝없는 약탈의 여로에 그 남자보다 더 강한 존재가 나타나서 길을 가로막았을 때, 그의 야심은 마침내 무너졌다.

　그 존재의 이름은 바이트 폰 아인도르프.

　마왕의 부관이었다.

　자카르와 바이트 경은 언뜻 보면 대조적인 인물 같았다.

　싸움을 좋아하는 이기적인 자카르와, 싸움을 싫어하고 남을 위해 노력하는 바이트 경.

　크월 사람들 대부분도 신분 고하를 막론하고 모두 그렇게 생각하고 있었다.

　그러나 나는 이 두 남자가 의외로 공통점도 많을지도 모른다고 생각한다.

　둘 다 선견지명이 있었고, 장기적인 전략을 세우는 능력이 뛰어났다. 목표를 빨리 정하는 데다가 그 목표까지 다다르는 길을 준비하는 것도 주도면밀했다.

　인심을 장악하는 기술도 교묘했다. 남의 신뢰를 얻는 방법을 잘 알고 있었다. 때로는 이상을 이야기하고, 때로는 현실을 들이대는 것이다.

　또 의외로 둘 다 굉장히 주의 깊고 신중한 성격이었다. 자카르가 항상 이기기만 하는 무패의 군인이었던 것도, 그가 사소한 위험에도 주의를 기울여서 늘 계책을 마련해 놓았기 때문이었다. 전혀 그렇게 보이진 않았지만, 실은 바이트 경도 마찬가지라고 한다.

　그 바이트 경이 말하기를 "자카르가 자신만만해 보이는 것은 실은 자신이 없는 인간이기 때문"이라고 한다. 취약한 진짜 자기 자신을 지키기 위해서 '자신만만한 인물'이란 거짓된 갑옷을 몸에 두르고 있다는 것이다.

일견 정반대인 것처럼 보이지만 의외로 비슷한 두 영웅.

그러나 결국 어떤 점에서도 자카르는 바이트 경을 따라잡지 못했다.

바이트 경이 마왕의 부관이라서 그런 것은 아니고, 인랑이라서 그런 것도 아니었다. 마술사라서 그런 것도 아니고.

그보다는 한 인격체로서의 본질적인 부분이 달랐다. 바이트 경은 자신의 약점을 알고 있었고, 그 앞에서 도망치려고 하지 않았다.

바이트 경은 자신의 약점을 진정한 의미로 극복했다. 그래서 나 같은 타인에게도 자기 속내를 보여주고, 자카르와는 달리 허세를 부리지 않았다. 도량이 넓은 분이라고 생각한다.

자카르와는 전혀 다르지만, 또 자카르와 비슷한 바이트 경. 자카르의 부관이었던 나는 이 바이트 경이 만들어 나가는 미래에 관심이 있었다.

바이트 경의 방식대로 하면, 과연 가난한 자나 약한 자가 안주할 수 있는 국가를 건설할 수 있을까? 아니면 그것은 불가능할까.

현재로선 그의 길잡이 노릇은 성공한 것처럼 보인다. 한 시대를 이룩한 영웅은 흔히 후계자 육성에 실패하는데, 바이트 경의 부하들과 후배들은 그의 영향을 받아 훌륭하게 성장하고 있는 듯했다.

한 가지 예를 들자면, 미랄디아에서 온 두 명의 소년은 크월 제후 회의에서 멋지게 대임을 수행했다고 들었다. 바이트 경은 군인이나 정치가뿐만 아니라 스승으로서의 재능도 타고난 것 같았다.

만약에 바이트 경이 목표로 하는 것처럼 '아무도 손해를 보지 않는 방법으로 전원이 행복해질 수 있다'면, 그것은 자카르라는 남자의 망집에 진정한 종지부를 찍는 것이 되리라. 야심의 망령은 그때 완전히 사라지는 것이다.

그의 곁에서 그것을 구경해야겠다.

그리고 나 자신도 주의할 점이 한 가지 있다.

자신의 인생을 남에게 맡기면 안 된다는 것. 나는 자카르 다음으로 바이트 경을 섬기기로 결심했는데, 이번에는 끝까지 내 인생의 방향키는 내가 직접 쥘 것이다. 누군가에게 전적으로 맡겨버리는 것은 위험하다. 또 그것은 불성실한 짓이다.

내 고향 밧자에는 '페슌가'라는 연회의 오락이 있다.

2인 1조로 밀착한 상태에서, 눈을 가린 상대의 손을 빌려 음식을 먹거나 하는 놀이. 바이트 경의 말로는 비슷한 놀이가 화국에도 있다고 한다. 그쪽 나라에서는 '니닌바오리[二人羽織]'라고 하는 것 같았다.

밧자에는 "페슌가를 하면 당연히 죽을 흘린다"는 속담이 있다. 앞이 안 보이는 상대에게 '나한테 죽을 먹여 달라'고 부탁해봤자 보통은 잘 안 되기 마련이다.

내가 아닌 남에게 일을 맡길 때에는 실패를 각오해라. 그렇게 충고하는 속담이었다. 나도 아버지와 할아버지에게 자주 그 말을 들었었다.

그래서 왕족과 귀족은 정말로 중요하다고 생각하는 일은 스스로 한다. 파잠 2세 폐하의 경우에는 오히려 그것을 이용당해서 암살되고 말았지만.

생각건대 나는 그동안 내내 폐슌가를 했던 걸지도 모른다. 자카르의 손을 빌려서 나에게 죽을 먹여 달라고 했던 것이다. 그는 나에게 죽을 먹여줄 마음 따윈 없었는데.

그렇게 남한테 맡기는 인생이 잘될 리 없었다. 내가 어리석었다.

그래서 이번에는 내가 스스로 숟가락을 들기로 했다.

이 나이가 되어서 아버지와 할아버지의 말씀이 진리였음을 새삼스레 피부로 느낀다는 것이 다소 한심하긴 한데, 그래도 삶의 방식을 바꿀 때 '너무 늦어서 안 된다'는 경우는 없다고 바이트 님도 말씀하셨으니까.

미랄디아에는 노년이 되어서 삶의 방식을 크게 바꾼 위대한 성자도 있다고 한다. 무자비한 반마족(反魔族) 사상이 정반대로 바뀌어 마족과의 협조 노선을 걷게 되었고, 지금은 마족의 입교도 허가하게 되었다고 한다.

나도 그분처럼 삶의 방식을 바꿔봐야지.

그걸 해내면 나는 진정한 내가 될 수…… 아니, 진정한 나로 돌아갈 수 있을 것 같았다.

다행히 오늘은 날씨가 좋았다. 출항하기 딱 좋은 날이구나.

그럼 당장 새로운 첫걸음을 내디뎌 볼까. 누구인지는 몰라도 내 수기를 읽는 거기 당신. 나와 함께 미랄디아의 미래를 구경하러 가자.

기나긴 여로의 시작이다.

후기

〈인랑 전생, 마왕의 부관〉 1권이 간행된 지 벌써 3년이 지났습니다. 안녕하세요, 작자 효게츠입니다.

이 작품은 이세계에서 전생한 청년의 반생을 묘사한 것인데요. 그럭저럭 어떻게든 하나의 해피엔드에 도달한 것 같습니다.

역사상 실재했던 영웅들을 보면 꽤 높은 확률로 후계자 육성에 실패했습니다. 군인이나 정치가로서는 우수해도 꼭 부모로서 우수하다는 보장은 없나 봅니다(각 역할에 필요한 지식과 적성이 다르니까요……).

하지만 우리의 영웅, 자칭 평범한 부관인 바이트에게는 그런 걱정은 필요 없습니다. 그는 육아도 완벽하게 해내고, 자기 자식 이외의 신세대 인재도 멋지게 키워낼 겁니다. 아마도.

그가 키워낸 인재가 이윽고 머나먼 미래까지 이어지는 평화와 번영을 가져올 겁니다.

아마도.

WEB판에서는 이 11권의 내용까지를 '본편'으로 연재했고, 그 후의 이야기는 '외전' 형식으로 보여드리고 있습니다.

이 외전은 본편이 끝난 후 약 15년이 지나서, 미랄디아와 주변

국가들이 바이트의 분투 덕분에 공고한 평화를 구축하는 과정을 그려낼 예정입니다.

바이트가 여기저기 뛰어다니면서 노력하는 것은 여전한데요. 세계의 분위기는 상당히 달라졌습니다. 또 이 외전은 바이트의 딸 프리데의 성장 스토리이기도 합니다.

그래서 편집부의 제안을 받아들여, 이 작품의 일러스트를 새로운 분께 부탁드리기로 했습니다.

새로운 일러스트레이터 님은 데시마 선생님이십니다. 니시E다 선생님처럼 아주 섬세하고 아름다운 그림을 그리시는데, 그림의 분위기가 밝고 부드러워요.

빛이 넘치는 세계가 된 미랄디아의 미래를 가장 잘 묘사해주실 분이라고 생각합니다.

니시E다 선생님께 일러스트를 부탁드리는 것은 이번이 마지막입니다만, 니시E다 선생님은 지난 3년 동안 '수수한 부관'의 파란만장한 싸움을 박력 있는 그림으로 화려하게 묘사해주셨습니다. 감사합니다.

마왕 프리덴리히터나 인랑으로 변신한 바이트의 박력 있는 무시무시함과, 그 안에서 빛나는 압도적인 아름다움은 니시E다 선생님 특유의 매력이었습니다.

〈인랑 전생, 마왕의 부관〉 본편은 니시E다 선생님의 일러스트가 없었으면 의미가 없었을 거라고 생각합니다.

다시 한번 감사 인사를 드립니다. 그동안 정말로 감사했습니다.

그리고 외전의 평화롭고 밝은 분위기, 또 그 평화를 지키기 위해서 계속 싸우는 바이트와 친구들을 그려내려면 역시 데시마 선생님의 도움이 필요하다고 생각했습니다.

바이트의 딸 프리데도 외전에서 점점 성장할 테니까요. 그 성장을 데시마 선생님께서 그려주시는 것이 벌써 기대가 됩니다.

데시마 선생님, 앞으로 잘 부탁드립니다.

그런데 성장이라고 하면 말이죠. 저희 집에 작년에 둘째 딸이 태어났습니다. 프리데의 아기 시절을 묘사하는 데 마침 도움이 되어서, 첫째 딸의 육아 기록도 아울러 참고하면서 원고 수정 준비를 하고 있습니다.

집필을 개시할 당시에는 한 살이었던 첫째 딸도 어느새 다섯 살이 되었습니다. 프리데의 다섯 살 때의 에피소드도 있으므로, 이쪽도 집필용으로 부지런히 기록해 두고 있습니다.

또 프리데의 열 살이나 열다섯 살 무렵의 에피소드를 쓰기 위해서 우리 딸들이 빨리 성장해 줬으면 하는 바람이 있습니다. 하지만 그게 그렇게 될 리도 없으니까, 그쪽 에피소드는 저의 학원 강사 시절의 기억을 되살리면서 써보려고 합니다(소설가가 되기 전에는 중학생들에게 국어와 이과 과목을 가르쳤습니다).

WEB판의 외전은 꽤 짧게 줄였고, 예정했던 에피소드들도 몇 개 생략했습니다. 서적판에서는 좀 더 정성껏 묘사할 계획이므로 앞으로도 한동안 지켜봐 주시면 정말 기쁘겠습니다.

그럼 새로운 흑랑 경 전설이 시작되는 12권에서 다시 만나요.

最後の マジマ
あとがき。 후기.

사호족의
イメージ
인호족 이미지
러프 스케치
등등......

11권 발매 축하드립니다.

만화판의 속도가 전혀 따라가지 못하고 있습니다만
앞으로도 부디 잘 부탁드리겠습니다….

일단 바이트 군에게 인사할게요.
그동안 고생 많이 하셨습니다!

코스미 유치

인랑 전생, 마왕의 부관 11

2024년 7월 15일 1판 1쇄 발행

저　　　자	효게츠
일 러 스 트	니시E다
옮　긴　이	한수진
발　행　인	유재옥
이　　　사	조병권
출판본부장	박광운
편 집 2 팀	정영길 박치우 정지원 조찬희
편 집 3 팀	오준영 권진영 이소의
디자인랩팀	김보라
디지털사업팀	박상섭 김지연 윤희진
라이츠사업팀	김정미 맹미영 이윤서
영업마케팅팀	최원석 박수진 이다은
물 류 팀	허석용 백철기
경영지원팀	최정연
인쇄제작처	㈜코리아피엔피
발　행　처	㈜소미미디어
등　　　록	제2015-000008호
주　　　소	서울시 마포구 토정로222, 403호 (신수동, 한국출판콘텐츠센터)
판매 및 마케팅	(070) 8822-2301

ISBN 979-11-384-8297-4
ISBN 979-11-5710-458-1 (세트)